Ob es um die Jagd nach „Sprites“ geht, die man mit dem Mobiltelefon fängt, virtuelle Reisesimulationen in der Namib-Wüste oder Ausflüge in einem Holografie-Sarg, ob um Smartwatches, die Menschen steuern, Avatare, die Leben nach dem Tod fortführen, oder Roboter, die sich verselbstständigen – der Fantasie sind beim Thema künftiger technischer Möglichkeiten keine Grenzen gesetzt. Computer, Tablets, Smartphones und Simulationen befördern uns in neue Welten. Wir reisen in die virtuelle Realität bzw. das, was bald Realität werden könnte. Dabei geht es immer um die Menschen in sich rasant verwandelnden Welten. In spannungsreichen, bewegenden Geschichten wird die Vielfalt der virtuellen Möglichkeiten ausgelotet und ein visionärer Blick auf die Auswirkungen derDigitalisierung geworfen.

in Zusammenarbeit mit c't magazin für computer technik

Jürgen Rink (Herausgeber)

Ausblendung

Wege in die virtuelle Welt

Science-Fiction-Kurzgeschichten

DIE c't STORIES

HINSTORFF

Liebe Leserin, lieber Leser, wir freuen uns über Ihre Bewertung im Internet!

Die Deutsche Nationalbibliothek verzeichnet diese Publikation in der Deutschen Nationalbibliografie, detaillierte bibliografische Daten sind im Internet über http://dnb.de abrufbar.

1. Auflage 2019
Herstellung: Hinstorff Verlag GmbH
Titelbild: Adobe Stock | © envfx
Druck: GGP Media GmbH, Pößneck
Printed in Germany
ISBN 978-3-356-02228-5

Inhalt

Vorwort des Herausgebers

Science-Fiction-Literatur spielt dann ihre Stärke aus, wenn sie nicht nur eine spannende Geschichte erzählt, sondern unsere Welt konsequent weiterdenkt. Dabei ist die geschilderte Zukunft, die da aufgeblättert wird, kein Freibrief für Spinnereien – das wird der Fantasy überlassen –, sondern soll so plausibel wie möglich sein: Beste Unterhaltung also, die horizonterweiternd wirkt.

Manche Science-Fiction lese ich deshalb zweimal. Das erste Mal genieße ich die spannende Story, beim zweiten Mal achte ich auf Technik, Technologie und Naturwissenschaftliches. Oft finden sich dann Details, die im Sog der Spannung beim ersten Lesen untergegangen sind.

Science-Fiction-Autoren sind Vordenker, insbesondere diejenigen, in diesem Buch vorkommen. Wussten Sie, dass sich Naturwissenschaftler von Science-Fiction für ihre Forschung inspirieren lassen? Vor allem die Forschung zu Mensch-Computer-Interaktionen profitiert davon.

Science-Fiction kann sogar noch mehr. Sie kann Entwicklungen, die die Welt verändern werden, aufgreifen, sie kann Orientierung geben und für die Meinungsbildung wichtige Impulse geben. Gerade jetzt, wo die Politik bei dringend notwendigen öffentlichen Debatten über Digitalisierung und deren ethische und moralische Aspekte versagt, sind solche Denkanstöße wichtig.

Das gilt für Entwicklungen der künstlichen Intelligenz, der Biogenetik, aber auch für die virtuelle Realität, das Thema dieses Bandes der *c't Stories*. Heute projizieren Brillen virtuelle Objekte ins Wohnzimmer, um die neue Wohnungseinrichtung vor dem Kauf zu präsentieren. Wie wird virtuelle

Realität in Zukunft auf unser Leben Einfluss nehmen und die Wahrnehmung prägen?

Antworten geben die Autoren in 18 Kurzgeschichten, indem sie versuchen, diese Zukunft zu antizipieren.

Plötzlich sind Leistungsnachweise aus der virtuellen Welt nicht nur der Punktestand eines Online-Spiels, sondern haben deutliche Auswirkungen auf das reale Leben. In einer anderen Kurzgeschichte lernen Sie einen Holojektor kennen, einen Raumerzeuger für den ökologisch unbedenklichen Urlaub in den tiefen Schluchten des Himalaya, wo das Abenteuer beginnt.

Darf es etwas Horror sein? Wie reagieren Sie, wenn Vater und Großmutter nach deren Tod im virtuellen Raum, ohne den Sie nicht leben können, sich weiterhin in ihr Leben einmischen? Der Verwandtschaftshorror 2.0 … Vom Tod zur verhinderten Geburt: Maßgeschneiderte Nachkommen werden in naher Zukunft möglich sein. Die virtuelle Welt macht für die Eltern in spe das Kind erfahrbar – und sie bevorzugen doch den Nachwuchs mit anderem Charakter und Aussehen. Letzten Endes bleibt das Paar kinderlos, weil sie der Zwang, das für sie optimale Kind zu schaffen, im Griff hat.

Die Kurzgeschichten, die ich in diesem Band zusammengetragen habe, nehmen Sie mit auf die Reise, von der Sie hoffentlich zurückkommen mit dem Gedanken: „Ja, so könnte die Zukunft tatsächlich sein".

Jürgen Rink
Herausgeber

Jede Ausgabe der zweiwöchentlichen Zeitschrift c't, *Europas größter IT-Zeitschrift, enthält eine Kurzgeschichte. Aus den über 300 Geschichten sind hier die besten zusammengestellt, die das Thema virtuelle Realität aufgreifen.*

Tino Falke

Schnapp sie alle!

Es passiert nicht jede Nacht, dass man von einer leuchtenden Kreatur geweckt wird, die mitten im Schlafzimmer schwebt, aber als ich die Augen öffne, erhellt eine Banshee den Raum. Weißes Haar weht um ein zerfurchtes Gesicht, Fetzen ihres Kleides flattern in alle Richtungen. In den Augenhöhlen und aus dem weit aufgerissenen Mund heraus blinken mir kleine Quadrate entgegen. Pixelfehler.

„Geh ins Bett", murmele ich ins Kissen.

„Aber Mama!", sagt Dimitri. „Bansheestaub fehlt mir noch!"

Immerhin hat er den Ton ausgestellt – die Kreatur kreischt, ohne dass etwas zu hören ist. Trotzdem hat mein Sohn um diese Uhrzeit nicht in meinem Türrahmen zu stehen. Morgen ist Schule. Ein Blick genügt und er lässt sein Handy sinken. Das Hologramm verschwindet.

Ich kann froh sein, dass er zu jung war, als ähnliche Trends zum ersten Mal aufkamen. Kinder liefen auf der ganzen Welt durch die Gegend, um digitale Monster einzufangen. Was damals lediglich auf Displays angezeigt wurde, wird heute für alle sichtbar in die Luft projiziert. Kein Wunder, dass *SpriteMania GO* alle App-Charts anführt. Die Elfen und Kobolde des Spiels, deren magischen Staub man sammeln soll, könnten kaum lebensechter sein.

„Karlo aus der 4b hat sogar schon eine Trophäe freigeschaltet", klagt Dimi am Frühstückstisch. „Weil er über 50 verschiedene *Sprites* getroffen hat! Das schaff ich nie! Und ich brauche unbedingt noch Gnomenstaub!"

Ich nicke – aber erst später, als er schon längst in der Schule ist und der Computer in meinem Home-Office mit dem Kompilierlauf für meinen Code beschäftigt ist, nutze ich die Wartezeit, um mehr herauszufinden. Hunderte Artikel berichten vom Erfolg der App, die so effektiv dafür sorgt, dass mehr und mehr Kinder ihre Zeit an der frischen Luft verbringen. *Cottingley Games*, das Studio hinter dem Spiel, weist darauf hin, dass *Sprite*-Jäger die Straßenverkehrsordnung beachten und keine Privatgrundstücke betreten sollen, doch natürlich steigen Kinder trotzdem über Stacheldrahtzäune und laufen in einsturzgefährdete Gebäude.

Im Radio heißt es, dass die Anzahl der Auffahrunfälle sich verdoppelt hat, seitdem überall Kinder Ampeln ignorieren, um schneller zu erreichen, was ihr Radar ihnen anzeigt. Gruppen mit Hunderten von Spielern versammeln sich um seltene *Sprites* und blockieren ganze Straßen, halten nachts müde Anwohner wach und müssen regelmäßig von der Polizei nach Hause geschickt werden. Für all das ist im Grunde *Cottingley Games* verantwortlich.

In Großstädten sind bereits erste Spieler überfallen und dazu gezwungen worden, per Tauschfunktion ihren kostbaren Staub herzugeben. Und an Schulen entwickelt sich *SpriteMania GO* mehr und mehr zum Statussymbol.

Jeden Tag, wenn ich Dimitri abhole, ist der Schulhof voll mit Kindern, die mit ihren Handys in alle Richtungen zielen, bis sie das haben, was sie suchen. Sobald ihre Holobeamer die Kreaturen erscheinen lassen, tippen sie auf den Touchscreens herum, um den *Sprites* ihren Staub abzunehmen und ihn in virtuelle Phiolen zu füllen. Die meiste Zeit stehen sie also wortlos glotzend um leuchtende Hologramme herum. Wie Motten um eine Glühbirne. Wie Betende um einen strahlenden Götzen. Den Mittelpunkt ihres Interesses bilden all die im Spiel verarbeiteten Waldwesen und Naturgeister aus verschiedensten Mythologien.

„Karlo sagt, er hat einen Faun getroffen!", sprudelt Dimi gleich los, als er nach der Schule ins Auto einsteigt. „Das sind fast die seltensten! Danach kommt nur noch der Große Pan! Mama, wenn ich Staub vom Pan hab, dann bin ich der Beste!"

„Das wäre natürlich toll", sage ich.

Wir sind keine Minute unterwegs, da vibriert sein Handy.

„Ein Gnom!", schreit er und zeigt mir die GPS-Karte unserer Nachbarschaft. Auf einer der Straßen blinkt das Symbol für ein neues Sprite.

„Mama, wir müssen da hinfahren!"

„Wir fahren jetzt erst mal nach Hause", sage ich.

„Du musst rechts abbiegen!", ruft Dimi. „Du fährst ja dran vorbei!"

Wenn er seine Hausaufgaben fertig hat, sage ich, dann kann er vor dem Essen noch mal nach Gnomen suchen.

Wir biegen nicht ab. Sofort bricht Dimi in Tränen aus. Nicht das übliche Weinen, wenn er nicht bekommt, was er will. Er jault, als stünde das Ende der Welt bevor. Sein Schluchzen ist so stark, ich verstehe nur einen Bruchteil seiner Worte – „unbedingt" und „brauch ich noch" und immer wieder „Karlo".

Ich nehme Dimitri in den Arm, bis er sich beruhigt hat. Er spricht nur noch wenig an diesem Abend, doch schon bald macht es „klick" bei mir. Wer nicht den richtigen Staub gesammelt hat, hat auf dem Schulhof nichts mehr zu melden. Kinder ohne Smartphone haben bereits verloren. Kinder, die nur geringe Erfolge haben, werden ausgelacht, ausgeschlossen und dürfen bei den Müllcontainern spielen.

Gleich am nächsten Tag rufe ich bei der Schule an. Ich spreche mit Lehrern und anderen Eltern, aber die Reaktion ist überall dieselbe: Die Kinder spielen doch nur. In einer Woche haben sich alle wieder vertragen. Doch ich sitze nicht tatenlos herum, während mein Sohn wie ein Aussätziger behandelt wird.

Nachdem Dimi sich das nächste Mal in den Schlaf geweint hat, schnappe ich mir sein Handy und kopiere mir das Installationsarchiv der App, um nach dem Quellcode zu suchen. Ich kann seine Staubphiolen nicht einfach füllen, doch nach Jahren in der Software-Entwicklung ist es kein Problem für mich, einen eigenen Server aufzusetzen und ihn mit Dimis Spieldatei zu verknüpfen. Der Befehl, der eine zufällig ausgewählte Kreatur auftauchen lässt, ist schnell gefunden und modifiziert – ab morgen bekommt mein Sohn das dazugehörige Signal doppelt so oft, vom *Cottingley-Games-Server* und von zu Hause.

Ich kann ihn weder vom Spielen abhalten noch das Verhalten der anderen Kinder ändern. Ich kann nur dafür sorgen, dass Dimi so schnell wie möglich alle *Sprites* trifft und den Trend hinter sich lassen kann. Ihn vergessen wie all die kompletten Sammelkarten-Sets und vollen Stickeralben, die sofort uninteressant wurden, als es nichts mehr zu erreichen gab.

Bevor Dimi am nächsten Morgen zur Schule fährt, trifft er schon auf zwei Pixies. Eine Woche später und er zählt bei jedem Essen neue Kreaturen auf, von denen ich noch nie gehört habe. Ich warte darauf, dass das Spiel endlich seinen Reiz verliert. Doch der Hype ebbt nicht ab.

Jedes zweite Geschäft in der Stadt verkündet im Schaufenster, dass man dort besonders guten Feenstaub finden könne. Cafés und Bars locken mit Rabatten und Gratisessen, wenn man vor Ort ein Selfie von sich mit einem *Sprite* macht und das Bild online stellt. Jeder Trend, der weit genug verbreitet ist, wird früher oder später für Marketing-Zwecke nutzbar gemacht.

All das wäre mir recht, doch die derzeitige Kindergeneration ist technikaffiner als ich dachte. Sobald Dimitris Mitschülern aufgefallen ist, dass ihm Kreaturen begegneten, die auf ihrem Radar gar nicht angezeigt wurden, haben sie sich seine Setup-Datei kopiert. So ist sie schließlich im Internet gelandet, und bevor ich wusste, was vor sich ging, hat mein Server Tausende Spieler mit zusätzlichen *Sprites* versorgt.

Als ich das nächste Mal mein Home-Office betrete, schlägt mir das Rauschen der Lüfter entgegen, die verzweifelt versuchen, die unter Volllast arbeitende Rechnerhardware zu kühlen. Die Anzeige, die darüber Aufschluss gibt, an welchen Orten das Signal meines Servers empfangen wird, braucht so viel Platz, dass ich sie über mehrere Monitore verteilen muss. Meine Spielversion, von der eigentlich nur mein Sohn profitieren sollte – inzwischen wird sie auf allen Kontinenten benutzt.

Auf der Suche nach Möglichkeiten, den Zugang der neuen Empfänger meines Signals einzuschränken, klicke ich mich durch all die kryptisch benannten Dateien der App, überfliege den Quellcode und entdecke Ansatzpunkte für Funktionen, die *Cottingley Games* in Zukunft integrieren will. Farbige Hologramme anstelle der weißen Lichtgestalten. Die Möglichkeit, Kreaturen gezielt anzulocken. Und eine Schnittstelle zur Kamerafunktion aller Handys, auf denen die App benutzt wird – nur dass diese Funktion offenbar schon jetzt vollständig im installierten Paket enthalten, wenn auch noch inaktiv ist.

Ich brauche zwei weitere Nächte, um eine Anwendung dafür zu schreiben, dann zeigen mir alle Bildschirme, was ich bereits befürchtet habe. In Hunderten kleinen Fenstern sehe ich, was die Kameras der Spieler gerade einfangen. Auf der Suche nach *Sprites* schwenken sie ihre Smartphones hin und her, filmen die Welt um sich herum, ihre Schlaf- und Badezimmer, ihre Mitmenschen, jeden Winkel ihres Alltags.

Und das sind nur die Spieler, deren App mit meinem Server verknüpft ist.

Sprachlos starre ich all die Fenster an. Die meisten Spieler sind in den Städten unterwegs, riesige Werbetafeln bilden den Hintergrund jeder *Sprite*-Begegnung. Andere Fenster zeigen das Innere von Einkaufszentren und Shopping-Passagen. Offenbar tauchen in den Kleinstädten und Dörfern die wenigsten Kreaturen auf, direkt in Privathäusern noch weniger. Eines der Fenster präsentiert mir eine vertraute Umgebung. Der dazugehörige Spieler schwenkt sein Handy in meinem Wohnzimmer umher, dann in meinem Flur. Er bewegt sich auf mein Büro zu. Da klopft es auch schon.

„Mama!“, ruft Dimitri durch die Tür. „Darf ich kurz in den Garten? Da ist ein Imp! Danach geh ich auch gleich schlafen. Zähne geputzt hab ich schon!“

„Aber nur ganz kurz“, rufe ich zurück und lausche, wie seine Schritte in Richtung Haustür verschwinden.

Ich lasse mir nur die Live-Feeds aus der unmittelbaren Umgebung anzeigen und bekomme den Weg aus unserem Haus präsentiert, dann einen Rundumschwenk im Vorgarten, bis Dimis Holobeamer den Imp erscheinen lässt.

Natürlich steht davon nichts in den Geschäftsbedingungen des Spielherstellers. *Cottingley Games* hat die Möglichkeit, Millionen Spieler auszuspionieren, ohne dass irgendwer es bemerkt. Aber wozu?

Um das herauszufinden, konzentriere ich mich ganz auf die Bewegungen der Spieler. Ich starre meine Monitore an, wühle weiter im Quellcode, erweitere meinen Server, damit er der höheren Belastung standhält, und nutze jede freie Minute, um nach Neuigkeiten zu recherchieren. Die App nimmt derweil noch an Beliebtheit zu. Immer mehr Kinder installieren das Spiel, immer mehr Firmen investieren in den Sensationserfolg. Hersteller von Autos und Limonade ebenso wie Filmstudios und Modemarken.

Erst Tage später, als Dimi von einem Ausflug mit Freunden mit einer kostenlosen Brezel zurückkehrt, macht es „klick“ bei mir. Er hat das Gratisgebäck bekommen, weil er in einer Bäckerei ein Selfie mit einem *Sprite* gemacht hat.

Ein Blick auf die Live-Feeds in meinem Home-Office bestätigt meinen Verdacht. Wenn die Kinder ihre Handys schwenken, um Dryaden und Elementargeister zu finden, haben sie fast ununterbrochen Werbung vor Augen. In den kleinen Fenstern sehe ich Plakate und Schilder all der Investoren, vor deren Reklametafeln die begehrtesten *Sprites* auftauchen – ihre Logos und Produkte immer im Sichtfeld unwissender Kinder, damit diese das Erfolgserlebnis beim Spielen schon bald mit Dingen assoziieren, die sie gar nicht brauchen.

Zum ersten Mal begrüße ich es, dass meine Version der App sich so weit verbreitet hat. Die Funktion, *Sprites* gezielt an bestimmten Orten auftauchen zu lassen – innerhalb weniger Tage kann ich die Befehlszeilen modifizieren, um die Entwickler mit ihren eigenen Waffen zu schlagen. Jedes Mal, wenn die Kinder in Richtung einer Reklametafel gelockt werden, sorgt das Signal von meinem Server dafür, dass sie gleichzeitig in die entgegengesetzte Richtung gerufen werden.

Inzwischen sind es Zehntausende, die ich so lenken kann. Verführerische Nymphen locken sie in kleine Parks. Scharenweise folgen sie Trollen unter die Brücken der Stadt, wandern hinter Irrwischen her, bis weit und breit keine Werbung mehr in Sichtweite ist. Das *„GO“* aus dem Spieltitel klingt mehr denn je wie ein Befehl. Und die Kinder folgen gehorsam. Ich bin so vertieft in das Treiben auf meinen Bildschirmen, ich höre Dimi erst, als er direkt im Türrahmen steht. Er zittert. Wasser rinnt an ihm hinab und tropft auf den Boden.

„Ich bin in den Bach gefallen", sagt er.

Sofort stürme ich ihm entgegen, helfe ihm aus der nassen Kleidung, wickle ihn in dicke Decken, verabreiche ihm eine Tasse Kakao und stecke ihn ins Bett. Während ich dafür sorge, dass ihm wieder warm wird, erzählt er, dass er mit Freunden ein *Sprite* finden wollte, das ihm angezeigt wurde. Nur vom spärlichen Licht ihrer Handydisplays unterstützt, sind Dutzende Kinder im Dunkeln durch die Büsche und Sträucher des Stadtparks gestolpert, dann hat eine unerwartete Senke sie stolpern lassen. Die meisten von ihnen sind ins Wasser gepurzelt, einer von Dimis Freunden hat sich den Knöchel verstaucht. Vom digitalen Irrlicht ins Verderben gelockt.

In dieser Nacht führe ich niemanden auf unbekannte Pfade. Die Entwickler schicken ihre Spieler indessen weiter zu Reklametafeln in allen Winkeln der Welt.

Als Dimitri schläft, versuche ich, fernzusehen, um mich abzulenken, doch jede Menschenmenge, die ich sehe, erinnert mich an das Spiel. Die Nachrichten zeigen Truppenbewegungen in den Kriegsgebieten der Welt, und ich bilde mir ein, dass alle Soldaten ein Smartphone in der Hand halten und in Richtung seltener Waldgeister marschieren, deren Staub ihnen noch fehlt. Und niemand hält die Entwickler davon ab, tatsächlich *Sprites* auf Minenfeldern und hinter feindlichen Linien erscheinen zu lassen.

Ein Investor mit finsteren Absichten genügt und Massen von Kindern könnten an einen Ort gelockt werden, an dem jemand nur darauf wartet, das Feuer zu eröffnen. Opfer für einen Amoklauf zu finden war nie einfacher! Dass es für erfahrene Programmierer kein Problem ist, das Spiel für alle möglichen Zwecke zu missbrauchen, habe ich selbst mehr als deutlich bewiesen.

Dimi sucht schon bald weiter nach digitalen Heinzelmännern und Nixen, ich suche derweil all die Beweise zusammen, die verhindern können, dass die App jemals Werkzeug von Terroristen werden kann. Der Mail-Entwurf, in dem ich alles so erkläre, dass die Medien auch etwas damit anfangen können, hat die Adressen aller namhaften Zeitungen und Nachrichtensender in der Empfängerzeile. Im Anhang häufen sich meine Quellcode-Funde, Listen der Investoren und Screenshots ihrer Werbung neben den Hologrammen. Das Einzige, was ich noch brauche, sind Aufnahmen davon, wie Spieler an gefährliche Orte gelockt werden, während *Cottingley Games* durch illegale Kameras tatenlos zusieht. Mein Bildschirmrekorder läuft nonstop.

Ich bin zuversichtlich: Schon bald wird sich niemand mehr im Supermarkt vordrängeln, um einen Waldschrat an der Käsetheke zu erreichen. Die Gruppen von Kindern, die jetzt an roten Ampeln auf Autos klettern, um Feen mit leuchtendem Pixelschweif in die Luft zu projizieren, werden sich in ein paar Tagen wieder andere Beschäftigungen suchen.

Im Radio heißt es, neue Investoren hätten Interesse an der App bekundet. Tabakkonzerne und Brauereien. Es wird höchste Zeit, dass ich die Medien informiere. Zurück in meinem Büro beende ich mein Aufnahmeprogramm. Zum Schneiden bleibt keine Zeit, ich packe das gesammelte Filmmaterial unbearbeitet in den Mail-Anhang.

„Pan!", ertönt plötzlich ein Schrei vom Flur her. Mit funkelnden Augen erscheint Dimi im Türrahmen. „Mama! In deinem Zimmer ist der Große Pan!"

Ich brauche einen Moment, um zu begreifen, was er sagt. Das seltenste *Sprite* des Spiels – in meinem Büro. Das Signal kommt nicht von meinem Server.

Und schon klingelt es an der Tür. Die Live-Feeds auf den Monitoren zeigen, wie aus der ganzen Nachbarschaft Kinder zu unserem Haus pilgern. Wenn Pan ruft – der Hirtengott, der Ursprung des Begriffs „Panik" –, dann kann kein Spieler weghören.

Das Klingeln wird stürmischer, schnell hämmern sie auch an der Tür. Ich höre Geschrei im Garten. Dann geht das erste Fenster zu Bruch. Auf den vielen kleinen Fenstern auf dem Bildschirm sehe ich, wie sie den Flur entlanglaufen. Wie sie durch das Küchenfenster krabbeln und auf Mülltonnen steigen, um über das Garagendach mein Büro zu erreichen. Kinder pressen sich gegen die Bürofenster, dann stürzen sie in einem Scherbenregen in den Raum. Andere stoßen die Tür auf. Wie Käferscharen strömen sie in das Zimmer. Wer zu Boden geht, landet auf Glassplittern. Bildschirme und Rechner werden zertrampelt. Und während der Raum sich mit aufgeregt kreischenden Kindern füllt, die meine Technik zerstören, kopiere ich die letzten Videodateien in den Mail-Anhang.

Die Kinder schubsen und treten sich, steigen aufeinander, drohen einander zu erdrücken, japsen nach Luft. Aus dem Augenwinkel sehe ich blutverschmierte Hände und Gesichter. Von irgendwo ertönt die Stimme von Dimitri.

„Ich hab ihn", ruft er.

Ein kurzes Flackern, dann wird die Masse von einem riesigen Hologramm überragt. Ein gehörnter Mann mit Ziegenbeinen und Spitzbart, eine muskulöse, weiße Lichtgestalt, die bis an die Decke reicht und alle Anwesenden ehrfürchtig erstarren lässt: der Große Pan. Statt Panik zu verbreiten, sorgt er für absolute Stille. Und durch die Handys, die von der anderen Zimmerseite auf ihn gerichtet sind, sieht *Cottingley Games* mich und das geöffnete Mail-Programm. Den Finger auf der Maus, den Cursor über „Senden". Natürlich wissen sie, was ich vorhabe. Sie haben Kameras auf der ganzen Welt.

Wir wissen, was du tust, teilen sie mir mit. Wir können dich finden, wo auch immer du bist.

Sie sorgen dafür, dass Pan den Kopf dreht. Sein Blick schweift über all die Kinder, die jederzeit wieder mein Haus verwüsten könnten. Er sieht mich direkt an. Ein vergeblicher Einschüchterungsversuch. Die zertrampelten Geräte können alle ersetzt werden.

Dann blickt Pan in Richtung meines Sohnes. An Dimitris Stirn klebt Blut.

Und es macht „klick".

Peter Schattschneider

Tiefschlaf

Wir beginnen die Mechanismen zu erkennen, auf denen der neurale Code beruht, und sie programmierbar zu machen. Es versetzt uns in die Lage, uns und unser Leben auf eine Weise selbst hervorzubringen, die bislang unvorstellbar war.
(Bryan Johnson, Gründer und CEO des Neural-Interface-Entwicklungsunternehmens Kernel, 2017)

***

Und wieder der Alptraum: laute Stimmen, Schreie, Motorengeräusch. Im Umdrehen sah er Menschen am Boden liegen, manche leblos, andere bewegten sich noch. Und er sah den Pick-up näherkommen. Die Augen des Fahrers, wasserhelle Augen, fixierten ihn. Bill stieß Ann zur Seite, automatisch wie in der Ausbildung zog er die Waffe – anlegen, zielen, Schuss auf Schuss, bis das Magazin leer war, dann hechtete er zur Seite, weg von der Fahrspur des Angreifers. Der Pick-up schlingerte, verfehlte ihn um Zentimeter, drehte nach links, krachte in die Mauer der Uferpromenade, keine zehn Meter entfernt. Der Motor heulte auf, der Wagen kippte, kippte wie in Zeitlupe, hing in der Mauer. Die Tür sprang auf. Der Fahrer drehte den Kopf zu Bill, lächelte, es war ein freudiges, erlöstes Lächeln. Er griff nach dem Amulett, das an einer Halskette hing. Es sah aus wie ein Kreuz, rot vom Blut, das stoßweise aus einer Schusswunde am Hals quoll. Dann tastete er nach etwas in seinem dicken Mantel, der kein Mantel war.

Und dann verschwand die Welt in Feuer und Schmerz. Die Traumreste waren gestochen scharf, wie es manchmal geschieht, wenn man aus dem Schlaf gerissen wird. Bill schielte nach der Uhr am Nachttisch, aber da war keine Uhr. Und da war kein Nachttisch.

Er war nicht zu Hause. Ein fremdes Bett, gedämpfte Beleuchtung, an der Wand ein toter Fernsehbildschirm, ein schlichter Tisch. Links ein Monitor, eine grüne Linie lief über den Schirm. „Bip – bip“ tönte es im Rhythmus seines Pulses. Er stand vorsichtig auf, blieb auf der Bettkante sitzen. Der Bildschirm erwachte.

„Hallo, Bill!“ Eine Krankenschwester lächelte ihm zu.

„Hallo“, krächzte er zurück. „Wo bin ich?“ Seine Stimme klang beschädigt.

„Sie sind im Krankenhaus von Phantom City. Sie waren verletzt. Wir haben Sie in Tiefschlaf versetzt und das genetische Rekonstruktionsprogramm aktiviert. So, wie es aussieht, sind Sie wiederhergestellt. Willkommen im Leben!“

„Dann war das kein Alptraum.“

„Erinnern Sie sich an etwas?“

Er schloss die Augen. Die Alptraumbilder explodierten wieder gestochen scharf in seinem Kopf.

„Ein Terroranschlag. Der Pick-up, ... die Uferpromenade. Die Explosion.“

„Sie waren keine zehn Meter entfernt. Es war mühsam, Sie wieder zusammenzuflicken.“

Er bewegte die Arme, betrachtete seine Hände, tastete über Hals, Brust und Schenkel. Er spürte sich, aber er war sich fremd. Als liefen Ameisen über die Stellen, die er berührte. Die Haut auf seinen Händen war merkwürdig glatt wie Plastik; das Muttermal am rechten Unterarm fehlte.

„Die Explosion hat Sie voll erwischt", erklärte die Schwester. „Wir mussten Ihre Extremitäten rekonstruieren, Ihre Haut war fast vollständig verbrannt."

Er bewegte verunsichert die Finger. „Sind das – Prothesen?"

„Keineswegs. Das Rekonstruktionsprogramm hat Ihr Stammzelldepot genutzt, um die beschädigten Organe wiederherzustellen. Die Haut wird Ihnen fremd vorkommen, sie ist ja frisch wie bei einem Baby. Und die Nervenleitung ist gestört, aber das gibt sich."

Er schüttelte ungläubig den Kopf. Er hatte die Explosion fast unbeschädigt überlebt ...

Dann fiel ihm Ann ein. Er sprang auf. „Meine Frau! Ist sie ...?"

„Ihre Frau lebt. Sie war schwer verletzt; sie schläft noch. Sie wird wieder gesund."

„Kann ich sie sehen?"

„Morgen. Sie brauchen jetzt viel Ruhe."

***

Sie drehten ihn durch die medizinische Mangel. Röntgen, MR, EKG, EEG, Blutwerte, Nervenleitung, Motorik, Sensorik, audiovisuelle Wahrnehmung, Gleichgewicht, Kraft, Reaktionsvermögen ...

Er hatte vier Wochen im Tiefschlaf gelegen, während die lasergesteuerten Biobots das zerstörte Gewebe im 3D-Druckverfahren mithilfe fleißiger Stammzellen wieder aufbauten. Es war ein Terroranschlag nach Vorbild des Attentats in Nizza aus dem Jahr 2016 gewesen. Bills Eingreifen hatte viele Menschen gerettet.

Vor seiner Entlassung durfte er Ann sehen. Sie lag in der Rekonstruktionsbox. Wie Dornröschen schlief sie in einem gläsernen Sarg; ihr Gesicht war friedlich-entspannt, sie schien unversehrt bis auf den fehlenden linken Unterschenkel. Laserscanner huschten über den Stumpf, an dem die Biobots hurtig arbeiteten.

Phantom City, der Sitz der Firma. Sie hatten bei der Stadtgründung keine Kosten gescheut, eine perfekte Infrastruktur zu schaffen, um die besten Mitarbeiter zu gewinnen. Die besten Ärzte, die besten Neurochirurgen hatten sich um ihn gekümmert und würden sich um Ann kümmern.

Das Forschungszentrum war nur Minuten vom Krankenhaus entfernt. Kollegen gratulierten ihm, erkundigten sich nach Ann, sprachen ihm Mut zu, fragten vorsichtig, wann er denn wieder die Software-Entwicklung übernehmen würde. Es war ein gutes Gefühl, gebraucht zu werden. Ohne ihn lief nichts in der Firma, das war allen klar.

Bryan, der allmächtige Boss, klopfte ihm auf die Schulter, was er noch nie getan hatte. Er hielt eine verkürzte Standardansprache: Die Gründung des Sicherheitsdienstleisters Phantom als Spin-off jenes Neurotechnik-Unternehmens, das einen Paradigmenwechsel im Bereich elektronischer Augmentierung ausgelöst hatte. Der entscheidende Durchbruch mit den Terahertz-Lasern. Der Fast-Bankrott nach dem Rückgang des islamistischen Terrors. Konsolidierung und Aufschwung. Die harte Konkurrenz und das erklärte Ziel, Marktführer zu bleiben. Seit militante Sekten den Islamisten im weltweiten Terror den Rang abgelaufen hatten, boomte der Security- und Antiterrormarkt wieder. Viele Newcomer nutzten Virtual-Reality-Technik, um ihre Sicherheitsleute und Eingreiftruppen zu schulen. Die Firma musste aggressiv akquirieren, um zu überleben.

Natürlich blieben manche Methoden der Firma unerwähnt. Es war ein offenes Geheimnis, dass Phantom illegale Geheimdienstsoftware zur Überwachung einsetzte. Und Bill kannte Phantoms größtes Geheimnis: Outgesourcte Todeskommandos liquidierten die Familien der Terroristen

– eine der wirksamsten Abschreckungsmaßnahmen für potenzielle Attentäter. Und er wusste, dass niemand wissen durfte, dass er das wusste.

Am Ende der Ansprache erläuterte Bryan ein paar neue Ideen, die zu implementieren waren, sobald Bill sich dazu in der Lage fühlte – am besten gleich. Bill bat jedoch darum, zuerst die neuen Kadetten für den Einsatz schulen zu dürfen und dann ein paar Tage Urlaub zu nehmen, die er mit seiner Frau verbringen wollte.

Bill war zufrieden. Von den Toten auferstanden – was will man mehr? Wenn nur nicht das merkwürdige Ameisenlaufen auf den Armen und Beinen gewesen wäre und das Gefühl, einen nassen Lappen zu quetschen, als Bryan ihm zum Abschied die Hand gab.

***

„Sie werden jetzt Ihre erste Trainingseinheit in der aktiven VR-Umgebung absolvieren."

Er betrachtete die Kadetten, die da wissbegierig und vor Enthusiasmus platzend vor ihm saßen. Zehn junge Kerle, die den Eingangstest geschafft hatten. Er nahm den Helm vom Pult. Eine elastische anthrazitgraue Hülle aus sechseckigen Waben.

„Dieses Ding" – er dehnte es wie eine Badehaube – „versetzt Sie in eine virtuelle Trainingsumgebung. Die Terahertz-Laser in den Waben stimulieren Ihre afferenten Nerven durch das Schädeldach; Sie werden das Gefühl haben, in einer absolut realen Situation zu sein. Sie werden sich alle im gleichen virtuellen Raum befinden, Sie werden alle Mitglieder des Platoons sehen und mit ihnen kommunizieren. Bisher haben Sie nur in einer Augmented-Reality-Umgebung geübt, die Ihre reale Umgebung wiedergab."

Er holte weit aus und deutete auf die Fensterfront. „Wenn Sie sich erinnern: Die Sonne schien durch dieses Fenster und warf an diesem Bildschirm einen exakt nach der Realität berechneten Schatten. Sie haben gelernt, sich mit Hilfe des VR-Helms in dieser realen Umgebung zurechtzufinden. Sie konnten alles beobachten, was Sie auch in Wirklichkeit beobachten würden, aber Sie konnten nichts verändern. Sie konnten durch diese Tür gehen, aber nicht durch die Wand.

Diesmal ist es anders. Sie werden zum ersten Mal im Active Mode arbeiten. Sie können die Umgebung verändern. Sie können Wände sprengen" – seine Handfläche knallte gegen die Projektionswand –, „Sie können Terroristen aufspüren und eliminieren. Sie werden heute die Burj Khalifa in Dubai schützen. Wir haben Hinweise auf einen geplanten Anschlag des KS."

Ein prüfender Blick zur Klasse zeigte ihm, dass keine langen Erklärungen nötig waren.

„Der Turm hat eine Höhe von achthundertachtundzwanzig Metern. Allerdings werden Sie nicht auf die Nadelspitze klettern. Im Einsatz wird die hohe Aussichtsplattform wichtig sein. Und die ist in welcher Etage?"

„In der hundertachtundvierzigsten", tönte es mehrfach aus der Klasse.

Bill war zufrieden. Sie hatten die höchsten Gebäude der Welt gründlich studiert. „Die Übungsannahme ist, dass mehrere Sprengladungen im Gebäude so gezündet werden, dass der Turm in sich zusammenbricht. Sie wissen nicht wo, aber Sie können gewisse Bereiche ausschließen. Sie haben das in der Ausbildung gelernt."

Die Klasse schwieg. Einige starrten nachdenklich an die Decke, andere senkten den Kopf zu ihrem Tablet.

„Ich gebe Ihnen einen Hinweis: Die Druckspannung hängt vom darüber liegenden Gewicht und von der lokalen Querschnittsfläche der Tragkonstruktion ab."

Die Klasse murmelte verunsichert. Sie sollten das selbst herausfinden, entschied Bill.

„Okay, Kadetten. Ich werde dabei sein, aber Sie werden mich nicht wahrnehmen und ich werde nicht eingreifen, denn ich benutze diesmal den Passivmodus. Sie sind also auf sich allein gestellt. Seien Sie vorsichtig, Ihr Gegner ist stark. Es kann passieren, dass Sie verletzt werden, sogar schwer oder tödlich. In diesem Fall geben wir Ihnen nach Übungsende Lipropanol."

Er machte an dieser Stelle immer eine Pause. Er wusste, dass das ein heikler Punkt war. Die Kadetten waren verunsichert, es gab Gerede über eine Kampfdroge, aber niemand wagte danach zu fragen.

„Um das ein für allemal zu klären: Lipropanol ist tausendmal getestet worden und gut verträglich. Es verhindert die Langzeiterinnerung nach kritischen Einsätzen, die sonst posttraumatische Störungen erzeugen würden. Entgegen allen Verschwörungstheorien macht es nicht aggressiv; Aggression müssen Sie schon selbst mitbringen. Noch Fragen?"

Einer in der ersten Reihe meldete sich.

„Wir müssen uns ja bewegen, Kampftaktiken anwenden. Während wir hier still sitzen?"

„Wie heißen Sie, Kadett?"

„Kevin, Sir."

Kevin war ein kleiner Besserwisser. Eine Demonstration war fällig. Er trat an den Jungspund heran.

„Okay, Kevin. Setzen Sie den Helm auf", forderte er ihn auf. Der stülpte sich die Haube umständlich über, nicht mehr so sicher, mit seiner Frage Punkte gemacht zu haben. Bill korrigierte den Sitz des VR-Helms, ließ sich Zeit, damit die anderen den wackelnden Kopf des Prüflings zur Kenntnis nehmen konnten. Dann griff er nach der Brille, hielt sie hoch.

„Das ist die Mirage von Oculus, eine Weiterentwicklung der Rift 12. Wer hat schon mal mit einer Rift gespielt?“

Alle Hände schossen in die Höhe.

„Setzen Sie die Mirage auf, Kadett!“ befahl er, kontrollierte noch einmal den Sitz von Helm und VR-Brille. „Ich starte jetzt Combat, Sie haben das beim Auswahltest real geübt. Messerangriff. Ich ziehe jetzt Ihre VR auf den Schirm.“

Das große Display an der Wand erwachte zum Leben.

```
Combat 1.0 -- Messerattacke
VR AktivModus
Immersion startet …
```

Eine Wüstenlandschaft erschien auf dem Schirm. Kevin stand wie verloren da. Aus der flimmernden Luft materialisierte ein virtueller Trainer.

„Hallo, Kadett. Bevor Sie kämpfen, müssen wir Ihr Interface trimmen“, stellte er fest.

„Äh …?“

„Das ist neu für Sie, Kadett. Bisher waren Sie im Realitätsmodus unterwegs, Sie konnten nicht interagieren. Jetzt kommt es auf präzise Kampfbewegungen an. Die Signale des Helms sollen ja an den richtigen Stellen in Ihrer Hirnrinde ankommen, damit Sie nicht danebengreifen. Sie werden jetzt einem Fliegenschwarm ausgesetzt. Sie werden spüren, wo sich eine Fliege niederlässt. Das wird irgendwo auf Ihrer linken Körperhälfte sein, je nach Sitz des Helms. Sie können die Fliege mit Handbewegungen steuern. Tun Sie dies so lange, bis sie auf Ihrem linken Handteller sitzt.“

„Aber wie …“

„Das ergibt sich von selbst.“ Der Trainer schnippte mit den Fingern und am sonnenhellen Himmel erschien ein Schriftzug:

```
Cortex triangulation.
Follow advice.
```

Und sie kamen surrend daher, Hunderte grünschillernder Fliegen wirbelten wie eine Aura um Kevins Kopf. Er fuchtelte mit den Armen, um sie zu verscheuchen, aber sie blieben auf Distanz, abwartend, den Angriff planend. Dann schickten sie eine Kundschafterin aus, die auf seiner linken Schulter landete.

„Locken Sie sie nach vorne, auf die Hand", ermutigte ihn der Trainer.

„Ich hab sie!"

„Gut. Schließen Sie die Hand. Fest."

```
Left palm locked.
Repeat right.
```

Die Wiederholung mit der Rechten endete mit der Erfolgsmeldung:

```
Right palm locked.
Repeat crotch area.
```

Ein kleiner Schwarm landete auf Kevins Bauch. Dem Kadetten war sichtlich nicht wohl bei der Sache.

„Sie müssen sie zwischen Ihre Beine locken. Fürs 3D-Tuning brauchen wir drei Kalibrierungspunkte."

Kevin folgte der Aufforderung widerwillig und machte steuernde Handbewegungen.

„Wo sind sie jetzt?"

„Genau auf meinen – äh – zwischen den Beinen."

„Etwas höher. Das Interface muss genau wissen, wo es zuschlägt."

Kevins Finger steuerten das Zielobjekt vorsichtig an.

„Ist sie am Ziel?"

„Ich – ich glaube schon."

„Na dann weg mit ihr. Oder brauchen Sie eine Fliegenklatsche?"

Mit Todesverachtung griff Kevin nach der an delikater Stelle sitzenden Fliege. Aus der Klasse kam prustendes Lachen.

Die Schrift blinkte zufrieden:

```
Cortex triangulation finished
```

„Das hätten wir. Das Interface kann jetzt präzise mit Ihrer Feinmotorik kommunizieren. Viel Glück, Kadett!"

Damit verschwand der Trainer wie eine Fata Morgana. Gleich darauf reckte sich ein zartes Pflänzlein aus dem Wüstensand. Innerhalb von Sekunden spross es zu einer mächtigen Schirmföhre.

***

Kevin duckte sich, suchte Schutz am Stamm. Der Angreifer kam von oben aus den Ästen, federte leicht beim Sprung ab, in der Rechten einen Dolch. Kevin ging sofort in Verteidigungsstellung. Der Angreifer war klein. Er stürzte sich mit erhobenem Messer auf seinen Gegner. Kevin wich seitlich aus und kickte einen Yop-Chagi gegen das Knie des Angreifers. Der knickte ein, das Messer landete im Sand, beide Kämpfer hechteten danach. Ein Ringkampf entspann sich, die Männer wälzten sich am Boden und nach kurzer Zeit hatte Kevin die Oberhand. Er griff nach dem Messer, aber da ruckelte das Bild. Er griff daneben. Der Terrorist nutzte den Blackout und fasste das Messer mit beiden Händen. Mit einer geschickten Rolle befreite er sich aus dem Klammergriff und stieß Kevin die Klinge von unten in den Hals. Blut quoll in Stößen in den Sand, der Körper des Kadetten bäumte sich auf, dann war der Kampf vorbei.

Der echte Kevin gab grässliche erstickte Laute von sich, während er sich wiederholt zusammenkrümmte. Bill trat an das Pult des Prüflings heran, fixierte dessen sich windenden Oberkörper, griff seitlich an den Helm und drückte den roten Knopf für die Lipropanol-Injektion fest gegen den Hals des Kadetten. Der wurde bald ruhig, seine Schultern entkrampften sich. Nach kaum einer Minute streckte er sich und setzte die Mirage ab. Erstaunt rieb er sich die Augen.

„Gut gemacht, Kevin. Hatten Sie genug Bewegung?" Kevin nickte benommen, noch halb im Kampfgeschehen.

„Berichten Sie."

„Nun, ich habe mit dem Angreifer gekämpft. Ich habe ihm das Messer abgenommen."

„Sehr gut. Und dann?"

„Äh, dann ... – wir sind zu Boden gegangen, es war ziemlich wild."

„Wer hat gewonnen?"

Kevin zögerte. „Ich – ich weiß nicht genau. Ich denke, das war ich?"

„Nun, Sie hätten gewonnen, wenn die Software nicht einen Sekundenbruchteil aus dem Takt geraten wäre. Das hat Sie abgelenkt. Das ist ein echtes Problem, es bringt den Trainingsplan durcheinander. Die verbesserte Version wird demnächst ausgeliefert."

Kevin wartete auf eine Antwort. Bill wandte sich an die Klasse. „Sie sehen, das Lipropanol wirkt augenblicklich. Keine Erinnerung, keine posttraumatische Störung."

„Sir?" fragte Kevin etwas verstört.

„Sagen Sie's ihm", forderte Bill die Kadetten auf.

Die Klasse schwieg.

„Nur zu, es tut nicht mehr weh."

„Du hast verloren", murmelte schließlich einer. „Er hat dir den Hals aufgeschlitzt."

„Du warst tot."

Bill wartete, bis die Klasse das verarbeitet hatte.

„Die Immersion ist vollständig", fuhr er fort. „Die Helmsensoren nehmen die Aktionspotentiale der motorischen Nerven ab, um die Simulation realitätsecht abzuwickeln. Dadurch kommt nur ein schwaches Restsignal in die efferenten Nervenbahnen. Das führt zu ineffektiven Muskelkontraktionen. Sie haben gezuckt wie eine schlafende Katze." Das sagte er zu Kevin, der rot anlief. Unterdrücktes Lachen kam aus den hinteren Reihen. Jetzt hatte Bill die Klasse auf seiner Seite. Danach war es leichter, sie zum Training zu motivieren. Er vergewisserte sich, dass alle Helm und Brille korrekt angelegt hatten, tat desgleichen und aktivierte den Passivmodus.

Das Grau der Datenbrille flimmerte und dann begann die Immersion: Die Burj Khalifa erschien wie aus lichtem Nebel in hyperrealistischer Schärfe. Davor hingen greifbar nah die Worte:

```
TerrorAnschlag Burj Khalifa
VR PassivModus
Immersion startet …
```

Bills Trainingshelm begann zu pulsieren. In weichen, massierenden Bewegungen schmiegte das integrierte Neuro-Interface sich seinem Gehirn an. Ein verwischter Lufthauch im Gesicht. Ameisen trabten seine Arme entlang bis zu den Fingerspitzen. Ein zartes Kribbeln in der Wirbelsäule. Der Helm vibrierte jetzt stärker – eine heiße Welle wie nach einem Adrenalinstoß überrollte Bill. Er hatte das Gefühl, sachte vor der riesigen Burj Khalifa zu landen, dem Schauplatz der Simulation. Gleichzeitig wusste er, dass er in Phantom City als Ausbilder vor seinen Kadetten saß und sich nicht rührte.

Er war im Spiel, beobachtete alles, aber für sie existierte er nicht. Er brauchte auch nicht auf Distanz zu achten – sie liefen einfach durch ihn hindurch. Die Gruppe war gut organisiert. Die Kadetten holten sich die Konstruktionspläne aus der Cloud, ließen eine Finite-Elemente-App laufen, die potenzielle Statikschwachstellen anzeigte, orderten in der Zentrale einen Drohnenschwarm, mit dem sie die Außenhülle entlang der tragenden Stützen von unten nach oben abscannten. Die hochempfindlichen Sprengstoffdetektoren fanden die Bomben in drei übereinanderliegenden Stockwerken. Expertensoftware analysierte den Zündmechanismus. Bill hatte, um den Stress zu erhöhen, einen Zeitzünder eingebaut, der ihnen nach der Entdeckung der Bomben nur gerade eben genug Zeit ließ, um das Gebäude zu räumen, wenn sie es effektiv machten. Sie verschwendeten wertvolle Zeit mit dem vergeblichen Versuch, die Bomben zu entschärfen. Alle Mechanismen waren individuell SSL-kodiert.

Sie arbeiteten an der ersten Entschlüsselung, bis nach wenigen Minuten einer von ihnen feststellte: Wir brauchen mindestens zehn Minuten für jede, das macht … – fast zwei Stunden! Zu lang. Wir müssen evakuieren!"

Und das taten sie. Die Kapazität der Expressaufzüge wurde berechnet und voll ausgelastet; die Personen aus den oberen Stockwerken wurden per Helikopter von der Plattform in der 148. Etage geborgen. Bill zoomte sich als Beobachter in den letzten Heli; es war Zero minus eine Minute. Er saß auf dem Kranausleger des Boeing Defiant und sah zu, wie zwei seiner Kadetten die Leute anwiesen. Die Evakuierten waren verwirrt, langsam und nicht sehr kooperativ; realitätsnah eben. Bei Zero minus 10 Sekunden waren alle drin, ein Kadett gab dem Piloten Zeichen. Die Rotoren liefen donnernd an, während der andere Kadett hoch hechtete und Bills virtuellen Platz auf dem Ausleger einnahm. Wie ein Schoßkind saß er auf Bill, ohne es zu merken. Der Rumpf des Defiant schwankte. Aber es waren nicht die mächtigen Doppelrotoren, die ihn zittern ließen – es war die Burj Khalifa, die wie in Zeitlupe einzustürzen begann. Der zweite Kadett lief auf den Helikopter zu, auf einer Plattform, die sich wie das Deck eines Ozeanriesen in schwerer See senkte. Der Defiant hob aus der Sinkbewegung ab, schwebte einige Zentimeter über dem Landeplatz, um den Heranlaufenden aufzunehmen, aber je näher der kam, desto weiter fiel er auf der stürzenden Plattform zurück. Bill unterdrückte den Impuls, die Hand nach ihm auszustrecken. Er konnte nicht eingreifen und es war sowieso zu spät. Sekunden noch schwebte der Defiant gleichsam zögernd über dem rasch unter ihnen schrumpfenden Landeplatz, während seitlich von ihm die höheren Etagen majestätisch erdwärts strebten. Staubfontänen und glitzernde Glassplitter brachen aus den Wänden der kühnen Nadel, die zur Ehre einer fixen Idee in den Wüstensand gerammt wurde, aus dem sie einst gewachsen war.

DNA-Spuren führten zu den Terroristen. Die KS-Zelle wurde liquidiert, wobei ein zweiter Kadett ums Leben kam. Gemäß Protokoll erhielten die beiden nach Übungsende Lipropanol. Sie erinnerten sich an den Einsatz, aber das traumatische Ende war vergessen. Es ging ihnen gut. Alles in allem war es ein guter Score.

***

Seine Versuche, mehr über Anns Zustand zu erfahren, waren unergiebig. Tiefschlaf, … auf dem Weg der Besserung … in wenigen Tagen wissen wir mehr, hieß es vom Krankenhaus. Die Schulung der Kadetten nahm ihn voll in Anspruch. Es war schön zu sehen, wie begeistert sie waren und wie sie unter seiner Führung besser wurden. Er hatte kaum Zeit, an den Anschlag zu denken, der Ann und ihn fast das Leben gekostet hätte. Und das war gut.

Nur in den Träumen kamen die Bilder wieder. Die wasserhellen Augen des Terroristen, der Pick-up, Ann zur Seite stoßen, zielen, feuern. Aus einer Halswunde quellendes Blut.

Er erwachte mit klopfendem Herzen. Im Takt quellendes Blut – das Metronom des Todes. Wie in der Combat-Simulation. Die Wunde war an der gleichen Stelle und es quoll im gleichen Takt. War das Zufall?

Bill nahm den geplanten Urlaub, nachdem er die Kadetten durch das Programm geschleust hatte. Sie würden gute Phantoms werden – aufmerksam, entscheidungsstark und skrupellos, wenn es um die Bekämpfung des Terrors ging.

Es war phantastisch, Ann wiederzusehen. Sie genossen einen romantischen Abend mit allem, was dazugehörte. Sie war wunderschön, kein Anzeichen von Narben, die Haut war glatt und jugendlich, ihre Formen besser denn je, die Brüste zart und wohlgeformt, ein Thigh Gap wie bei einem Model: Die Biobots hatten ganze Arbeit geleistet.

Er buchte ein Luxushotel auf Sardinien und die Tage vergingen wie im Traum. Sie vermieden es die meiste Zeit, über den Anschlag zu sprechen, aber Bills Alptraum quälte ihn; die Bilder liefen immer wieder ab, als hätte er etwas übersehen.

„Weißt du noch“, fragte er eines Morgens, „als der Wagen auf uns zu raste? Da standst du neben mir. Was ist dann geschehen?“

„Du hast mich zur Seite gestoßen.“

„Und?“

„Es war heftig, ich bin gestürzt.“

„Hattest du einen Hut auf? Oder irgendwas um die Schultern? Ein Cape oder einen Umhang?“

Sie verneinte wortlos. „Warum fragst du?“

„Ich weiß nicht. Es kam mir so vor. Hat dich der Pickup erwischt?“

Sie schüttelte den Kopf. „Ich glaube nicht. Du hast geschossen, dann ist er in die Mauer gekracht. Und dann …“

Dann war die Welt in Feuer und Schmerz untergegangen.

Jetzt wusste er, was ihn beunruhigte: Er hatte bis zur Explosion volle Sicht auf die Uferpromenade gehabt. Er hätte Ann sehen müssen, sie war ja nicht weit von ihm gestürzt. Aber da war nichts. Dort, wo sie hätte liegen müssen, war in seiner Erinnerung ein Loch.

„Das kommt vom Lipropanol“, beruhigte sie. „Es ist ohnehin erstaunlich, dass du dich an so viele Details erinnerst. Die haben dir zu wenig gegeben.“

Die Erinnerung überfiel ihn, als sie durch die Straßen schlenderten, vorbei an Geschäften, Cafés, Restaurants. Ein Windstoß erfasste einen schlecht befestigten Schal vor einem Souvenirladen, wehte ihn in die Straßenmitte. Er schwebte elegant zu Boden und landete in einer Pfütze. Bill blieb stehen. Er starrte in die Pfütze, die vor seinen Augen rot wurde, blutrot wurde sie, und der Schal sog das frische Blut auf.

Ann hatte einen Schal getragen an jenem Tag. Der Schal lag in einer Pfütze aus Blut und Gehirnmasse, und in der Pfütze lag ein halber Schädel – Anns Kopf oder was von ihm übergeblieben war, als der Pick-up sie überfahren hatte. Du kannst das nicht überlebt haben, dachte er. Nicht mit den besten Biobots der Welt konnte man ein zu Brei gequetschtes Gehirn wiederherstellen.

Sie merkte gleich, dass etwas nicht stimmte, da er plötzlich schwieg.

„Was ist, Liebster?"

„Weißt du noch, an unserem ersten Hochzeitstag, das teure Restaurant in der Bucht?", lenkte er ab.

Sie nickte lächelnd. „Das war so schön."

„Ich glaube, wir hatten Fisch, nur an den Wein kann ich mich nicht erinnern."

Es war ein Test. Er beobachtete sie aufmerksam. Sie blieb kurz stehen, erstarrte, wie um nachzudenken. Aus den Augenwinkeln sah er, wie ein Kind im Laufen innehielt und die Spatzen erstarrten im Flug. Für Sekundenbruchteile schien die Welt den Atem anzuhalten.

„Nein, wir hatten ein Boeuf Bourgignon und dazu zwei Flaschen Volnay '93."

Gut pariert, dachte er. Natürlich wusste er, dass sie ein Boeuf Bourgignon hatten. Dass sie sich noch an den Volnay erinnerte, war auch möglich. Aber gleich den Jahrgang ... – etwas zu perfekt für jemanden, dem Wein nicht viel bedeutete. Die Kameras im Restaurant, die Rechnung, die Robotkellner – alles war aufgezeichnet. Ihr Wissen konnte aus der Datenkonserve kommen.

Er musste sie mit einer Situation testen, die keine digitalen Spuren hinterlassen hatte. Sie schlenderten weiter und er bemühte sich, entspannt zu wirken.

„Wir waren dann noch am Strand, erinnerst du dich?"

Sie nickte versonnen.

„Was hältst du davon, das heute zu wiederholen? Es ist ein lauer Abend."

„O ja, wie schön wäre das!"

Er legte den Arm um ihre Schulter, zog sie heran und flüsterte ihr ins Ohr: „Ich hab's dir damals gleich zweimal besorgt. Aber das ist zehn Jahre her. Keine Garantie, dass ich das noch bringe."

Sie kicherte verschämt und schenkte ihm ein verliebtes Lächeln.

Er spürte, wie sich seine Brust zusammenzog. Das war nicht Ann. Denn an jenem Hochzeitstag hatte er die zwei Flaschen Volnay fast allein geleert. Sie waren nicht an den Strand gegangen, sondern gleich aufs Zimmer. Und dann war von Sex keine Rede, so abgefüllt, wie er gewesen war.

Wer bist du? Wenn du nicht Ann bist, wer bin dann ich? Ein Verdacht regte sich, ein ganz und gar unmöglicher Verdacht.

***

Die Woche darauf war mit Meetings und Planungen ausgefüllt. Er beschäftigte sich intensiv mit der Weiterentwicklung der VR-Simulation. Es gab immer noch kleinere Probleme mit dem Streaming. Wenn der Haupt-Cluster eine Anfrage erhielt, die komplexe Suchroutinen in der Cloud erforderte, stockte das Bild für Sekundenbruchteile, so wie bei Kevins Combat-Training. Das war für die praktischen Übungen im Gelände kein Problem. In direkter Aktion hatten die Kämpfer keine Zeit für Anfragen an die Zentrale.

In den Pausen überlegte Bill, wie er seinen unmöglichen Verdacht überprüfen konnte, und so entstand bald ein Plan. Er erfand einen Notfall und bat Ann um Verständnis, dass er über das Wochenende im Forschungszentrum bleiben musste. Er schlenderte zum Krankenhaus, langsam und scheinbar in Gedanken, um keinen Verdacht zu erregen. Er warf einen Blick in die Krankenstation, in der sie ihn zusammengeflickt hatten, und fand wie erwartet das jetzt unbelegte Krankenzimmer. Aber sein Ziel war die Neurochirurgie – ein Hochsicherheitsbereich, in dem Tests am Menschen und Gehirnoperationen an Versuchstieren durchgeführt wurden.

Am Wochenende gab es nur Journaldienst. Mit seiner Zertifizierung kam Bill problemos an einer gelangweilten Schwester vorbei, als er die Labors besichtigen wollte. Bioreaktoren brummten, Zentrifugen sirrten, Sequenzierer blinkten, alles lief vollautomatisch ab. Er ging alle Labors ab, aber nirgends fand er Versuchstiere. Auch die OP-Säle, an die er sich erinnerte, gab es nicht. Die Sache wurde immer mysteriöser.

Er inspizierte den gesamten Trakt, prägte sich die Lage der Labors und Büros ein und zeichnete sie danach in einen Grundrissplan der Basis ein. Dabei entdeckte er, dass ein Sektor ausgespart war. Niemandsland gewissermaßen, unsichtbar und unzugänglich. Jedenfalls für ihn. Wenn seine Erinnerung an die unsichtbaren Labors und OPs korrekt war, gab es nur eine Erklärung: Sie spielten ihm eine virtuelle Umgebung vor. Aber warum? Hatte die Innenrevision herausbekommen, dass er von den Todeskommandos wusste?

Es gab vielleicht einen Weg, das herauszufinden. In der Nacht schloss er sich in seinem Büro ein, wählte den Realitätsmodus und aktivierte den Helm.

```
Phantom City
RealitätsModus
Immersion startet …
```

Das vertraute Kribbeln in den Armen verging rasch. Die 3DBrille bot ihm eine Reihe von Avataren an. Er wählte eine schlanke Frau, überlegte kurz, dann stattete er sie mit Anns Gesicht aus und steuerte sie zielstrebig in Richtung Krankenhaus. Der Avatar bewegte sich nun durch einen virtuellen Raum, der dem realen Gebäude exakt glich. Jedenfalls hoffte er das. Dann würde Ann Dinge wahrnehmen können, die ihm, Bill, in seiner virtuellen Realität verborgen blieben, wenn er denn wirklich in einer solchen gefangen war. Dinge, die er in der Neurochirurgie vermutete.

Die Laborräume entsprachen exakt seiner Erinnerung an den Rundgang. Aber die Abstellkammer am Ende des Korridors, an der er bei seiner Erkundung ratlos kehrt gemacht hatte, war jetzt keine Abstellkammer, sondern bot Zugang zu einem Vorraum, von dem mehrere Türen wegführten. In einem Raum lebten Mäuse und Meerschweinchen in ordentlich gestapelten Käfigen. Dann zwei OPs, ein leeres Krankenzimmer mit zwei Betten und eine breite Doppeltür mit der Aufschrift „Intensivpflege".

Ann trat ein. Gedämpftes Licht, eine lange Reihe von Hightech-Betten. Beatmungsgeräte, Monitore, Schläuche, Kabel. Die Betten waren mit etwas Menschenähnlichem belegt. Hier lag ein halber Torso, dort jemand, dem Teile des Schädels fehlten. Mehrere Patienten waren frisch operiert, Drähte führten von geöffneten Schädeldächern zu Maschinen.

Ann schritt die Reihe der Schwerverletzten ab, bis sie unvermittelt erstarrte. Da lag er, Bill. Er war sehr klein, besser gesagt sehr kurz. Keine Beine, kein Torso, keine Arme. Die Chirurgen hatten aus den Resten seines Körpers einen polstergroßen Klumpen gebaut, auf dem der Kopf saß. Der Kopf trug einen VR-Helm und die Mirage.

So einfach war das. Hier lagen die unrettbar Verlorenen. Krüppel, die für die Firma wichtig waren. Alle waren sie bei Unfällen oder Anschlägen schwerst verletzt und für ein virtuelles Leben zurechtgeflickt worden. Die Biobots konnten keine Körper nachbauen, aber sie hatten die Gehirne bewahrt. Wichtige, wertvolle Gehirne. Und sie waren gnädig gewesen. Sogar seine Frau hatten sie ihm virtuell zurückgegeben.

Er steuerte den Avatar an das Kopfende seines Bettes. Merkwürdig war das: Er nahm durch die Mirage seine Frau wahr, die vor seinem Krankenbett stand – dem Bett eines Verlorenen. Aber eigentlich sah der Verlorene durch Anns Augen, was er wirklich war: Nichts als ein intaktes, getäuschtes Gehirn.

Der Monitor neben dem Bett wurde hell. „Hallo, Bill", sagte Bryan. Er schien sehr ernst und besorgt. „Wir wussten, dass du irgendwann hier auftauchst. Bei deiner Intelligenz war das vorauszusehen. Wir wussten nur nicht, wie du es anstellen würdest, die Simulation auszutricksen."

„Was habt ihr mir angetan?" fragte Bill, aber aus Anns Mund klang es erstaunt und sanft. Bryan schwieg.

„Was ... was habt ihr mir angetan? Ich bin – ein Krüppel. Ein verdammter Krüppel! Und ihr spielt mir die heile Welt vor. Ihr ... ihr verfluchten Schweine!"

Bryan seufzte, den Blick schmerzgetrübt. „Es tut mir so leid."

„Spar dir dein Mitleid! Du ... mieser ..."

„Bill! Bill, hör zu! Was hätten wir denn tun sollen? Die Explosion hat deinen Körper fast vollständig zerstört. Du warst gerade noch am Leben, als wir dich holten."

Ann, alias Bill, blieb stumm. Was sollte sie auch sagen? Sollte sie jene verfluchen, die ihn gerettet hatten? Auch wenn sie es nicht aus Nächstenliebe getan hatten.

„Wir hatten gehofft, dass die Simulation schlauer sein würde als du. Aber so war es leider nicht. Jetzt, da du die Wahrheit kennst, hast du den Wunsch, dem allem ein Ende zu machen. Wir verstehen das. Aber es gibt eine Option: Wir simulieren den Anschlag, holen dich heraus und versetzen dich in Tiefschlaf. Wir würden die Lipropanol- Dosis erhöhen, um diesmal dein Trauma endgültig zu löschen. Du würdest dich an nichts erinnern, du könntest wirklich von vorn beginnen. – Und wir brauchen dich."

genden Seeschwalbe warnte ihn vor heißen Luftströmungen. Die 360-Grad-Kamera des Löschzugs lieferte ihm Bilder von der Straße, wo Kollegen gerade gegen zwei junge Männer vom Nachbarschaftsschutz vorgingen, die den Brand mit Minidrohnen filmten und so die Rettungsarbeiten gefährdeten. All diese Informationen liefen in der Lagedarstellung seines Helms zusammen.

Während der Gerettete sicher vom Dach schwebte und auf der Straße von Mirkos Kollegen in Empfang genommen wurde, feuerten die schweren „Hummel"-Drohnen weitere Löschmittelpakete durch die Fenster. Diese Pakete platzten drinnen, füllten die Wohnungen mit blauem Nebel und erstickten das Feuer so weit, dass die Männer vom Löschzug mit ihren vierbeinigen robotischen Einsatzmittelträgern vorrücken konnten.

„Das hätte nicht passieren dürfen", sagte Nils, der von seinem Arbeitszimmer aus zwei der Hummeln führte. „Nicht hier."

„Zufall ist das bestimmt nicht", antwortete Tim, der dritte Mann des Luftlöschtrupps. Als Elektroingenieur war er zuständig für die technische Wartung der Drohnen und arbeitete als Einziger ständig auf der Wache.

„Nein", stimmte Mirko zu. „Das war er."

Er, das war der Phantombrandstifter, und Nils hatte recht. Dieser Brand hätte niemals gelegt werden dürfen. Nicht nur, weil sie durch zwei Dutzend Brandstiftungen vorgewarnt gewesen waren, sondern vor allem, weil das Landeskriminalamt mit einem Programm für geografisches Profiling den wahrscheinlichen Tatort vorhergesagt hatte. Die ganze Gegend wurde bereits seit Tagen heimlich mit Kameras überwacht, sodass nicht einmal eine Katze von einem Hof in den anderen schlüpfen konnte, ohne eine Datenflut auszulösen. Nun aber brannte es, genau in der vorhergesagten Zone – und erneut hatte niemand etwas gesehen oder gehört.

Hatten sie nicht mit allem gerechnet? Zweihundert Meter, so hoch reichte die Sicht der zielsuchenden Kameras des LKA. Und nicht zu vergessen, all die mehr oder weniger legalen Überwachungsbemühungen, die sich die Bürger hatten einfallen lassen, seit über die Brandserie berichtet wurde. Solidarität gegen Brandstiftung, diesen trockenen Namen hatten sich die Nachbarschaftswächter gegeben. Sie hatten gebrauchte Kameradrohnen zur Überwachung all jener Grundstücke angeschafft, deren Besitzer ihr Einverständnis gegeben hatten. Mirko hatte sie bei der Auswahl der Maschinen und der Programmierung der Flugpläne beraten.

Der gerettete Mann wurde von seiner Familie in die Arme geschlossen. Selbst der Labrador-Retriever freute sich über all den Trubel und sprang an ihm hoch.

Mein erstes gerettetes Leben, dachte Mirko. Er empfand jedoch keine ungetrübte Freude und so reagierte er verhalten auf die Glückwünsche seiner Kollegen, die per Funk hereinkamen. Dass dieser Brand überhaupt hatte gelegt werden können, war eine mehr als peinliche Niederlage. Diese Erkenntnis arbeitete in seinem Kopf, während er den Löschangriff aus fünfzig Metern Höhe überwachte. Und das Bohren dieses Gedankens ließ auch nicht nach, als die Drohnen eine Stunde später auf dem Hof der Feuerwehrstation sicher auf ihren mobilen Plattformen landeten.

Gleich darauf schwang Mirko sich aufs Fahrrad und fuhr rüber. Er traf Tim bei der Wartung der Einheiten im Hangar. Der Ingenieur ließ ein Diagnoseprogramm durchlaufen, um sicherzugehen, dass die Bordcomputer durch die Hitze nicht gelitten hatten. Mirko untersuchte die Rotoren mit der Ultraschallsonde, während seine Gedanken aus ihm heraussprudelten.

„Wir kriegen ihn", versprach Tim, nachdem er sich Mirkos Klagelied geduldig angehört hatte. „Unser Zur-Zeit-noch-Phantom hat es geschafft, durch die Überwachung zu schlüpfen, na gut. Aber wer immer es auch war – registriert wurde er auf jeden Fall. Ich kenne einen der LKA-Ingenieure aus dem Studium in Darmstadt. Lars ist noch vor seinem Abschluss zur Polizei gegangen, erst kriminaltechnischer Dienst, später LKA. Er vermutet, dass der Täter ein unauffälliges ferngesteuertes Gerät benutzt, um die Brände zu legen. Wahrscheinlich eine genehmigungsfreie Minidrohne mit einem Abfluggewicht unter fünfhundert Gramm. Deshalb haben sie zwei Funkmesswagen eingesetzt, um jede Art von Steuerbefehlen aufzuzeichnen und zum Ursprung zurückzuverfolgen. Viel Arbeit, bei all dem Datenfunk in der Großstadt heutzutage, aber ich wette mit dir, es dauert keine Woche, dann sehen wir das Gesicht des Burschen live auf *Deine News Frankfurt*, wenn sie ihn aus seiner Wohnung holen."

***

Mirko wollte das nur allzu gern glauben. Am Abend saß er mit einem Käsebrot und seinem Tab vor dem Küchenfenster, las die von Bürgern verfassten Nachrichten auf *Deine News* und zählte Drohnen. Eine war gerade dabei, die Solaranlage auf dem Nachbarhaus zu putzen. Doch insgesamt stellten Lieferdrohnen von Restaurants und Überwachungseinheiten der Polizei, des Ordnungsamtes und der Bürgerinitiative den Löwenanteil bei den größeren Modellen, die insbesondere die mittleren Höhen zwischen hundert und vierhundert Meter nutzten. Private Kleinstdrohnen blieben infolge der Vorschriften nahe am Boden. Die meisten folgten ihren Besitzern wie Hunde beim Gassigehen – vor allem Teenagern, die glaubten, ihre Leben seien so spannend, dass sie permanent dokumentiert werden müssten.

Vielleicht hatten einige der jüngeren Kinder von ihren Eltern Drohnen-Bewährung bekommen, eine neue Form des mobilen Arrests, bei dem sich die Gelehrten noch über die Grenzen zwischen Erziehung und Menschenrechtsverletzung stritten. Und dann gab es da die privaten Sicherheitsdrohnen: radkappengroße, runde Scheiben, Dreiecke und Quadrate, die in unregelmäßigen Abständen aus Häusern aufstiegen, eine Runde durch die Gärten drehten und wieder verschwanden.

Was Mirko erstaunte, war die hohe Zahl gewerblicher Drohnen, bei denen er keine Vorstellung hatte, zu wem sie gehörten und warum sie in seiner Nachbarschaft unterwegs waren. Ein paar davon zählten vielleicht Grünpflanzen und Singvögel in den Vorgärten. Andere waren offensichtlich hinter sensibleren Informationen her, wie den Nummernschildern der Autos, die vor den Häusern parkten, sowie Wärmebildern von Dächern. Information war Macht in den Händen von Staat, Wirtschaft und Interessenverbänden. Je aktueller und umfassender die Information, desto mächtiger war sie. Drohnen boten hier das beste Kosten-Nutzen-Verhältnis.

Durch programmierte Flugpläne konnte eine einzige Person mit der erforderlichen Lizenz eine ganze Flotte kontrollieren. Zum Beispiel, um Solarzellen zu reinigen und zugleich fremde Hausgrundstücke nach leicht brennbaren Dingen abzusuchen, dachte Mirko und biss von seinem Brot ab.

Der Brandbeschleuniger war immer schon am Tatort gewesen: ein halbvoller Benzinkanister neben der Garage, ein Brennholzstapel mit Fichtenreisig unter einer Wetterschutzplane, ein Eimer Lack, der offen am Fenster stand, ein Lager voll mit alten Kartonagen. Alles war gezündet worden, ohne dass jemand es zuvor bewegt hätte. Ob der Kerl bei den

Bränden zugesehen hatte? Vielleicht, aber dafür musste er nicht einmal in der Nähe gewesen sein. Auch zu dem neuesten Brand gab es reichlich Videomaterial – live eingespeist von Nachbarn und Schaulustigen, die keinen Unterschied zwischen Information und Sensation machten. Es war noch nicht einmal unbemerkt geblieben, dass einer der Funkmesswagen zum Einsatz gekommen war.

„Wer immer es auch war – registriert wurde er auf jeden Fall“, hatte Tim behauptet, und die meisten Kommentarschreiber waren der gleichen Meinung. Mirko hoffte, dass die Leute recht behielten. Hoffentlich spürte das Phantom den Druck der näher rückenden Enttarnung und hatte keine ruhige Minute mehr.

***

Das Nachtdisplay des Schlafzimmer-Netzwürfels zeigte 5:37 Uhr am 12. März 2033. Der Alarmgong erklang, gefolgt von der Stimme des automatischen Einsatzleitsystems: „Brandmeldung, Sektor B7, Einsatz für den Luftlöschtrupp.“

Das ist kein Traum, dachte Mirko, während die Meldung erneut abgespielt wurde, und fühlte zugleich den Adrenalinstoß, der ihn erwachen ließ. Er schlug die Bettdecke zurück und stand auf. Noch etwas wacklig auf den Beinen hastete er in sein Arbeitszimmer. Dort erwartete ihn bereits die Computer-Bedienoberfläche, die über dem Schreibtisch zu schweben schien. Er nahm den Helm der Drohnensteuerung von dem gesichtslosen Glaskopf und setzte ihn auf. Die Vision richtete sich summend im optimalen Abstand zu seinen Augen ein, während im Hangar die beiden Seeschwalben automatisch von ihren Plattformen abhoben.

Nachdem die Drohnen die hell erleuchtete Halle hinter sich gelassen hatten, stiegen sie in den wolkendurchzogenen Nachthimmel. Unter ihnen erstreckte sich die Stadt mit ihrem ewigen Lichtvorhang.

Mirko musterte die Karte. Der Brand leuchtete als roter Punkt am Rand des Industrieparks Höchst nahe dem Stadtwald. Er kannte das Areal.

Ein städtischer Wertstoffhof, dachte er. Um diese Zeit ist da niemand.

Seine Kollegen Nils und Tim stießen mit ihren vier Hummel-Drohnen hinzu: Der Erste Luftlöschtrupp Frankfurt-Süd zog in enger Flugformation in den Einsatz.

„Moin", sagte Tim verschlafen.

Mirko drehte das Mikro weg und gähnte herzhaft, dann zog er es wieder in Position. „Guten Morgen, Jungs. Alle wach und einsatzbereit?"

„Yup", sagte Nils. „Ein Fahrzeugbrand. Sieht zur Abwechslung mal nach einer einfachen Sache aus."

Tim brummte zustimmend.

Mirko zog eine Linie auf der elektronischen Karte und ließ seine Seeschwalben für den ersten Angriff vorausschießen.

Schon von Weitem war das Feuer auszumachen: Zwei Sattelanhänger, eine Zugmaschine, drei offene Wertstoffcontainer und ein riesiger Haufen Grünabfall standen in Flammen. Schwarze und graue Rauchkamine verbanden sich und stiegen dann fast schnurgerade in den Himmel. Die Seeschwalben scannten die Dachmarkierungen der Anhänger. Deren Codes standen für Altpapier und leicht entzündliches Verpackungsmaterial. Ihre Drohnen würden da nicht viel ausrichten, aber auf der Karte näherte sich bereits das Symbol des Löschzugs mit dem Tanklöschwagen und den Robotern. Mirko ließ Seeschwalbe eins um das Feuer kreisen. Die angrenzende Wiese brannte ebenfalls; ein Kaninchen floh im Scheinwerferkegel vor den Flammen, die sich durch das trockene Gras fraßen. Die Drohne maß Ausbreitung und Geschwindigkeit des Feuers, registrierte Topografie, Windströmungen und verbliebenes Brennmaterial. Dann errechnete sie aus diesen Daten ein Modell der zu erwartenden Brandentwicklung. Die Motoren von Seeschwalbe zwei heulten, als sie die Maschine im heißen Aufwind stabilisierten.

Mirko ließ die Drohne eine Position über dem Verwaltungsgebäude neben dem Tor einnehmen, von wo aus sie das Einsatzgebiet sicherte. Nils' und Tims Hummeln flogen von der Stadt heran, jede bestückt mit zweihundertfünfzig Kilo ABC- und Metalllöschpulver in Form von zehn Nebelladungen.

„Mit unseren Mitteln können wir den Brand nur eindämmen", fasste Mirko seine Analyse zusammen. „Hier und hier." Er zog zwei Linien auf dem Bildschirm und markierte den einen noch unbeschädigten Sattelschlepper, der ein Stück entfernt von den brennenden stand. „Wir drängen das Feuer durch gezielten Löschmitteleinsatz zurück, bis Hagens Leute am Boden so weit sind."

„Ich fordere zusätzliche Drohnen aus Eckenheim an", sagte Tim. Seine Finger flogen über die Tastatur. „So ... Nord schickt uns vier Hummeln ..."

Er unterbrach sich. „Da! Mann im Feuer!"

Auf Tims Veranlassung hin legte die Drohnenkamera von Seeschwalbe zwei einen Lebenszeichenfilter über das Bild. In der Führerkabine eines der brennenden Sattelzüge saß eine Gestalt, deren Atemwolken grün hervorgehoben wurden. Mirko zoomte heran. Offenbar hatte der Mann einen Schlafsack übergeworfen, weshalb ihn die Personenerkennung bisher übersehen hatte. Wahrscheinlich hatte er in der Kabine geschlafen und war von den Flammen überrascht worden. Vor ihm versperrte ein Maschendrahtzaun mit Stacheldrahtkrone den Fluchtweg, rechts von seiner Zugmaschine hüllten brennende Grünabfälle alles in dichten

Rauch. Hinter ihm loderten die Flammen der beiden Anhänger so heiß, dass kein Durchgang blieb, und links brannte die Zugmaschine, deren Tanks jederzeit explodieren konnten. Mirkos Hand umklammerte den Flightstick. Seine Aufklärungsdrohnen konnten hier nichts bewirken, solange er vom Boden aus keine Unterstützung erhielt. Er hatte das Gefühl, tausend Kilometer weit weg zu sein.

„Nils ..."

„Ich weiß!" Nils' Hummeln erschienen über den Flammen und drehten sich in Angriffsposition. Sie erinnerten Mirko ein wenig an riesige Pinguine mit Rotorgondeln anstelle des Schwanzes und der Stummelflügel. Patronen mit Löschpulver zischten aus den Abschussbechern und platzten mit dumpfem Knall in den Flammen, die auf ein Drittel ihrer Größe zusammensanken. Darauf hatte der Eingeschlossene gewartet. Er stieß die Tür der Fahrerkabine auf, sprang auf den Weg, schlang den offenen Schlafsack um sich wie einen Kapuzenumhang und rannte los, zwischen der brennenden Zugmaschine und dem Zaun durch. Nils ließ eine Serie Ladungen über ihm platzen. In einem blau glühenden Löschmittelvorhang stürzte der Mann und rollte sich über den Splitt, wohl in dem Glauben, Feuer gefangen zu haben.

Ein vierbeiniger Einsatzmittelträger stampfte ins Bild, fasste den am Boden Liegenden um den Bauch und zog ihn zu dem unbeschädigten LKW. Offenbar hatten die Kollegen auf dem Führungsfahrzeug schnell geschaltet und die Einheit querfeldein vorausgeschickt.

„Wie sieht es aus?", fragte Löschdrohnen-Operator Mirko. Er versuchte vergeblich, noch näher heranzuzoomen.

„Nur leichte Verbrennungen", kam die erlösende Nachricht von Brandmeister Sachs. „Wir übernehmen ihn."

Auf der Anhängerplane hinter dem robotischen Rettungsmittelträger bemerkte Mirko drei leuchtende Punkte, die rasch schwarz und größer wurden. Gab es Funkenflug? Er schaltete die Filter durch und runzelte die Stirn. Grüne Linien zogen sich durch das Bild bis zu der Plane, aus der gerade erste Flämmchen schlugen.

„Sky Süd Truppenführer an Löschzug: Der Sattelzuganhänger hinter dem Träger fängt Feuer. Schafft den Mann da weg!“

Der Rettungsmittelträger half dem Verletzten aufzustehen. Dann führte er ihn in Richtung Zufahrt, wo in diesem Moment die Fahrzeuge des Löschzugs hielten.

Die grünen Strahlen zielten unbeirrt auf den Anhänger, der an immer neuen Stellen brannte.

„Jemand hilft von oben nach“, erkannte Mirko und ließ Seeschwalbe zwei so weit wie möglich nach oben blicken. Allerdings waren die beweglichen Kameras alle nach unten gerichtet, und die obere Navigationskamera zeigte nur einen kleinen hellen Punkt vor den Wolken. Mirko ließ die Drohne mit maximalem Tempo aufsteigen. Die Seeschwalbe schoss mit surrenden Rotoren in den Himmel, vorbei an Hummel drei, deren feuerwehrrote Verkleidung am Ansatzpunkt der linken Gondel Blasen warf. Schwarzer Kunststoffqualm stieg auf.

„Nils, deine Drei wird angegriffen!“, brüllte Mirko in das Mikrofon.

„Der Akku überhitzt. Verdammt, was ist da los?“

Nils schwenkte Hummel drei, sodass der Laserstrahl sein Ziel verlor und eine Brandspur über die Drohnenhülle zog. Sofort nahmen weitere Strahlen die Hummel unter Beschuss. Einer tanzte über die Verkleidung der vorderen Rotorgondel und vereinigte sich mit einem zweiten. Nils ließ die Drohne abkippen, doch zu spät. Ein Blitz folgte, die Hummel trudelte. Die verbliebenen Löschmittelbehälter wurden per Notauswurf freigesetzt und explodierten als blauer Nebel über den Flammen. Nummer Drei fing sich wieder mit den verbliebenen Motoren.

„Ich muss notlanden", erklärte Nils.

„Da sind landwirtschaftliche Drohnen über euch", meldete sich Gruppenführer Hagen, der vom Boden aus auf einen Punkt im Himmel deutete. „Mirko, du müsstest sie gleich sehen können."

Mirko ließ Schwalbe zwei weiter aufsteigen und schaltete zwischen den Kameras hin und her. Und da war sie, eine Agrobeam-Drohne, die zur Unkrautbekämpfung mit einer Reihe Lasern ausgestattet war, eine sechs Meter durchmessende Ellipse, himmelblau und weiß. „Veg Laser AG, Licht statt Chemie", stand darauf. Ihre Positionslichter und Transponder waren ausgeschaltet, sonst hätte er sie im Flugsystem gehabt. Gerade drehte sich das Gerät. Die Laser feuerten. Durch den Rauch waren die grünen Strahlen deutlich sichtbar.

„Nummer vier wird getroffen!" meldete Nils wütend. „Ich lasse sie rotieren, um die Energie zu verteilen."

Etwas musste geschehen. Mirko riss am Flightstick und brachte die Seeschwalbe über die Agrobeam. Löschmittelpatronen platzten aus vier der fünf Abschussbecher und schlugen in die Rotoren der landwirtschaftlichen Drohne ein. Einer barst in einem Hagel weißer Trümmer, der zweite bremste ab, um dann schwer beschädigt wieder anzulaufen. Doch der Auftrieb reichte nicht mehr. Die Drohne kippte über die Mittelachse und taumelte wie ein Frisbee der Erde entgegen. Zugleich schrillte der Überhitzungsalarm der Seeschwalbe. Das Akku-Warnzeichen flammte auf. Zwei Sekunden später riss die Verbindung ab. Das Bild wurde schwarz.

Mirko schaltete auf Schwalbe eins, drehte sie und sah gerade noch Nummer zwei Richtung Boden stürzen und auf dem Splitt des Wertstoffhofs zerplatzen.

„Vier geht auch runter", sagte Nils frustriert. „Meine Hummeln sind beide erledigt."

„Wähl den Polizeinotruf, die sollen sofort die Frequenzen dieser Drohnen blockieren, damit der Pilot ihnen keine neuen Befehle geben kann! Die wissen schon, was zu tun ist."

Mirko ließ Seeschwalbe eins in einer weiten Spirale in die Höhe jagen. Das war kein Löscheinsatz mehr, sondern ein Luftkampf, und in dem zählten die höhere Geschwindigkeit und die überlegene Position. Tim hatte offenbar die gleiche Idee. Die Lagedarstellung zeigte, dass seine Hummeln langsam stiegen. Plötzlich schoss eine blaue Ellipse durch das Kamerabild von Nummer eins. Die Seeschwalbe wäre fast mit einer Agrobeam kollidiert und war nur wenige Meter entfernt vorbeigerast. Mirko richtete die Kamera aus, zoomte aus dem Bild und hielt die Luft an. Die Agrobeam stand über dem Wertstoffhof und nahm die verbliebenen Hummeln unter Beschuss, während zwei Formationen mit jeweils drei Laserdrohnen Richtung Stadt flogen.

„Das Feuer war eine Falle", erkannte Mirko. „Der Brandstifter will unsere Drohnen erledigen, damit er freie Bahn hat."

Er feuerte den letzten Löschmittelbehälter in den Rotor der angreifenden Agrobeam. Ohne den Erfolg abzuwarten, nahm er mit Höchstgeschwindigkeit die Verfolgung der übrigen Drohnen auf. Falls sie die Wohngebiete erreichten, könnten sie eine brennende Schneise durch das Herz der Stadt ziehen.

Die Seeschwalbe schob sich über die nächste Agrobeam. Mirko hatte nur eine Chance: Er musste mit der Landekufe die Rotoren zerstören und dann schnell weiter zu den anderen. Allzu hastig ließ er die Seeschwalbe herabstoßen. Die Kufe schrammte über den blauen Kunststoff der Drohnenhülle. Als Kufe und Rotor zusammentrafen, barst der Rotor. Die Kufe verhakte sich, die leichte Seeschwalbe wurde herumgeschleudert und stürzte mit der abkippenden

Agrobeam in die Tiefe. Mirko schrie wütend und riss am Flightstick – rauf, rechts, runter. „Komm schon!" Als sich die Seeschwalbe endlich löste und der Computer den Sturz abfing, war das Fluggerät mehr als dreihundert Meter gefallen, und einer der Rotoren lief unrund. Nur langsam stieg die Seeschwalbe, zu langsam, um die Agrobeams noch einmal einzuholen.

„Das wars!" Mirko stieß das Mikro vom Mund weg. „Ich kann nichts mehr tun." Dennoch hielt er die Drohnen mit der Kamera erfasst.

Während er ihnen hinterher starrte, lösten sich blinkende rote und blaue Lichter aus dem Schimmer der Stadt, einige malten enge Kreise in die Dunkelheit. Manche waren klein, nur Funken, andere hell wie Feuerwerkssterne, und alle flogen sie den angreifenden Drohnen entgegen. Über den letzten Ausläufern des Stadtwalds trafen sie zusammen. Der Luftkampf dauerte nur Minuten. Die Verteidiger waren in der Überzahl. Eine Agrobeam nach der anderen stürzte zwischen die Bäume.

„War doch eine gute Idee, dass ich das Videomaterial der Schwalben an *Deine News Frankfurt* gesendet habe", sagte Tim selbstgefällig, während die letzten beiden Agrobeams abdrehten und Richtung Südosten zu entkommen versuchten. „Die Leute haben nur darauf gewartet, dass ihnen jemand sagt, wie sie helfen können."

In den folgenden zwei Stunden brachten der Löschzug und die Hummeln von Sky Nord das Feuer auf dem Wertstoffhof unter Kontrolle. Doch es wurde fast Mittag, bis die beschädigten Feuerwehrdrohnen geborgen waren und Mirko, Tim und Nils die Fragen der mit den Ermittlungen betrauten Kommissarin Opels beantwortet hatten.

Anschließend trafen sie sich im Hangar, tranken Bier und dachten über die Zukunft nach. Der Anblick der zerstörten

Drohnen, die erdverkrustet und verbogen auf dem Hallenboden lagen, schlug ihnen auf die Stimmung. Tim jedoch lud einige Hochglanzprospekte aus dem Netz: Feuerwehrdrohnen der neuesten Generation. Und die Aussicht auf neues Gerät ließ die Laune schnell steigen.

„Wir waren gut – ach was, spitze", stellte Nils fest und öffnete eine weitere Bierflasche an der Tischkante. „Die Stadt muss uns das Gerät bestellen lassen, das wir brauchen. Und wir brauchen hochmoderne Drohnen, keine Second-Hand-Gurken aus dem Altbestand der Flughafen-Feuerwehr."

„Absolut, das haben wir uns verdient", stimmte Tim ihm zu. „Wir haben das Phantom aufgehalten, und die Polizei konnte seine Datenspur aufnehmen. Wenn sie den Kerl schnappen, haben sie das uns zu verdanken."

Mirko blätterte lächelnd in seinem Prospekt. Die LLD 6 „Silbermöwe" war kaum größer als die Seeschwalben – aber viel stärker, schneller und mit leistungsfähigerer Sensorik ausgestattet. Im Netz hieß es, sie zu fliegen fühle sich durch die hochauflösenden Kameras an, als sei man selbst ein Vogel ... Vielleicht lag es am Bier, aber er hatte große Lust, den Bestellschein schon mal zur Probe auszufüllen.

Nils' Tab gab einen Signalton von sich. Sofort beugte Nils sich darüber. „Hey Tim, das ist deine nette Kommissarin." Er tippte auf den Videolink, öffnete ihn.

Tim errötete. „Sie ist nicht meine Kommissarin. Wir haben uns nur gut verstanden. IT-Experten unter sich eben."

„Es geht los?" Mirko rückte seinen Stuhl an Nils heran, um besser sehen zu können.

Das Live-Bild zeigte eine Landstraße von oben und einen roten Elektroflitzer, der sie entlangraste, dicht verfolgt von zwei Streifenwagen. In der Kurve schien der Flüchtige die Kontrolle zu verlieren, doch der Einzelradantrieb verbiss sich im Asphalt und der Flitzer schoss in die Gerade. Die

Streifenwagen hielten die Distanz, als wären sie durch ein unsichtbares Seil mit dem Fluchtwagen verbunden.

„Hallo, meine Herren", sagte Kommissarin Linda Opels. „Hier kommt das versprochene Update: Die Auswertung des Datenfunks hat uns zu einer Adresse in Bad Vilbel in der Wetterau geführt. Vor einer halben Stunde haben wir das Haus mit SEK-Kräften gestürmt und hunderte Stunden Bildmaterial von den Phantombränden sichergestellt. Das Zeug lief in Dauerschleife. Leider hatte sich der Drohnen-Operator schon aus dem Staub gemacht. Aber jetzt haben wir ihn, und wie er gleich feststellen wird, fährt es sich schlecht ohne Bordelektronik ..."

Die Polizeidrohne senkte sich wie ein Falke auf den roten Wagen hinunter, bis sie wenige Meter darüber flog. Plötzlich ging das Tagfahrlicht an dem Fahrzeug aus.

„Ah, ein elektromagnetischer Impuls", sagte Tim und nippte an seinem Bier. „So etwas hätten wir heute gut gebrauchen können."

„Sieht nicht so aus, als wollte er freiwillig bremsen", sagte Nils, während der Wagen langsam ausrollte.

„Kein Wunder", lächelte Mirko, „offenes Feuer ist im Knast verboten. Das wird ein kalter Entzug für unser Phantom ..."

Stephan Becher

Realtraum

Es bestand kein Zweifel: Der Mann, den die Drehtür in diesem Augenblick ausspie, war das Opfer. Zumindest hatte ihn der Auftraggeber so genannt. Seinen Namen kannte Notker nicht. Das Opfer war Anfang Vierzig, mittelgroß, breitschultrig und durchtrainiert bis ins Mark. Der beigefarbene Anzug war offensichtlich maßgeschneidert, das rosafarbene Hemd frisch gebügelt. Die schwarzen Schnürer waren poliert. Wäre die Kombination der Farben stimmiger gewesen, hätte man ihm trotz seiner grobschlächtigen Gesichtszüge so etwas wie Eleganz zusprechen können.

Sich nach allen Seiten umblickend, strebte der Mann mit kraftvollen Schritten den Aufzügen zu. Notker wandte sich ab und tat so, als sei er mit seinem Smartphone beschäftigt. In Sweatshirt, Jeans und Turnschuhen und mit einem verschlissenen Rucksack auf dem Rücken würde ihn jeder für einen Studenten halten. Die Wartenden vor den Aufzügen spiegelten sich in einer halbtransparenten Übersichtstafel, so dass er sie unbemerkt beobachten konnte. Dass der Mann einen Aufzug benutzen würde und nicht ins Einkaufszentrum wollte, hatte der Auftraggeber angekündigt.

Einen nach dem anderen musterte der Mann die Wartenden. Zwischendurch blickte er auf seine Smartwatch. Neben seinen Bratpfannenhänden wirkte die Uhr kleiner als diejenige, die Notker für den Test der App erhalten hatte. Doch es stand außer Zweifel: Beide Smartwatches waren vom gleichen Typ.

Ein merkwürdiger Auftrag war das. Der Auftraggeber hatte lediglich am Telefon erklärt, worum es ging. Nach dem Anruf war Notker zum Briefkasten hinuntergeeilt und hatte darin einen unfrankierten Umschlag mit der Smartwatch und einem Bündel Geldscheine gefunden. Für ein paar Stunden Programmierarbeit war das Honorar mehr als üppig.

Die fertige App hatte Notker am Folgetag wie vereinbart in der Cloud abgelegt. Der Auftraggeber wollte sie dem Opfer unbemerkt während eines Saunabesuchs auf dessen Smartwatch installieren. Vor einer Stunde hatte sich der Auftraggeber dann zum zweiten Mal gemeldet, um Notker mitzuteilen, wie der Mann aussah und wann und wo er ihm auflauern solle.

Ping.

Die Türen des Aufzugs, neben dem Notker sich postiert hatte, fuhren auseinander. Drei Anzugträger und eine Dame im Businesskostüm verließen lachend die Kabine, gefolgt von einem grauhaarigen Mann mit Latzhose und kariertem Hemd, der einen Werkzeugkoffer in der einen und eine Kabeltrommel in der anderen Hand schleppte. Die Wartenden strebten der Aufzugtür zu wie ein Schwarm Fische der Futterstelle eines Aquariums.

Der Mann rührte sich nicht. Hatte er Verdacht geschöpft? Wollte er vielleicht doch nicht Aufzug fahren, sondern wartete auf jemanden, der mit dem Aufzug herabkommen würde? In der Kabine war noch Platz für ihn.

Die Türen schlossen sich. Der Mann blickte erneut auf seine Smartwatch und sah sich dann um. Rasch widmete Notker sich wieder seinem Smartphone. Er tippte auf das Bluetooth-Icon, um sich zu vergewissern, dass das Smartphone die Uhr des Mannes gefunden hatte. Der Auftraggeber hatte ihm versichert, dass der Mann kein Technikkenner war. Er wusste womöglich nicht einmal, was Bluetooth war, geschweige denn, wie man damit beliebige Geräte koppeln konnte.

Ping.

Drei gackernde Gören sprangen aus einem der mittleren Aufzüge. Mit zwei Schritten betrat der Mann die leere Kabine. Eine Frau mit einem kleinen Jungen an der Hand hastete hinterher. Notker folgte ihnen.

„Gerade noch geschafft." Energisch presste die Mutter ihren Daumen auf den Knopf für den zwölften Stock. Ihr Sohn schaute indes eher bekümmert drein. Notker hatte, während er auf die Ankunft des Mannes wartete, die Übersichtstafel studiert und wusste deshalb, dass im zwölften Stock ein Zahnarzt sowie mehrere Fachärzte ihre Praxen hatten.

Ein einziger der achtundzwanzig Knöpfe leuchtete. Hatte der Mann auch einen Arzttermin? Oder hatte er noch nicht entschieden, wohin er wollte? Unsinn. Dieser Mann hatte ein Ziel. Kurz entschlossen drückte Notker den obersten Knopf, den für die Dachterrasse.

Natürlich! Das war der Grund, warum der Mann den ersten Aufzug hatte fahren lassen. Nur die beiden mittleren der sechs Aufzüge fuhren bis nach oben. Doch warum hatte er den Knopf nicht selbst gedrückt? Und vor allem: Was wollte er auf der Dachterrasse?

Die Türen surrten. Notker hielt sein Smartphone vor die Brust und drehte sich zu den Türen, so wie es jeder in einem Aufzug machte, der den Blickkontakt mit anderen Fahrgästen vermeiden wollte.

***

„Was wollten Sie auf der Dachterrasse?"

Bislang hatte Kommissar DeJong ihn erzählen lassen. Notker hatte gehofft, er würde es dabei bewenden lassen, doch anscheinend war der Kommissar noch nicht zufrieden.

DeJongs wässrig-blaue Augen schienen einen Orkan mittlerer Stärke über der Nordsee zu reflektieren. Anhand der hochgewachsenen Statur, der dunkelblonden Haare und der nordischen Gesichtszüge verortete Notker den Ermittler unwillkürlich auf einer Insel oder wenigstens in Küstennähe.

Er schob sein Gesäß auf der glatten Sitzfläche des Holzstuhls bis zur Lehne nach hinten und bemühte sich um einen geraden Rücken. „Ich fahre manchmal vor dem Mittagessen nach oben, um frische Luft zu tanken und die Aussicht zu genießen."

Es war unangenehm kühl in dem Vernehmungsraum. Die kahlen Wände und die spärliche Möblierung trugen wenig dazu bei, wärmende Gedanken aufkommen zu lassen.

„Hatten Sie vor, danach im Einkaufszentrum essen zu gehen?"

„Einmal wöchentlich hole ich mir im ‚Istanbul' einen Döner. Das Einkaufszentrum ist ja bloß fünf Minuten von meiner Wohnung entfernt."

Hoffentlich kam DeJong nicht auf die Idee, seine Wohnung durchsuchen zu lassen. Wenn die Beamten das Geld und die Smartwatch fanden, würde Notker weitere Fragen beantworten müssen. Er nahm sich vor, beides verschwinden zu lassen. Auch die Projektdateien der App würde er einschließlich sämtlicher Backups löschen. Außerdem musste er die zwei Gespräche mit dem Auftraggeber aus der Anrufliste seines Telefons entfernen.

„Den Döner kann ich übrigens sehr empfehlen. Mehmet verwendet ausschließlich Fleisch von nach islamischem Brauch geschächteten Rindern."

Notker wusste nicht, ob er sich vor DeJongs Schweigen mehr fürchten sollte als vor seiner nächsten Frage. Er konnte noch immer nicht fassen, was auf der Dachterrasse geschehen war.

***

Ping.

„Komm jetzt, der Doktor wartet bestimmt schon." Die Mutter zerrte ihren Sohn hinaus in den Flur.

Bevor die Türen sich schlossen, konnte Notker auf dem Hochglanzdisplay eines an der Wand montierten Bildschirms einen Blick in das sich spiegelnde Innere der Aufzugkabine erhaschen. Der Mann in der hinteren Ecke blickte schon wieder auf seine Smartwatch. Er machte nicht den Eindruck, als ob sich jemand Scherze mit ihm erlauben würde. Dennoch wirkte er geradezu verstört. Notker erinnerte sich an eine Filmszene mit zwei Männern in einem Aufzug, von denen einer den Auftrag hatte, den anderen während der Fahrt zu erdrosseln. Es konnte doch nicht sein, dass ein Kerl, der einem Gegner vermutlich mit einer einzigen Armbewegung das Genick brechen konnte, Angst vor ihm hatte. Vor ihm, der jede Art körperlicher Gewalt so sehr verabscheute, dass er nach diesem blöden Film erst gegen Morgen hatte einschlafen können.

Warum aktivierte der Auftraggeber die App nicht selbst, um sich anschließend an der Verblüffung des Mannes zu weiden? So oft, wie der auf die Uhr schaute, würde er nicht lange warten müssen. Befürchtete der Auftraggeber etwa, der Mann würde den Spaß durchschauen, wenn er selbst in der Nähe war? Und überhaupt: Wer war schon bereit, eine solche Summe zu zahlen, nur um jemandem einen Streich zu spielen?

Ping.

Das Surren der sich öffnenden Aufzugtüren klang hier oben heller als in den darunter liegenden Stockwerken.

Kühle Luft schwappte in die Kabine. Notker zögerte. Was, wenn der Mann im Aufzug blieb?

Er klammerte sich an sein Smartphone und trat auf die Dachterrasse hinaus. Am Geländer stand ein Pärchen Arm in Arm und blickte auf die Dächer der Stadt hinab. Notker wandte sich zur Seite, damit er aus dem Augenwinkel erkennen konnte, was der Mann machte.

Der Mann verließ die Aufzugkabine und verschwand unverzüglich hinter einer anderen Ecke des Aufbaus. Mit drei Fingerbewegungen koppelte Notker sein Smartphone mit der Smartwatch des Mannes und startete die App. Der Auftraggeber hatte wie versprochen alle Schutzmechanismen außer Kraft gesetzt. Außerdem hatte er den Signalton, der normalerweise auf die erfolgreiche Herstellung einer Bluetooth-Verbindung hinwies, abgeschaltet.

Am liebsten wäre Notker gleich wieder hinunterfahren. Die Aufzugtüren standen noch immer einladend geöffnet. Doch damit hätte er seinen Auftrag nicht vollständig erfüllt. Verständlicherweise wollte der Auftraggeber wissen, wie der Mann reagierte, wenn er entdeckte, dass seine Uhr rückwärts lief. Er rief die Kamera-App auf, drückte den Video-Button und folgte dem Mann.

***

„Machen Sie öfters Videoaufnahmen von Fremden?" Kommissar DeJongs Blick schien sich direkt in Notkers Gehirn zu bohren.

„Ich wollte bloß die Aussicht festhalten. So weit wie heute kann man von dort oben selten sehen."

Wahrscheinlich hatte DeJong die Kopie des Videos bereits mehrmals abgespielt. Er selbst hatte hingegen noch keine Gelegenheit gehabt, es sich anzusehen. Notker hoffte, dass das Display der Smartwatch auf dem Video nicht abzulesen war, weil der Himmel sich unter fast jedem Betrachtungswinkel darin spiegeln würde. Die meiste Zeit dürfte es ohnehin vom Ärmel des Sakkos verdeckt gewesen sein.

„Sie haben aber nicht die Aussicht gefilmt."

„Natürlich nicht. So, wie der Mann sich benommen hat, hätte wohl jeder, der zufällig eine laufende Kamera in der Hand hielt, ihn anvisiert."

„Hatten Sie den Eindruck, er sei nervös gewesen?"

Notker zuckte mit den Schultern. „Er hat ständig auf seine Uhr gesehen, so als ob er einen wichtigen Termin hätte. Dass ich ihn aufgenommen habe, hat er womöglich gar nicht gemerkt."

DeJong lehnte sich in seinem Bürostuhl zurück. Er sah Notker an wie ein Lehrer einen Schüler, der nicht einsehen wollte, warum er sich den Namen der Hauptstadt von Madagaskar einprägen sollte.

„Warum, glauben Sie, hat er sich vor Ihnen gefürchtet?"

Das war die Frage, auf die Notker gewartet hatte. Eine plausible Antwort war ihm bislang noch nicht eingefallen. Die Tatsache abzustreiten wäre indes zwecklos gewesen, denn niemand hätte die Angst im Gesicht des Mannes übersehen können.

Jemand klopfte an die Tür.

„Ja!", rief DeJong.

Notker drehte sich um. Eine Frau mit maskulinen Zügen und kurzen, von grauen Strähnen durchwobenen Haaren steckte den Kopf herein.

Sie nickte Notker zu und wandte sich dann an DeJong: „Entschuldige bitte, Keven. Kann ich dich einen Moment sprechen?"

DeJong nickte bloß, folgte seiner Kollegin nach draußen und schloss die Tür hinter sich. Seinen dunkelblauen Sakko ließ er über der Stuhllehne hängen.

***

Auf der Rückseite des Aufbaus entdeckte Notker den Mann wieder.

Eine Sekunde lang starrten sie sich gegenseitig an. Der Mann wich einen Schritt zurück. Dann hob er den Arm und blickte auf seine Smartwatch. Doch die erwartete Verblüffung blieb aus. Stattdessen hellte ein Lächeln sein Gesicht auf und ging in ein triumphierendes Grinsen über. Er trat einen weiteren Schritt zurück, drehte sich um und begann, auf die Ecke der Dachterrasse zuzulaufen. Dabei breitete er die Arme aus und pumpte mit ihnen wie ein Schwan, der sich in die Lüfte erheben wollte.

Notker blieb stehen. Er hielt das Smartphone nun direkt vor sich, um die Aufführung des Mannes aufzuzeichnen. Auch das Pärchen betrachtete die Szene mit großen Augen.

Ohne abzuheben erreichte der Mann das Geländer. Als sei es eine Selbstverständlichkeit, umklammerte er mit beiden Händen den Handlauf, ging in die Knie und schwang sich hinüber. Er verharrte auf der anderen Seite, um ein letztes Mal auf seine Smartwatch zu sehen. Dann breitete er die Arme aus und ließ sich über den Vorsprung fallen.

Der Aufschrei der jungen Frau beendete den Augenblick fassungsloser Stille. Sie krallte sich in die Arme ihres Partners, begrub ihr Gesicht an seiner Schulter und begann zu schluchzen. Er redete beruhigend auf sie ein. Mit einer Hand strich er ihr über den Rücken, mit der anderen nestelte er in seiner Hosentasche herum, um sein Smartphone herauszufischen. Vergebens befahl Notker seinem Verstand, den vermeintlichen Alptraum zu beenden.

„Was ist hier passiert?"

Ein großer, drahtiger Mann in Jeans und einem dunkelblauen Sakko stand wenige Meter hinter ihm. Er musste eben erst mit dem Aufzug gekommen sein. In seiner Frage lagen Autorität und Selbstbewusstsein, wie Notker sie allenfalls von Tatort-Kommissaren kannte.

***

Höchstens zwei Minuten waren vergangen, als sich die Tür des Vernehmungsraums wieder öffnete. Notker erkannte DeJongs Schritte.

Der Kommissar setzte sich auf seinen Platz, streckte den Arm aus und legte eine Klarsichttüte mit einer Armbanduhr vor sich auf den Tisch. Ein Sprung zog sich quer über das dunkle Display, eine Ecke des Edelstahlrahmens war eingedellt. Auf dem cremeweißen Lederarmband befanden sich dunkelbraune, teilweise verschmierte Flecken. Eigentlich hätten von der Smartwatch nur Trümmer übrig sein dürfen. Notker wollte lieber nicht darüber nachdenken, was den Aufschlag gedämpft hatte.

„Möchten Sie mir etwas sagen?“, fragte ihn DeJong.

Notker zwang sich, weiterzuatmen. Mit einer kaputten Uhr konnte DeJong wenig anfangen. Oder vielleicht doch? Sofern der Speicherchip intakt war, ließen sich darin gewiss Hinweise auf die kürzlich installierte App finden.

„Das ist seine Smartwatch, nicht wahr?“ Notker bezweifelte nicht, dass DeJong alles daran setzen würde, herauszufinden, was der Mann unmittelbar vor seinem Tod darauf gesehen hatte.

„Er hieß Jako. Jako Djordjević. Er war einer meiner Informanten. Leider wurde ich aufgehalten und kam deshalb zwei Minuten zu spät. Wir hatten uns auf der Dachterrasse verabredet, weil er fürchtete, enttarnt worden zu sein.“

Notker nickte bloß. Ein enttarnter Spitzel würde selbst in einem harmlosen Studenten eine Bedrohung erkennen.

Erst recht, wenn der ihn mit der Kamera seines Smartphones ins Visier nahm. Der Auftraggeber musste das gewusst haben. Doch wieso sollte eine rückwärts laufende Uhr diesen Jako dazu gebracht haben, sich in die Tiefe zu stürzen?

„Jako war Klarträumer", fuhr DeJong fort. „Wissen Sie, was ein Klartraum ist?"

„Ich habe davon gehört."

Klarträume waren Träume, in denen sich der Schlafende bewusst war, dass er träumte. Mit ein wenig Übung konnte man solche Träume beeinflussen, konnte beliebige Personen auftreten lassen, sich an jeden Ort des Universums beamen, aufregenden Sex haben oder fliegen.

Fliegen? Das war es. Der Mann hatte sich nicht von der Dachterrasse gestürzt. Er hatte versucht, seinem mutmaßlichen Verfolger davonzufliegen.

„Um regelmäßig Klarträume zu erleben, muss man sich angewöhnen, in der Realität ständig nach Situationen Ausschau zu halten, die häufig in Träumen vorkommen", erklärte DeJong. „Zum Beispiel, dass man verfolgt wird."

„Soll ich etwa der Verfolger gewesen sein? Das ist absurd."

„Jako hat das zumindest geglaubt. Sie dürfen sich gern das Video ansehen."

DeJong deutete mit der offenen Hand auf die Tasche von Notkers Sweatshirt. Darin hatte er sein Smartphone verstaut, nachdem der Kommissar es ihm zurückgegeben hatte.

„Selbst wenn er das geglaubt hat, ist das doch kein Grund, davonzufliegen." Notker biss sich auf die Zunge. Eigentlich hatte er „sich in den Tod zu stürzen" sagen wollen.

„Ein Klarträumer, der eine typische Traumsituation erlebt – beispielsweise verfolgt zu werden –, führt stets einen sogenannten Realitätscheck durch. Jako hat dazu immer auf seine Uhr geschaut. Änderten sich die Ziffern in unvorhergesehener Weise, konnte er sicher sein zu träumen."

DeJong beugte sich vor. „Und jetzt passen Sie auf."

Durch die Tüte hindurch nahm er die Smartwatch zwischen Daumen und Zeigefinger und drückte auf die Krone. Die Smartwatch erwachte zum Leben. Stunden, Minuten und Sekunden leuchteten in futuristisch anmutenden Ziffern unter dem gesprungenen Glas. Notker brauchte nicht länger hinzusehen, um zu wissen, dass die Zeitanzeige rückwärts lief.

„Unsere Experten haben die Uhr gründlich untersucht", sagte DeJong. „In der Liste der letzten Bluetooth-Verbindungen steht ein Gerät mit der Bezeichnung NVK1991."

NVK waren Notkers Initialen, die Zahl dahinter entsprach seinem Geburtsjahr. Hätte er sich doch bloß irgendeinen Fantasienamen für sein Smartphone ausgedacht! Oder besser noch, er hätte ganz die Finger von diesem Auftrag gelassen.

„Sie haben gewonnen", sagte er.

Stephan Becher

Kreuzfahrt in der Namib

Deck 8: Moselstube

„Ist Ihnen wirklich nicht aufgefallen, dass das ganze Deck 11 seit drei Wochen gesperrt ist?", wunderte sich Hajo.

„Ich verlasse meine Suite selten. Die Musicals habe ich alle schon gesehen, einige mehrfach. Und das Essen bei diesem Mexikaner auf Deck 11 ist mir zu scharf gewürzt."

Sönke Aschberger hatte zwar noch immer eine ungewöhnlich tiefe Stimme, doch sie hatte fraglos an Fülle eingebüßt, seit er nicht mehr vor der Kamera stand. Die beeindruckende Statur und die geballte Kraft, die dieser Mann früher ausgestrahlt hatte, waren zusammen mit seiner Haut geschrumpelt.

„Es handelt sich nicht bloß um Deck 11. Im vergangenen halben Jahr wurde schätzungsweise die Hälfte aller Bars geschlossen. Der hintere Bereich des Fitness-Studios ist nicht mehr zugänglich und …"

„Glauben Sie, ich ginge noch ins Fitness-Studio?", unterbrach ihn Aschberger. „Ohne mein Exoskelett hätte ich es nicht einmal bis in diese Weinstube geschafft. Soll ich mich etwa beim Kapitän dafür einsetzen, dass das Theater wieder eröffnet wird?"

Sich in der Moselstube zu treffen, war Aschbergers Idee gewesen. Dass man sie bereits am Vormittag eingelassen hatte, verdankten sie gewiss seinen Beziehungen.

„Haben Sie den Kapitän in letzter Zeit getroffen?"

Aschberger kniff die Augen zusammen, antwortete aber nicht.

„Zusammen mit dem Kapitän scheint auch ein großer Teil des Personals verschwunden zu sein. Sehen Sie sich um."

Hajo machte eine ausladende Geste. Die Kellnerin in ihrer Winzertracht hatte sich hinter die Theke zurückgezogen, um Weingläser zu polieren.

„Sie haben ja noch geschlossen. Und unseren Wein haben wir schließlich bekommen."

„Schauen Sie sich Ihr Glas genau an." Hajo deutete auf Aschbergers Weinglas. „Am Fuß ist ein winziger Sprung. Können Sie ihn erkennen?"

Aschberger studierte sein Glas. „Das Glas gehört wahrscheinlich zur Erstausstattung des Schiffs. Es dürfte also neun Jahre alt sein."

„Zehn Jahre", korrigierte ihn Hajo. „Und jetzt betrachten Sie mein Glas."

Aschbergers Kopf neigte sich zur Seite. „Ihres hat auch einen Sprung."

Hajo stellte sein halb volles Glas neben Aschbergers und drehte es so, dass beide Sprünge in dieselbe Richtung zeigten. „Verstehen Sie, was ich meine?"

„Sie sehen genau gleich aus." Aschbergers Blick wanderte von einem Glas zum anderen. „Ich bin sicher, Sie haben dafür eine Erklärung."

„Wenn wir die Gläser über der Bar unter die Lupe nähmen, würden wir feststellen, dass jedes von ihnen exakt den gleichen Sprung hat."

„Es sind bloß Weingläser. Niemand erwartet, dass sie alle unterschiedlich aussehen, nur damit sie realer wirken."

„Die meisten Gäste denken sich nichts dabei, achten vermutlich nicht einmal darauf. Mich beunruhigt so eine Kleinigkeit schon. Sie sollten wissen, dass ich an der Konstruktion des Schiffs beteiligt war."

Aschberger hob die Augenbrauen. „Sie waren der Architekt?“

„Ich war einer von knapp hundert Projektleitern in der Entwicklung der Simulationssoftware. Vor zehn Jahren hat jedes Glas anders ausgesehen. Natürlich hatten die Gläser damals noch keine Sprünge. Aber manche waren leicht asymmetrisch. Ihre Höhe unterschied sich um ein paar zehntel Millimeter und einige hatten Lufteinschlüsse.“

„Tatsächlich?“ Aschbergers Gesicht drückte Skepsis aus.

„Tausend identische Weingläser zu simulieren erfordert weitaus weniger Speicherkapazität als tausend individuelle Gläser. Jede Kellnerin kostet unvorstellbar viel Rechenleistung.“

Aschberger zuckte mit den Schultern. „Davon verstehe ich nichts.“

„Dass Speicherplatz und Rechenzeit eingespart werden, ist ein Indiz dafür, dass beides knapp wird. Unsere Ressourcen schwinden.“

„Sie meinen, jemand baut nach und nach die Computer ab, auf denen die Simulation des Schiffs läuft? Die stehen irgendwo in der Wüste, nicht wahr?“

„In der Namib. Für den Standort an der Küste Namibias hat man sich entschieden, weil dort Sonnenenergie und Kühlwasser im Überfluss zur Verfügung stehen. Dass jemand die Server abbaut, halte ich allerdings für unwahrscheinlich. Die sind technisch längst veraltet. Ich vermute eher, dass sie schlecht gewartet werden.“

Seine Befürchtung, die Anlage sei entgegen aller Versprechungen privatisiert worden, behielt Hajo für sich.

„Ich dachte, die Computer werden von Robotern gewartet.“

Hajo nickte. „Die Anlage arbeitet weitgehend autonom. In Ausnahmefällen sind allerdings nach wie vor Techniker gefragt. Außerdem muss das Ersatzteillager regelmäßig aufgefüllt werden."

„Sie glauben also, der für Deck 11 zuständige Computer ist ausgefallen?"

„Ganz so einfach ist es nicht. Fällt ein Server aus, übernimmt ein anderer dessen Aufgaben mit. Ressourcenknappheit wird zunächst durch eine Verlangsamung gegenüber der Realität ausgeglichen. Davon merken wir nichts."

Aschberger schürzte die Lippen. „Und wenn die Verlangsamung nicht ausreicht, spart sich die Simulation den Aufwand individueller Weingläser."

„Zum Beispiel. Sie schließt Einrichtungen und verzichtet auf Personal. Es gibt weitere Hinweise auf eine Ressourcenknappheit. Ist Ihnen schon aufgefallen, dass es keinen Staub mehr gibt?"

„Keinen Staub?" Aschberger fuhr mit den Fingerspitzen über die Tischplatte aus gebeizter Eiche und betrachtete sie. „Der Tisch ist halt abgewischt worden, bevor wir kamen."

Wenigstens hörte Aschberger ihm zu, dachte Hajo. Bislang hatten ihn die wenigsten Gäste ernst genommen, wenn er sie auf Unstimmigkeiten in der Simulation hingewiesen hatte. Das sei bestimmt schon immer so gewesen, war das Standardargument. Tatsächlich hatte es schon von Beginn an Kuriositäten gegeben, die nie beseitigt worden waren. Dass etwa Aprikosen wie Pfirsiche schmeckten und umgekehrt, irritierte längst niemanden mehr.

„Mag sein. Aber selbst in unseren Kabinen gibt es kein einziges Staubkorn mehr. Staub realistisch zu simulieren ist ziemlich aufwendig."

Aschberger lehnte sich zurück, bis sein Stuhl ächzte. „Vielleicht haben Sie recht mit dieser Ressourcenknappheit. Aber warum erzählen Sie mir das? Ich kann recht gut ohne Staub auskommen."

„Ich erzähle es Ihnen, weil ich mir Hinweise darauf erhoffe, was geschehen ist. Sie geben doch bestimmt noch ab und zu Interviews, oder?"

Aschberger rümpfte die Nase. „Ich weiß nicht einmal, wie viel Zeit in der Realität vergangen ist."

„Ich rechne mit dem Faktor sechs. Das wären also sechzig Jahre."

Die Geschwindigkeit der Simulation schwankte mit ihrer Komplexität und mit der Leistung der Server. Um Rechenkapazität zu sparen, lief die Simulation langsamer als die Realität. Damit die Gäste davon nichts mitbekamen, hatte man die Verbindung zur Realität gekappt. Alle Nachrichten, Medien und Webseiten stammten aus der Zeit, die der jeweiligen Bordzeit entsprach. Die einzige Form der Kommunikation mit der Realität waren Videobotschaften. Die Botschaft eines Gastes an einen Bekannten in der Realität wurde unmittelbar zugestellt. Umgekehrt erreichte die Antwort des Bekannten den Gast aber erst dann, wenn die Bordzeit die reale Zeit eingeholt hatte, zu der die Nachricht abgeschickt worden war.

Hajo langte nach seinem Weinglas und stellte es wieder vor sich ab. „Unser Problem ist: Wir wissen nicht, was in der Realität gegenwärtig vor sich geht."

„Sie glauben also, ich hätte direkte Kontakte zur Realität."

„Technisch ist es durchaus möglich, ein richtiges Videotelefonat zu führen. Ihre Simulation müsste währenddessen auf Echtzeit beschleunigt werden. Anschließend muss sie angehalten werden, bis Sie wieder mit der Schiffszeit synchronisiert sind. Auf diese Weise könnten Sie praktisch mit jemandem aus der Zukunft sprechen."

„Davon höre ich zum ersten Mal."

Hajo konnte spüren, wie die Blase der Hoffnung in seinem Kopf zerplatzte.

„Jetzt verstehe ich zumindest, was Sie von mir wollen", fuhr Aschberger fort. „Wenn ich mit jemandem aus der Realität gesprochen hätte, hätte ich erfahren können, warum die Leistung unserer Computer nachlässt."

Hajo nickte bloß.

„Meine Zeit ist längst vorüber. Die letzte Videobotschaft kam vor über drei Jahren: Glückwünsche zu meinem Zweiundneunzigsten von irgendeiner alten Dame. Man hat mich nach meiner Virtualisierung schnell vergessen."

Der säuerliche Unterton in Aschbergers Stimme war deutlich herauszuhören. Auch Hajos Tochter hatte lediglich seine ersten drei Videobotschaften beantwortet. Andere Verwandte und Freunde hatten nicht so lange durchgehalten. Umgekehrt zeigten auch die wenigsten Virtualisierten Interesse an dem, was in der Realität vor sich ging.

„Das tut mir leid", sagte Hajo. „Meine Frau hat sich damals alle Episoden von ‚Bergwacht Bad Tölz' angesehen."

„Sie etwa nicht?"

Hajo wich Aschbergers Blick aus. „Ich hatte beruflich viel um die Ohren. Deswegen hat sie sich auch von mir scheiden lassen."

„Und daraufhin sind Sie in die Virtualität übersiedelt?"

„Das kam später. Mit dreiundsechzig wurde bei mir eine beginnende Demenz diagnostiziert. Aufhalten ließ sich die Krankheit nur virtuell."

Um Ausgaben für das Grundeinkommen und die Gesundheitsversorgung einzusparen, wurde allen Rentnern, Langzeitarbeitslosen und chronisch Kranken angeboten, sich virtualisieren zu lassen und den Rest ihres Lebens auf einem Kreuzfahrtschiff zu verbringen. Ursprünglich war vorgesehen, gelegentlich virtuelle Häfen anzulaufen und den Gästen Landgänge zu ermöglichen. Doch diese Pläne waren aus Kostengründen gestrichen worden.

„Wie war das bei Ihnen?"

Hajo erinnerte sich, dass Aschberger in den ersten Jahren an Bord noch kein Exoskelett getragen hatte. Seine vierzig Jahre jüngere Frau hatte es vorgezogen, in der Realität zu bleiben und sein Erbe anzutreten.

Aschberger starrte auf sein Weinglas. „Ich bekam keine Rollen mehr. Keine richtigen Rollen. Zuletzt habe ich nur noch vor einem Scanner herumhampeln dürfen, und die eigentliche Szene wurde danach im Computer berechnet."

Er begann, sein Glas mit dem Stiel zwischen Daumen und Zeigefinger zu drehen.

„Ich war damals derart sauer auf die Filmindustrie, dass ich das Angebot, als Werbebotschafter in die Virtualität zu gehen, allein aus Trotz angenommen habe. Mir war nicht bewusst, dass ich mich damit erneut zum Hampelmann machen würde."

„War das der Grund, warum Sie ..." Hajo war nicht sicher, ob er den Vorfall ansprechen durfte.

„Reden Sie ruhig weiter", ermunterte ihn Aschberger. „Ja, ich habe kurz nach meinem Neunzigsten versucht, über Bord zu springen. Sogar mehrmals. Jedes Mal war ‚zufällig' ein Angestellter in der Nähe, der mich davon abgehalten hat. Der Kapitän persönlich hat mir erklärt, warum meine Selbstmordversuche scheitern mussten."

Hajo hatte nur von einem dieser Versuche erfahren. Natürlich wusste er, was damals geschehen war. Nach schweren Unfällen oder gar Verbrechen an Bord wurde die Simulation stets auf den letzten Wiederherstellungszeitpunkt zurückgesetzt, damit das Personal rechtzeitig einschreiten konnte.

„Ich glaube nicht, dass Wiederherstellungen gegenwärtig noch möglich sind."

Aschberger blickte ihn erstaunt an. „Was meinen Sie damit?"

„Einen Wiederherstellungszeitpunkt zu setzen, erfordert extrem viel Speicherplatz. So viel steht der Anlage mit Sicherheit nicht mehr zur Verfügung. Erinnern Sie sich an die Dame, die vor zwei Wochen im Pool ertrunken ist? Oder an den …"

Hajos Telefon vibrierte. Er warf Aschberger einen entschuldigenden Blick zu und zog das Telefon aus der Gürteltasche.

„Guten Morgen, Klaas. Ich sitze noch mit Herrn Aschberger in der Moselstube."

Am anderen Ende der Leitung hüstelte Klaas, wie immer, wenn er aufgeregt war. „Von wegen guter Morgen. Du musst sofort ins Hospital kommen. Matteo geht es schlecht."

„Ist er schon wieder gestürzt?"

„Er ist …" Klaas hüstelte erneut. „Also, er behauptet, ihm sei speiübel. Die Krankenschwester hat ihm eine Spritze gegeben, aber die hat überhaupt nicht geholfen."

„Was sagt der Arzt?"

„Der Arzt? Verdammt, Matteo und ich haben bislang keinen einzigen Arzt gesehen."

„Ich komme", beendete Hajo das Gespräch.

„Ein Unfall?", erkundigte sich Aschberger.

„Einer meiner Freunde ist ins Hospital eingeliefert worden. Bitte entschuldigen Sie mich."

Aschberger winkte ab. „Es war ein interessantes Gespräch. Ich werde über Ihre Thesen nachdenken."

***

Deck 4: Hospital

Weil Hajo keine Geduld hatte, auf einen der noch funktionierenden Aufzüge zu warten, war er vier Decks durch das Treppenhaus gehechtet. Im Kabinentrakt von Deck 4 hätte er beinahe eine weißgelockte Dame über den Haufen gerannt.

Der Empfangstresen des Hospitals war unbesetzt. Früher hatte es so etwas nie gegeben. Auf seinem Telefon rief er den Standort des letzten Anrufs ab. Sekunden später klopfte er an die Tür von Matteos Krankenzimmer und trat ein, ohne auf eine Antwort zu warten.

Klaas saß in seiner Flecktarn-Hose und dem verblichenen Armeehemd auf der Bettkante. „Gut, dass du da bist. Matteo drängt darauf, sofort etwas zu unternehmen."

Das Krankenzimmer war kaum größer als eine Standardkabine. Außer zwei Betten, eines davon leer, und einem autonom fahrenden Rack für medizinische Geräte sowie Verbandsmaterial gab es keine Möbel. Ein Kleiderspind war in die Wand eingelassen. Auf dem Rack stand eine Plastikflasche mit einem ethanolhaltigen Desinfektionsmittel. Ein Piktogramm warnte davor, den Inhalt der Flasche zu trinken.

Von Matteo war nur der Kopf zu erkennen. Er starrte an die Decke und atmete im Sekundenrhythmus durch den Mund ein und aus. Offenbar hatte Klaas nicht übertrieben.

„War noch immer kein Arzt bei ihm?"

Klaas schüttelte den Kopf. „Ich glaube nicht, dass es überhaupt noch Ärzte an Bord gibt. Selbst die Krankenschwester ist nach zwei Minuten wieder aus dem Zimmer gehastet."

Hajo beugte sich über das Bett. „Wie geht es dir, Matteo?"

Matteo öffnete die Augen und starrte zu ihm hinauf. Sein Gesicht war noch blasser als sonst, die Wangen eingefallen. Hätten nicht seine heißgeliebte Schiebermütze und sein bronzefarbenes Telefon auf dem Ablagebrett gelegen, hätte Hajo ihn kaum wiedererkannt.

„Ich habe das Gefühl", krächzte Matteo, „auf meiner Brust hockt ein ausgewachsener Gorilla." Ein fauliger Geruch aus seinem Mund mischte sich mit dem allgegenwärtigen Duft des Desinfektionsmittels.

Versuchte die Simulation, Speicherplatz und Rechenzeit zu schinden, indem sie Gäste sterben ließ? Davon war Klaas überzeugt. Dass die Rechenleistung der Server bereits auf einen Bruchteil ihrer ursprünglichen Kapazität geschrumpft war, bezweifelte auch Hajo nicht. Fünfzig Prozent verkraftete die Anlage, ohne die Simulation verlangsamen zu müssen. Unterhalb von zwanzig Prozent wurde die Simulation schrittweise vereinfacht. Bis die Gäste die Vereinfachungen wahrnehmen konnten, musste die Rechenkapazität allerdings in den einstelligen Prozentbereich fallen. Es war wie bei einer Demenz: Symptome zeigten sich erst, wenn bereits große Teile des Gehirns geschädigt waren.

Hajo quälte sich ein Lächeln ab. „Ich werde nachsehen, ob sich nicht doch einer der Ärzte versteckt hält." Er richtete sich auf.

Matteos Hand zuckte unter der Bettdecke. „Nein, warte. Die Ärzte sind verschwunden. So wie viele Kellner, Zimmermädchen und ... Schauspieler." Er nahm ein paar rasche Atemzüge, wie um seine Lunge aufzupumpen. „Was hat Aschberger gesagt?"

„Nicht viel. Er gibt zumindest zu, dass unsere Vermutungen schlüssig sind."

„Hat er etwas erfahren?"

„Er sagt, auch er habe keine Kontakte mehr zur Realität. Die letzte Botschaft hat er vor drei Jahren erhalten."

„Kein Echtzeit-Interview?"

„Nein."

„Wird er uns ... unterstützen?"

Hajo schwenkte langsam den Kopf hin und her. „Unsere Beobachtungen interessieren ihn nicht. Er ist fünfundneunzig Jahre alt und trägt ein Exoskelett. Ich kann mir nicht vorstellen, dass er uns helfen wird, andere Gäste zu überzeugen."

Matteos Kopf sank tiefer ins Kissen ein. Mit dem Versuch, sich ins System einzuhacken, hatte er viele Tage verbracht. Schließlich hatte er einsehen müssen, dass das den Gästen zugängliche Netz perfekt isoliert war.

„Ihr müsst an die Konsolen im Serverraum …" Matteo stockte.

„Wir haben keinen Plan, wie wir da hineinkommen sollen", widersprach Hajo. „Und ohne dich …"

Klaas hüstelte. „Vielleicht ist das IT-Personal inzwischen ebenso ausgedünnt wie das im Hospital. Wenn wir erst einmal drin sind, könnte uns Matteo am Telefon unterstützen."

„Ja", röchelte Matteo. „Versucht, einen Hilferuf … abzusetzen."

Klaas erhob sich und sah auf Matteo hinab. „Glaubst du immer noch, die hätten uns bloß modernere Server spendiert? Und bei der Übertragung der Daten seien ihnen ein paar Fehler unterlaufen? Ich sage euch: Die haben uns vergessen. Selbst einen wie Aschberger scheint niemand mehr zu kennen."

Hajo blickte von Klaas zu Matteo und wieder zurück zu Klaas. Ein erbärmlicher Haufen waren sie. Matteo lag todkrank im Bett und würde wahrscheinlich keinen Arzt mehr zu Gesicht bekommen. Klaas war trotz seiner dreiundachtzig Jahre mit Eifer bei der Sache. Doch er bekam nichts auf die Reihe, weil er von Technik nichts verstand und weil er seine Thesen jeden zweiten Tag wechselte. Immerhin gehörte er zu den Wenigen an Bord, die sich regelmäßig die Nachrichten ansahen, auch wenn die seiner Ansicht nach größtenteils gefälscht waren.

„Es geht nicht, Matteo." Hajo langte unter die Bettdecke und fand die Hand seines Freundes. „Wir werden bei dir bleiben."

„Nein!“ Matteo wurde von einem Hustenanfall geschüttelt. Hajo legte ihm die andere Hand auf die Stirn, bis er sich beruhigt hatte.

„Ihr schafft das nur zu zweit. Einer von euch muss ... die Angestellten im Internet-Café ablenken, während ... der andere in den Serverraum eindringt. Ich will ... wissen, was los ist, ... bevor ich krepiere.“

Hajo sah zu Klaas hinüber. Der deutete ein Nicken an.

„Also gut, Matteo“, sagte Hajo. „Wir machen uns auf den Weg.“

***

Deck 3: Internet-Café

„Kann ich Ihnen behilflich sein?“ Der Angestellte hinter dem Tresen lächelte sie an, als ob er sich über ihren Besuch freute.

Keiner der Tische des großzügig angelegten Internet-Cafés war besetzt. Wozu auch sollte sich jemand hierher bemühen, wo doch jeder Gast in seiner Kabine eine eigene Konsole hatte? Am Kaffeeautomaten auf dem Tresen leuchtete das Bereitschaftslämpchen, doch die Vitrine, in der immer süße Stückchen gelegen hatten, war leer.

„Danke, ich möchte meinem Bekannten nur rasch etwas zeigen.“ Hajo schob Klaas zu einem der Tische am Rand. Er setzte sich so vor die Konsole, dass er den Tresen im Blick hatte. Ein grüner Menüwürfel materialisierte eine Handbreit über der Tischplatte.

Klaas zog sich einen Stuhl vom Nachbartisch heran. „Was hast du vor? Nicht einmal Matteo ist mit so einer Konsole weitergekommen.“

„Du brauchst nicht zu flüstern. Die Angestellten können Gespräche der Gäste untereinander nicht mithören. Lass uns so tun, als ob wir im Netz surfen." Hajo tippte eine Ecke des grünen Würfels an. Der Würfel begann, sich langsam zu drehen. Seine Seiten zeigten nacheinander die Schlagzeilen aus der Realität, den Wetterbericht und die Speisekarte des Hauptrestaurants.

Die große Fensterscheibe hinter dem Tresen gewährte einen Blick in den Serverraum. Wahrscheinlich waren die Racks mit den vielen Kabeln und den blinkenden Lämpchen nichts als Attrappen. An einem Tisch direkt hinter dem Fenster vollführte ein Systemadministrator kompliziert wirkende Gesten vor einer Konsole.

Normalerweise wuselten mindestens drei Systemadministratoren im Serverraum herum, und hinter dem Tresen des Internet-Cafés standen ein oder zwei Angestellte. Doch selbst wenn es ihnen gelänge, den Systemadministrator herauszulocken: Durch die Glasscheibe würden er und sein Kollege sofort mitbekommen, wenn sich ein Unbefugter an einer der Konsolen zu schaffen machte.

Hajo drehte den grünen Würfel mit der Unterseite nach vorn und ließ sich den Grundriss von Deck 3 zeigen.

„Was machst du denn da?", beschwerte sich Klaas. „Wir wissen doch, dass der Serverraum nur eine Tür ..."

Eine Sirene heulte los. Klaas sprang auf und blickte sich nach allen Seiten um. Die Tür des Serverraums wurde aufgerissen und der Systemadministrator stürmte an ihnen vorbei.

Klaas lief zum Tresen vor. Hajo folgte ihm.

„Was ist passiert?" Klaas musste schreien, um die Sirene zu übertönen.

Die Miene des Angestellten spiegelte Besorgnis wider. „Jemand ist über Bord gegangen. Backbord achtern. Ein Rettungsboot wird bereits zu Wasser gelassen. Bleiben Sie bitte hier. Sie können nicht helfen und zu sehen gibt es auch nichts."

Am Heck befanden sich die Suiten. War Sönke Aschberger etwa über die Reling geklettert, jetzt, da er wusste, dass es keine Wiederherstellung mehr geben würde? In dem Fall konnten sie sich das Rettungsboot sparen. Sein Exoskelett würde ihn unverzüglich in die Tiefe ziehen. Hätte er mit Aschberger doch bloß nicht über die Wiederherstellung gesprochen.

Klaas stieß ihn in die Seite. Dann schlenderte er den Tresen entlang in Richtung der Tür des Serverraums.

Hajo verstand. Eine derart günstige Gelegenheit würde nicht wiederkehren.

„Wissen Sie schon, um wen es sich handelt?“, fragte er den Angestellten.

Der rührte sich nicht. Er wirkte wie eingefroren. Waren die Server aufgrund der Rettungsaktion so stark belastet, dass sie bei der Simulation der Angestellten Abstriche machen mussten?

Die Sirene verstummte. Der Angestellte bewegte sich wieder. In seinen Augen funkelten die Reflexionen des Netzhautprojektors seiner Konsole. „Es muss sich um einen Bewohner der Suiten handeln. Die Außenseiten des Hecks sind nicht öffentlich zugänglich.“

„Wie kann denn so etwas passieren?“ Hajo hätte nur zu gern einen Blick riskiert, um zu sehen, ob Klaas schon an der Tür war.

„Meistens ist einer von uns in der Nähe, um ein solches Unglück zu verhindern. Wir sind bestrebt, unseren Gästen …“

Der Angestellte drehte abrupt den Kopf zur Seite. Klaas stand vor der Tür, die Hand auf dem Knauf.

„Zum Serverraum haben leider nur Systemadministratoren Zutritt. Sie können aber durch das Fenster hinter mir hineinsehen.“ Die Stimme des Angestellten klang seltsam blechern. Er wandte sich wieder an Hajo. „Wenn Sie im Internet-Café bleiben möchten, gebe ich Ihnen Bescheid, sobald ich Näheres über den Unglücksfall erfahre." Er sah noch einmal zu Klaas hinüber, der unschlüssig die Tür musterte.

„Haben Sie vielen Dank." Hajo gab Klaas ein Zeichen und ging zurück zu ihrem Tisch.

Aus einem der Gänge drangen Stimmen und Laufschritte. Zwei junge Männer und eine Frau, alle in Schutzanzügen und mit Schwimmwesten, rannten am Internet-Café vorbei Richtung Heck. Das Muster der Wandverkleidung hinter ihnen zeigte vorübergehend Artefakte in Form konturloser Rechtecke unterschiedlicher Größe und Farbe.

„Und? Konntest du die Tür wenigstens einen Spalt öffnen?"

Klaas schüttelte den Kopf. „Er hat mich erwischt, ehe ich sie aufziehen konnte."

„Vermutlich hat ihm ein Sensor ein Signal auf seine Konsole gegeben."

Hajo wollte gerade Platz nehmen, als die Sirene erneut losheulte. Diesmal war ihr Ton höher, die Intervalle waren kürzer.

„Was ist jetzt passiert?", rief Klaas dem Angestellten zu.

„Feueralarm im Hospital! Bleiben Sie bittetetetete ..."

Der Angestellte verstummte. Seine Mimik fror ein, sein Körper erstarrte.

„Matteo! Wir müssen ihm helfen."

„Warte." Klaas hielt Hajo am Arm fest. „Das ist unsere Chance. Vielleicht hat Matteo sie uns sogar absichtlich verschafft."

„Was? Du meinst, er hat das Feuer angezündet?"

„Ich weiß nicht, wie er das gemacht hat, aber es wäre ihm zuzutrauen."

„Seine Mütze! Sie lag auf dem Nachttisch."

Klaas blickte ihn irritiert an.

„Darin sind Metallfäden eingewebt", fuhr Hajo fort. „Deshalb glitzert sie so. Wenn er den Akku aus seinem Telefon nimmt und die Kontakte an die Mütze hält, gibt es einen Kurzschluss. Das Desinfektionsmittel dürfte einen wirksamen Brandbeschleuniger abgeben."

„Die Angestellten werden mit dem Feuer schon fertig werden." Klaas zog ihn mit sich zur Tür des Serverraums.

Die geschwungene Form des Tresens löste sich allmählich in größer werdende Dreiecke auf.

„He, der Teppich ist weg!", stellte Hajo fest.

Sie liefen auf einem harten, dunkelgrauen Boden. Die Holzmaserung der Tür war einer einheitlichen beigefarbenen Fläche gewichen. Glücklicherweise besaßen Gäste die höchste Priorität innerhalb der Simulation. Klaas und er würden erst dann vereinfacht werden, wenn alle anderen Möglichkeiten ausgeschöpft waren, Rechenzeit zu sparen.

„Was, zum Kuckuck ...?" Klaas tastete die Stelle ab, an der Minuten zuvor noch der Türknauf gewesen war. Mit den Fingern fuhr er die Kanten der Zarge entlang. „Alles ist vollkommen glatt. Keine Fugen – nichts."

„Wie kommen wir jetzt hinein?"

„Nehmen wir doch einfach die Konsole auf dem Tresen."

Hajo schüttelte den Kopf. „Die ist an das gleiche Netz angeschlossen wie die Konsolen in unseren Kabinen und hier im Internet-Café. Eine Verbindung zur Realität bekommen wir nur vom Serverraum aus."

„Dann steigen wir eben durchs Fenster! Wir werfen die Kaffeemaschine in die Scheibe und ..." Klaas hielt inne. „Die Kaffeemaschine ist verschwunden!"

Auch der Angestellte stand nicht mehr an seinem Platz hinter dem Tresen. Hajo wunderte sich über nichts mehr. Immerhin schienen die Konsolen im Serverraum unverändert zu sein. Die Racks hingegen hatte die Simulation durch monolithische Quader ersetzt.

„Wie dick ist die Scheibe überhaupt?“, wollte Klaas wissen.

Hajo hob die Hand, um dagegen zu klopfen. Doch seine Knöchel gingen ins Leere.

„Was ist?“, drängte Klaas.

„Es ... es gibt keine Scheibe mehr.“

„Worauf wartest du?“ Mit zwei Schritten war Klaas bei ihm.

Hajo half ihm, erst das eine und dann das andere Bein über die Brüstung zu heben. Dann stieg er selbst hinüber. Er hoffte, dass die Simulation nicht ausgerechnet in diesem Augenblick ein Quäntchen Rechenzeit übrig hatte, um die Scheibe wieder einzusetzen.

Klaas saß bereits vor einer der Konsolen. Hajo stellte sich hinter ihn und beugte sich hinunter, in der Erwartung, die Konsole würde die Projektion auch auf seine Netzhäute richten.

Klaas hob beide Hände in die Luft. „Was muss ich denn jetzt machen?“

„Kannst du etwas erkennen? Diese Konsole scheint nur einen Netzhautprojektor zu haben.“

„Also, links oben schwebt ein grüner Würfel, genau wie der aus dem Netz.“ Klaas hüstelte. „Aber da sind noch viel mehr Würfel. Der hellblaue neben dem grünen scheint eine Art Wetterstation zu sein. Neun Grad Celsius – das kann doch nicht stimmen!“

„Vielleicht ist das die Temperatur in der Realität.“ Hajo spürte ein Kribbeln in seinem Bauch. „Ist gerade Nacht? Welches Datum haben wir?“

„Auf welchem Würfel steht das?“

„Am besten, du lässt mich an die Konsole.“

Klaas schien erleichtert zu sein, den Platz räumen zu dürfen. Er war in einer Welt aufgewachsen, in der Konsolen zweidimensional waren und mit Tastaturen bedient wurden.

„Versuch du inzwischen, Matteo zu erreichen." Hajo ließ sich in den Bürostuhl fallen. Die Würfel des Bedienfeldes füllten sein Blickfeld.

Er schob den hellblauen Würfel in die Mitte. „Black Rock, Namibia: 9 Grad Celsius, 950 Hektopascal, 64 Prozent Luftfeuchtigkeit", murmelte er. Unglaublich. Der Würfel zeigte ihm das Wetter an der Küste der Namib, so wie es jetzt gerade war. Jetzt, das war um 16:13 Uhr am 23. Februar 2117, mehr als fünfundfünfzig Jahre in der Zukunft.

Der grüne Würfel pulsierte. „10:29 – Feuer im Hospital", las Hajo die letzte Schiffsnachricht laut vor. Und unmittelbar darunter: „10:26 – Mann über Bord." In den Details hieß es, der bekannte Schauspieler Sönke Aschberger werde vermisst.

„Matteo ist nicht erreichbar", sagte Klaas. „Ob das Kommunikationssystem ausgefallen ist?"

„Dann müssen wir eben ohne ihn klarkommen."

Hajo hatte einen ziegelroten Würfel mit der Aufschrift ‚Wartung' entdeckt. Aktuelle Einträge gab es darauf nicht. Er drehte den Würfel so lange, bis die Seite ‚Protokolle' nach vorn zeigte.

„Ich fasse es nicht!", rief er aus. „Die letzten Techniker sind vor zwölf realen Jahren vor Ort gewesen. Sie haben einen Wartungsroboter und einen Block der Pufferbatterie ausgetauscht sowie das Ersatzteillager aufgefüllt. Außerdem haben sie die Hochspannungsleitung von Solarfeld sechzehn geflickt, die bei einem Sturm gerissen ist."

Hajo drehte den ziegelroten Würfel auf eine andere Seite.

„Hier: Die Prozessormodule sind vor zwei Jahren ausgegangen. Das Einzige, wovon genug vorhanden ist, sind Netzwerkkabel. Und ... verdammt, wir haben nur noch zwei funktionstüchtige Roboter!"

„Wie viele müssten es denn sein?"

„Acht. Allerdings: So viele Roboter brauchen wir gar nicht mehr."

„Wieso?"

„Weil die Hälfte der Server mangels Ersatzteilen ausgefallen ist. Fünfhundertdreißig, um genau zu sein. Und zu allem Übel reicht der von der Solaranlage gelieferte Strom zurzeit aus, um ganze elf Server zu versorgen."

Klaas hüstelte. „Wie kann die Simulation damit überhaupt funktionieren?"

„Sie läuft auf Sparflamme, um die Zeit bis zur Wiederherstellung der Energieversorgung zu überbrücken. Wenn außergewöhnliche Dinge passieren, so wie heute, gerät sie ins Schleudern."

„Was ist mit Nachrichten?"

Normalerweise befanden sich die Würfel, die zuletzt benutzt worden waren, im Vordergrund. Hajo musste einige andere Würfel beiseiteschieben, um den zitronengelben Nachrichtenwürfel freizulegen. Die Vorderseite – Schlagzeilen – war leer. Politik, Finanzen, Kultur, Technik und Sport – auch die anderen Seiten enthielten keinerlei Einträge.

„Es gibt keine Nachrichten", sagte er. „Entweder sind sie aus irgendeinem Grund gesperrt oder ich muss mich einloggen, bevor ich sie zu sehen bekomme."

„An die Wartungsprotokolle bist du doch auch ohne Anmeldung herangekommen."

Hajo nahm sich den „Archiv" benannten Würfel vor, der ihm bei der Suche nach dem Nachrichtenwürfel ins Auge gefallen war. Er tippte auf den 3. November 2105, dem letzten Datum, an dem Dateien hochgeladen worden waren. Dann auf den 2. November, den 1. November, den 31. Oktober.

„Es sieht so aus, als ob bis vor zwölf Jahren Daten eingespielt worden sind. Aber sie sind offenbar gelöscht worden.

Diese Daten wären ohnehin erst Jahrzehnte später in unser Netz eingespielt worden."

„Das verstehe ich nicht", gab Klaas zu.

„Wenn zu wenig Speicherplatz zur Verfügung steht, löscht die Simulation Daten, die gegenwärtig nicht benötigt werden. Sie können ja nachgeladen werden, sobald der Engpass beseitigt worden ist."

„Können wir überhaupt etwas über die Realität erfahren?"

Hajo zuckte mit den Schultern. „Wir wissen, wie viele Server und wie viele Roboter in Betrieb sind. Wir kennen den Bestand des Ersatzteillagers, wir haben meteorologische Daten aus der Namib, ..."

„Augenblick", unterbrach ihn Klaas. „Der Wetterwürfel behauptet doch, die Lufttemperatur betrage neun Grad. Für einen Sommernachmittag an der Küste Namibias ist das entschieden zu kalt."

„Ich kann versuchen, mehr über das Wetter zu erfahren." Hajo langte erneut nach dem hellblauen Würfel. „Die Windgeschwindigkeit beträgt 158 Stundenkilometer. Das ist ein Orkan. Außerdem ist es ziemlich finster."

„Gewitterwolken über der Namib? Ausgeschlossen."

„Hier steht: 630 Lux. Kein Wunder, dass die Server nicht genug Strom bekommen. Aber ..." Hajo traute seinen Augen nicht. „Über 2000 Kilobecquerel pro Quadratmeter!"

„Ein GAU? Seit wann hat Namibia Atomkraftwerke?"

„Als wir an Bord gingen, stand das einzige Kernkraftwerk Afrikas in der Nähe von Kapstadt. Das ist viel zu weit weg, um einen derart kräftigen Fallout in der Namib zu verursachen."

Wie lange konnte jemand an einem solchen Ort überleben? War die Strahlenbelastung der Grund, warum sich kein Wartungstechniker mehr in die Namib traute?

Klaus hüstelte. „Ich glaube nicht, dass es einen Unfall gegeben hat."

„Das würde bedeuten ..." Hajo sprach nicht weiter.

„Hast du eine andere Erklärung? Schon zu unserer Zeit war die politische Lage explosiv. Während wir uns auf diesem Schiff vergnügt haben, hat sich alles zugespitzt: Bevölkerungswachstum, Kämpfe um Wasser, Rohstoffe und Energiequellen, Flüchtlingsströme, Terrorismus. Dazu mehr und mehr Atomwaffen in den Händen unberechenbarer Despoten."

Klaas hatte recht. Die Überlebenden, sofern es welche gab, hatten vermutlich andere Sorgen, als eine Serverfarm in der Namib in Betrieb zu halten.

„Wir sind also allein", stellte Hajo fest. „Allein auf einem sinkenden Schiff."

Arno Endler

Ein Coffin für Jedermann

Sam Coffin, mit seinem Namen gleichermaßen gesegnet wie auch verflucht, posierte mitten in meinem Wohnzimmer und schrie mir die Müdigkeit eines langen Arbeitstages aus den Knochen. So empfand ich es zumindest.

Ja, ich liebte die Drei-D-Holo-Visio-Werbung. Und meine Anlage war gut, aber der virtuelle Sam Coffin ging mir beinahe zu weit. Er stand nur einen Meter vor mir, in Lebensgröße, und rief seinen Slogan: „Nur eine Reise mit Coffin beginnt in einem Coffin!“

Wie nahezu jeder Mensch der westlichen Zivilisation hatte auch ich schon einmal eine VR-Reise angetreten. Coffin-Reisen waren legendär: ‚Buche eine Reise, komm in einen Coffin-Dome, leg dich in den Sarg. Das Gel umhüllt dich; du schläfst ein und erlebst exotische Orte so hautnah, als wärst du tatsächlich dort.‘

Der Werbetrailer in meinem Wohnzimmer versprach allerdings Neues: „Ich, Sam Coffin, möchte dir jedoch eine weitere Steigerung anbieten – falls du das nötige Kleingeld aufbringst, natürlich.“

Er grinste wie ein weißer Hai vor dem Zubeißen. „Dies ist meine innovativste Erfindung: der Travel-Coffin für zu Hause. Eine Weiterentwicklung, die nur an das normale Stromnetz angeschlossen werden muss. Das Gerät ist sofort mit all meinen Servern verbunden. Entscheide dich für einen Ort und ich garantiere dir, dass innerhalb von sechs Stunden eine nur für dich vorbereitete Body-Drohne dort ist. Sechs Stunden sind eine Winzigkeit. In der Mittagspause keinen Bock mehr? Sechs Stunden später könntest du in den australischen Katastrophengebieten umherwandeln, die Sahara-Gärten erkunden, die Unterwelt von Paris entern oder den Abenteuerpark Malta besuchen. Und das alles pünktlich zu deinem Feierabend. Worauf wartest du noch?“ Er hielt seine Hand zum High-Five hoch.

Ich las nicht einmal die Einblendungen mit den Preisen und allgemeinen Bedingungen für den Kauf. Ich schlug ein. Drei Tage danach stand die Kiste vor mir.

***

Im Schnelleinrichtungs-Guide gab es nur wenige Anweisungen und einige Vorschläge für den obligatorischen Testlauf, um die Garantiefrist in Gang zu setzen. Ich entschied mich für den Probelauf im südamerikanischen Dschungel. Die Antarktis war mir zu warm und zu trocken, die Fidschis waren mir zu nass. Winter im Rest-Urwald irgendwo im Norden Südamerikas klang gut.

Für diesen vorgeschriebenen Testlauf standen jederzeit Body-Drohnen bereit. Erst bei späteren freien Reisen galt die Sechs-Stunden-Regel.

Ich zwängte mich in den hautengen Spezialanzug aus dem patentgeschützten geheimnisvollen Material, das sich bislang sämtlichen Versuchen widersetzt hatte, es zu kopieren. Dies war Coffins Alleinstellungsmerkmal. Seine Goldgrube. Und dennoch verdammt eng. Im Spiegel sah man jedes Gramm Fett an sehr unvorteilhaften Stellen. Ich wandte mich ab.

Der Sarg lag mitten in meinem Wohnzimmer. Zweimeterzwanzig lang, fünfundsiebzig Zentimeter breit und siebzig hoch. Nur ein Kabel in einer handelsüblichen Steckdose verband das Gerät mit dem Stromnetz. Wenn ich der Broschüre glauben durfte, befanden sich die Funkempfänger und Sender im Innern des Deckels, Heiz- und Gelsysteme im Boden des Travel-Coffins. Neben dem goldenen Sam-Coffin-Logo leuchtete ein roter Knopf.

Ich drückte ihn. Der Deckel klappte auf.

Es ähnelte wirklich einem herkömmlichen Sarg. Nur dass das Innere nicht für einen Toten mit weißem Stoff ausgekleidet war, sondern dort eine silbrig glänzende zähfließende Flüssigkeit auf mich wartete.

Das Gel fühlte sich hautwarm an. Vielleicht lag es aber auch daran, dass der Anzug mich wärmte.

Ich streifte die Gesichtsmaske über, eine Art Tauchermaske mit Mund- und Nasenabdeckung, die das Atmen leicht machte. Das angereicherte Gel im Coffin enthielt genug Sauerstoff für eine vierzehntägige Reise. Ersticken konnte man nicht.

Bei Sauerstoff-Mangel erfolgten eine Notabschaltung und die daran gekoppelte Öffnung des Deckels. In der Anfangszeit der Coffin-Reisen hatte es gerüchteweise einige Todesfälle in den Coffin-Domes gegeben, doch seit einigen Jahren hatte sich die sichere Form des Tourismus durchgesetzt.

Ich setzte mich hinein und ließ mich behutsam in die gallertartige Masse gleiten. Der Deckel klappte automatisch zu. Das Gel umspülte mich vollkommen. Ich entspannte mich, wartete auf das für Coffins übliche Summen. Zu meiner Überraschung spürte ich nur einen kurzen Wärmeschwall; es wurde sofort hell und ich stand am Rand einer Straße. Ich vergaß unmittelbar, dass ich im Coffin lag.

Es wirkte sehr real, so wie man es von den Firmen-Coffins kannte. Ich musste mir klar machen, dass ich nur die Impulse einer optimal austarierten Body-Drohne empfing. Das Gel, als Überträger aller sensorischen Empfindungen, transferierte einen sanften, aber recht heißen Wind. Es spielte keine Rolle, dass ich nicht direkt vor Ort war. Die Drohne war es, und ich spürte alles, was auf den Körper des androidischen Geräts einwirkte.

Hob ich die Hand, sah ich nicht die künstliche Drohnenhand, sondern ein Abbild meiner eigenen. Die superscharfen Bilder des Displays in meiner Maske täuschten mein Gehirn. Auch diese Illusion war perfekt. Ich lachte. Was für eine lohnende Investition!

Ich sah mich um, beäugte die Umgebung. Zu meiner Schande muss ich gestehen, dass es mich nicht interessiert hatte, wo genau dieser Dschungel sich befand, zu dem ich gereist war.

Direkt vor mir lag eine staubige, rissige Straße. Auf der linken Seite begann der Urwald. Ein Achtzigtonner donnerte an mir vorbei, wirbelte Dreck auf, der sich nach einigen Sekunden wieder legte. Es waren nur wenige Zentimeter gewesen, um die das Fahrzeug mich verpasst hatte, aber ich fühlte mich sicher.

Denn mir selbst konnte ja nichts passieren. Für den Fall einer schwerwiegenden Schmerzübertragung beendete die Sicherheitsautomatik die Übertragung. So hätte ich mich überfahren lassen können, ohne dass ich es gespürt hätte. Allerdings galt die Vollkasko-Drohnen-Versicherung nur für eine Drohne pro Kalenderjahr. Gefahren-Junkies lebten teuer, wenn sie zu viel riskierten.

Ich wollte die Synchronisation für die Motorik testen – und stiefelte ohne merkliche Verzögerung los. Dann rannte ich über die Straße. Oh, was für ein Gefühl!

An den ersten Bäumen angelangt, wählte ich einen Weg zwischen zwei Baumriesen mit gewaltigen Rissen in der Borke. Von den oberen Ästen hingen Lianen und Schlingpflanzen. Der Boden unter mir war weich. Es wurde dunkler, weil das undurchdringliche Blattwerk die Sonne aussperrte.

Ich trat an einen Baum heran und berührte ihn. Die Rezeption war ungeheuer intensiv. Die Transferrate musste bei über neunzig Prozent liegen. Bei manchen Dome-Coffins, deren Gel lange nicht getauscht worden war, sank diese Rate schon mal auf weniger als die Hälfte. In diesen Fällen entwickelte sich eine Art Echogefühl; nicht so präzise und gelegentlich mit Verzögerung, was bei schnellen Bewegungen mit Übelkeit endete.

Und glauben Sie mir, in einem Coffin möchte man sich nie übergeben.

Mein Travel-Coffin war perfekt. Voll synchron, mit einer idealen Übertragungsrate. Ich liebte ihn bereits jetzt, setzte jedoch einen gedanklichen Eintrag, nachzuschauen, was mich der Austausch des Gels kosten würde.

Ich hatte eigentlich genug gesehen und getestet. Doch noch wollte ich mich nicht trennen, also machte ich mich auf den Rückweg, um die Kontrolle über die Drohne einigen Reaktionstests zu unterziehen.

Mehrfach änderte ich Geschwindigkeit und Gangart; die Drohne vollführte alle Bewegungen mit keiner oder nur unmerklicher Verzögerung.

Als ich wieder in der prallen Sonne stand – die Straße vor mir, in meinem Rücken der Dschungel – parkte ein schwarzer Lieferwagen neben dem Seitenstreifen, ungefähr dort, wo ich gestartet war.

Ich hatte mich nicht umgesehen, als ich die Drohne übernommen hatte und vermutete, dass die Andock-Ladestation für die Body-Drohne wohl in dem ungekennzeichneten Transporter untergebracht war. Langsam ging ich darauf zu, um den Coffin-Leuten die Arbeit zu ersparen, die Drohne wieder einzusammeln.

Ich schlenderte zu dem Wagen und klopfte gegen die seitliche Schiebetür.

Sie wurde sofort geöffnet. Ein Mann schaute hinaus und lächelte. Eigentlich schien es eher ein brutales Grinsen zu sein.

„Ola!"

„Hallo", antwortete ich.

„Ein Geschenk – an einem solchen Tag. Wie schön", sagte der Mann sehr rätselhaft und für mich nicht nachvollziehbar.

Ich registrierte die Tattoos auf seinen Armen sowie eine schlecht verheilte fingerlange Narbe auf seiner rechten Wange. Als er den Arm ausstreckte, um nach mir zu greifen, zählte ich nur vier Finger an seiner Hand. Der kleine Finger fehlte.

Langsam wurde mir mulmig. Ich kreuzte meine Daumen, um den Ausstieg auszulösen.

„Halt, mein Schöner. So haben wir nicht gewettet", sagte der Mann aus dem Lieferwagen und mir wurde bewusst, dass ich wohl nur die Übersetzung des Coffins hörte. Der Kerl hielt plötzlich einen daumengroßen Metallzylinder in der Hand und heftete ihn mir, meiner Drohne, an die Brust.

Sofort umfing mich Dunkelheit. Der Kontakt zur Body-Drohne riss ab. Ich erwartete, im Inneren meines Coffins zu liegen und mich befreien zu können, denn irgendwie hatte der Fremde die Verbindung gekappt. Aber ich blieb, wo ich war. In diesem simulierten Schwebezustand ohne Sinneseindrücke.

Ich stellte mir meine Hände vor, wie sie in dem Travel-Coffin lagen, gab ihnen den Befehl zum Kreuzen meiner Daumen und dann zum Schmetterlingsgruß: Jetzt!

Jetzt musste sich doch dieser verfluchte Sarg öffnen!

Als mich weiterhin nur die Dunkelheit in einem gefühlten nichtexistenten Universum verhöhnte, wollte ich weinen. Aber ich spürte meinen Körper nicht mehr. So war ich zum Warten verdammt.

***

Es dauerte. Wie lange? Unendlich. Meine Gedanken rasten. Als ich ruhiger wurde, versuchte ich zu schlafen. Allerdings gelang es mir nicht, meine Augen zu schließen, obwohl ich nur Finsternis wahrnahm. Abgetrennt von meinem physischen Körper, eine wahrhaft außersinnliche Erfahrung. Fühlte sich der Tod so an?

Plötzlich kam die Helligkeit zurück. Ein Gesicht beugte sich über mich. „Hallo", sagte sie. Eine junge, sehr attraktive Frau. Sanft gebräunt, mit leicht geschlitzten, hellblauen Augen hinter den Brillengläsern. Ihre nachtschwarzen schulterlangen Haare umrahmten das ebenmäßige Gesicht. Sie lächelte.

Ich wollte antworten, doch die Body-Drohne versagte mir den Dienst.

„Oh, verzeihen Sie", entschuldigte sich die Fremde. „Ihre Drohne ist außer Betrieb. Wir haben lediglich die Sensorik des Kopfes wieder angeschaltet. Sie können mich sehen und hören. Schließen Sie bitte kurz Ihre Augen, wenn es funktioniert hat."

Ich blinzelte.

„Danke." Ihr Gesicht verschwand aus meinem Blickfeld.

Ich testete alles, was mir in den Sinn kam. Allerdings hatte sie wohl die Wahrheit gesagt. Ich konnte nur die Lider bewegen.

Wieder versuchte ich meinem Körper im Travel-Coffin zu befehlen, den Notfall-Ausstiegsbefehl zu vollführen. Es geschah rein gar nichts. Wenn ich hätte seufzen können, hätte ich es getan. Ich war der Fremden ausgeliefert.

Die optischen Sensoren der Drohne funktionierten allerdings tadellos. Ich sah hoch zu einer Decke, in der zahlreiche Risse und dunkle Feuchtigkeitsflecken den Putz beeinträchtigten.

Endlich tauchte das Gesicht der Frau wieder vor mir auf. „Wir sind bereit. Sie auch?"

Ich blinzelte dreimal schnell.

Sie lachte. „Oh, einmal Blinzeln für Ja, dreimal für Nein? Wir brauchen so etwas nicht. Was wir benötigen, ist Ihr Online-Kennwort für eine Überweisung."

Ich blinzelte dreimal.

„Machen Sie sich keine Mühe. Sie wurden entführt. Von uns. Ihr Körper im Travel-Coffin ist jetzt Eigentum unserer revolutionären Garde. Falls Sie nicht verhungern, verdursten und verwesen wollen, müssen Sie zahlen. Und denken Sie gar nicht daran, dass ein Notfallprotokoll Ihren Coffin öffnen wird. Sie haben eine Test-Body-Drohne verwendet, was bedeutet, dass Ihr Coffin frisch ist. Acht Wochen Sauerstoff inklusive. Doch vorher dürften Sie verdursten."

Ich starrte sie an, mehr blieb mir nicht. Wie konnte eine so sympathisch wirkende Frau mir nur so etwas antun?

„Ich werde Ihnen jetzt einen Zugang legen. Body-Drohnen sind mit einer Steckverbindung ausgestattet, die ich nun mit einem Computer-Netzwerk verbinde. Wenn ich Ihnen gleich ein Zeichen gebe, möchte ich, dass Sie intensiv an die Nummern Ihres Online-Zugangs denken."

Gelegentlich fiel ein Schatten über mich, aber ich konnte nicht wirklich sehen, was sie tat.

„So. Jetzt, bitte!"

Hilfe! Helft mir, dachte ich.

„Ach, kommen Sie. Ich sagte, die Nummer. Mehr möchte ich hier auf dem Monitor nicht lesen. Dieses Kauderwelsch hilft mir nicht. Um es deutlich zu machen: Sie sind in meiner Gewalt. Ich will nur Ihr Geld. Dann lasse ich Sie gehen."

Ich glaubte ihr nicht.

„Wahrscheinlich wird Ihnen kein finanzieller Schaden entstehen", plauderte sie weiter. „Coffin-Reisen wird bezahlen, schon alleine, damit Sie nicht publik machen, wie simpel die neueste Erfindung von Sam Coffin gehackt werden kann. Dieser Image-Schaden geht in die Millionen. Wenden Sie sich einfach an den Service und ich verspreche, dass Ihnen zusätzlich eine hohe Summe Schweigegeld gezahlt wird. Die Nummer bitte!“

Ich tat ihr den Gefallen, ergab mich in mein Schicksal.

„Danke.“

Dunkelheit.

Licht.

Der Travel-Coffin spuckte mich aus.

***

Meine Kidnapperin hatte Wort gehalten. Ich war zu Hause, gesund und ohne Schaden, bis auf das gewaltige Loch in meinen Finanzen. Nach einigen Minuten wusste ich, dass ich einen Kredit aufgenommen hatte. Eine sehr hohe Summe.

All meine Erlebnisse und das Endergebnis meines vorschnellen Einkaufs bei Sam Coffin erzählte ich dem ersten Mitarbeiter des Kundenservices, seinem Vorgesetzten, der Sekretärin des Justiziars, dem Justiziar und dem Leiter der Justizabteilung der Firma.

Man versprach mir letztlich eine volle Kompensation nebst einer angemessenen Entschädigung und einer Sicherheitsüberprüfung meines Travel-Coffins.

So klingelte es nur einen Tag nach meiner Rückkehr an der Tür. Ich öffnete einem jungen Mann im eleganten grauen Anzug, der seine verspiegelten Sonnengläser nicht einmal in meiner Wohnung abnahm.

Dennoch bemerkte ich seinen Seitenblick auf den Travel-Coffin, während er sich zu mir auf das Sofa setzte und seinen Aktenkoffer auf den Couchtisch legte.

„Wir haben versucht, den Geldfluss zu verfolgen. Allerdings verliert sich die Spur zu unserem Bedauern nach einer Barabhebung. Eine winzige Filiale mitten im Ghetto Brasilias."

Ich nickte ebenso genervt wie verständnisvoll und entgegnete: „Auf mein Mitleid müssen Sie verzichten. Ich wurde entführt, gedemütigt und beraubt. Das alles nur, weil ich den Travel-Coffin benutzt habe."

Der junge Mann senkte den Kopf, griff nach dem Zahlenkombinationsschloss des Koffers und nach einer schnellen Handbewegung klackte es laut. Er hob den Deckel an. Im Innern lagen Bündel von Geldscheinen.

„Was soll das?", fragte ich.

Er reagierte nicht direkt, sondern zog ein Schriftstück aus einer Innentasche des Koffers, zückte einen Kugelschreiber und hielt mir beides hin. „Dies sollte als Kompensation ausreichen. Sie müssen mir nur diese Verzichts- und Schweigeerklärung unterzeichnen."

„Bargeld? Sind Sie noch ganz dicht?"

„Sie werden verstehen, dass meine Firma nicht als Auftraggeber für diese Zahlung wahrgenommen werden möchte. Es ist ein Angebot in beiderseitigem Einverständnis."

„Wie viel ist das?", fragte ich.

Er nannte mir die Summe.

„Angemessen", murmelte ich und unterschrieb das Schriftstück.

„Ein besonderes Extra ist noch dabei", sagte der junge Mann, als er sich erhob. Er hob drei Bündel des Geldes an.

Ich sah ein metallenes Kästchen.

„Darin finden Sie das Sicherheits-Update für Ihren Travel-Coffin. Einfach in den externen Anschluss einstöpseln und die von Ihnen geschilderten Probleme können nicht mehr auftauchen."

„Aha", antwortete ich. „Und warum gibt es das Update erst jetzt?"

Er zuckte mit den Schultern, faltete sorgfältig die Verzichtserklärung und nickte mir zum Abschied zu.

Kurz darauf war ich alleine und zählte meinen frisch erworbenen Reichtum. Ich würde ihn in Raten auf die Bank bringen müssen.

Das Update-Kästchen hatte einen kleinen Haken als Verschluss. Ich fummelte ihn auf und klappte den Deckel hoch.

Im Innern kam ein seltsamer Haufen von Drähten zum Vorschein und eine rote Digitalanzeige, die erst aufleuchtete, als ich die Update-Einheit herausnehmen wollte. Sie klemmte fest.

Die erste Anzeige in Rot war eine Sieben.

Es folgte die Sechs.

Eine Firma konnte es sich nicht leisten, dass diese Art des Missbrauchs bekannt würde. Wahrscheinlich würde die Explosion dem Travel-Coffin nicht einmal einen Kratzer zufügen, aber Geld, Koffer und mich vom Erdboden tilgen.

Fünf.

War das Geld im Koffer überhaupt echt gewesen?

Vier.

Oh, wie einfach hatte ich es allen gemacht.

Drei.

Nur eine Reise mit Coffin endet in einem Coffin. Wenn ich den Deckel über mir schnell genug schließen konnte, würde sich erweisen, was der Travel-Coffin alles aushielt.

Bernhard Horwatitsch

Die Rose von Sharon

Jeremias zog seine Schuhe aus und seine Socken. Er wollte das frische Gras unter seinen Füßen spüren, wenn er auf die prächtigen Blüten zuging.

„Was ist das?", fragte er seinen Großvater.

„Das ist die Rose von Sharon", antwortete sein Großvater.

Jeremias erschrak bei diesen Worten. Ein alter verbotener Mythos, von dem sein Großvater eigentlich nichts wissen konnte. Aber Jeremias ließ sich nichts anmerken. „Die Blumen waren letzte Woche nicht da."

„Doch. Du hast sie nur nicht gesehen."

Jeremias berührte eine der Blüten mit der Hand, vorsichtig. Sie fühlten sich zart an. „Sie hat keine Dornen", sagte Jeremias.

„Ich bin nur eine Blume in der Ebene Sharon, eine Lilie aus den Tälern. Aber wie eine Lilie unter den Dornen ist meine Freundin unter den Mädchen", zitierte sein Großvater aus den Texten des alten RAT.

Jeremias war alarmiert, ließ sich jedoch nichts anmerken, was ihn viel Kraft kostete. „Und was bedeutet das?"

„Es bedeutet, auch wenn die Menschen dich nicht sehen, kann Gott dich sehen. Zieh deine Schuhe wieder an. Wir gehen weiter."

Jeremias zog seine Socken und Schuhe wieder an, stand auf und ging seinem Großvater nach.

„Woher weißt du diese Dinge?"

Großvater schüttelte den Kopf, lächelte. „Mein Junge."

Sie gingen über eine felsige Anhöhe zum Strand. Es war warm und ein leichter Wind wehte. Als sie die Anhöhe erreichten, konnten sie schon auf das Wasser blicken. In der Ferne sah man die Umrisse einiger Segelschiffe. Der Strand selbst war menschenleer.

„Hier ist nie jemand“, sagte Jeremias. Sein Großvater antwortete nicht, zeigte stattdessen in den Himmel. Dort breitete ein großer Vogel seine Schwingen aus. Er kreiste im blauen Himmel über dem Wasser.

„Das ist wahre Schönheit“, sagte Großvater.

Jeremias nickte bereitwillig, denn es war ein erhebender Anblick. Sie gingen weiter. Jeremias hörte das Meer rauschen. Jeremias und sein Großvater setzten sich unter einen schräg gewachsenen Baum in den Schatten. Jeremias schloss die Augen, lauschte dem Kommen und Gehen der Wellen. Dann öffnete er die Augen wieder. Nichts hatte sich verändert. Der große Vogel kreiste weiterhin am Himmel, sein Großvater saß neben ihm und hatte nun auch die Augen geschlossen. Links konnte man den Schatten eines Berges sehen. Unaufhörlich kreiste der Vogel und rauschte das Wasser.

Jeremias griff nach der Hand seines Großvaters. Sie war warm und trocken, lag schwer in seiner Hand. Mit der anderen Hand strich er über die raue Rinde des Baumes, unter dem sie saßen.

„Und das alles ist nicht echt. Kaum zu glauben“, sagte Jeremias und biss sich gleich auf die Lippen.

„Wie meinst du das?“, fragte sein Großvater, öffnete die Augen und sah ihm ins Gesicht.

„Ach, nur so“, versuchte Jeremias seinen Großvater zu beruhigen.

„Wieso soll das nicht echt sein?“

„Das habe ich gar nicht gesagt.“

„Doch, das hast du gesagt."

„Tut mir leid", sagte Jeremias und drückte die Hand seines Großvaters. „Ich meine. Du weißt es nicht, oder?"

„Was weiß ich nicht?"

„Schon gut."

„Mein lieber Junge. Nichts ist gut. Du bist nicht ehrlich."

Jeremias ließ die Hand seines Großvaters los und stand auf. „Lass uns zur Strandbar gehen. Ich könnte einen Drink vertragen."

„Aber ich nicht. Wieso ist das nicht echt?"

„Das habe ich nur so gesagt."

„So klang es nicht."

„Großvater, komm", sagte Jeremias und ging ein paar Schritte.

„Ich habe es schon gewusst, eigentlich. Nicht gewusst, nein. Eher gefühlt."

„Lass es. Das habe ich doch nur so dahingesagt. Das Rauschen, der Vogel und so."

Jeremias sah in den Himmel. Der große Vogel kreiste noch immer im blauen Himmel über dem Wasser.

Großvater stand langsam auf, ging zu Jeremias und legte seine Hand auf dessen Schulter. „Spürst du meine Hand?"

„Sicher, Großvater. Warum fragst du das?"

„Hältst du mich für bescheuert?"

Großvaters Hand packte Jeremias' Schulter fester, krallte sich ein.

„Lass, das tut weh."

„Ach?"

Großvater verstärkte den Griff. Es fühlte sich an, als würden sich seine Finger in die Schulter bohren, tief hinein bis in das Gelenk.

„Bitte, Großvater", bat Jeremias und wollte nach der Hand greifen, um sie von seiner Schulter zu lösen.

Doch in dem Augenblick sah er, wie sich der Vogel am Himmel zu einem orangefarbenen Fleck auflöste. Jeremias sah, wie das Meer flimmerte und dann zuckte, wieder zuckte und schließlich auseinanderriss. Das Meeresrauschen wurde leiser, als würde es jemand ausblenden. Dann war alles still und schwarz. Und in der Schwärze öffnete sich ein Fenster. Die letzten zwei Minuten im Leben von Abraham Turner werden gelöscht. Dann wurde es wieder schwarz. Jeremias atmete aus.

„Fuck", sagte er und riss sich wütend die Brille vom Kopf. Einige der Elektroden lösten sich durch den gewaltsamen Akt von seinem Kopf, die restlichen entfernte Jeremias ungeduldig und ohne Rücksicht auf die Empfindlichkeit seiner Implantate, mit denen die Elektroden verbunden waren.

Es roch ranzig. Im Halbdunkel flackerte eine Neonbirne, sodass das Zwielicht eine heftige Reaktion in Jeremias auslöste, weil es einen solchen Gegensatz bildete zu dem von Licht durchfluteten Strand, an dem er eben noch gewesen war. Nur zwei Minuten nach dem Cut öffnete jemand die Stahltür zu seiner Wohneinheit.

„Jeremias Turner", sagte der Offizier, der jetzt in seinem Dwell stand. Hinter ihm ein paar Soldaten mit Rohrwaffen im Anschlag.

„Ach, kommen Sie, Jack. Das ist doch jetzt lächerlich", antwortete Jeremias. Jack Bell war der leitende Offizier der Sektion 5 und zuständig für die emotionale Stabilität der Bewohner.

„Tut mir leid, Jeremias. Aber das sind die Vorschriften."

„Echt, Jack. Ausgerechnet der Ingenieur, der den Scheiß gemacht hat, soll liquidiert werden?" Jeremias stand auf und ging in den Wohnbereich. Es waren nur zwei Schritte. Die Dwells waren nicht größer als zehn Quadratmeter. Jeremias nahm sich eine E-Zigarette und zog heftig an ihr. „Absurd", sagte er.

„Na ja. So ist das mit Vorschriften. Sie gelten für alle. Sonst wären es ja keine Vorschriften mehr, sondern Willkür." Jack Bell wies mit einer Handbewegung die Soldaten an, ihre Rohrwaffen herunterzunehmen. „Aber du kannst einer virtuellen Einheit nicht erzählen, dass sie nicht echt ist. Das weißt du besser als ich."

Jeremias zog an der E-Zigarette. Der aromatisierte Wasserdampf bewirkte, dass es nicht mehr gar so ranzig roch. Der Geruch war in diesen Bunkern so präsent, dass manche unter dauerhafter Übelkeit litten.

„Kennst du die Rose von Sharon?", fragte Jeremias.

„Die was?"

„Die Rose von ..."

„Ich hab dich schon verstanden, Klugscheißer. Was soll das? Du willst doch nicht behaupten ..."

„Doch Jack. Genau das ist passiert. Ich habe die Rose von Sharon gesehen."

„Und woran hast du sie erkannt? Niemand weiß, wie sie aussieht."

„Großvater, Abraham Turner, hat sie erkannt."

„Das ist eine virtuelle Einheit, Jeremias. Die kann nichts erkennen. Sie weiß nur, was an Datenspuren da ist. Und von der Rose gibt es keine Daten. Davon kann die virtuelle Einheit also nichts wissen."

„Und warum erzählt er mir das dann? Woher weiß Großvater, dass er nicht echt ist? Und warum soll er eigentlich unecht sein ..."

„Du redest wirres Zeug." Jack ging einen Schritt auf Jeremias zu. „Hör auf damit. Ich bin gezwungen ..."

„Na klar." Jeremias lachte. „Ich rede wirres Zeug, und du kannst dir ohne fremde Hilfe nicht mal die Elektroden anlegen. Game over, was? Du!", Jeremias stand nun so nah vor Jack, dass er seinen Atem spürte. „Du hast absolut keine Ahnung."

„Die Rose von Sharon. Weißt du, wie du dich anhörst? Wie ein Durchgeknallter. Wir sollten deine Implantate überprüfen."

„Du hast keine Ahnung, Jack. Alles, was der RAT über das Ende gesagt hat, ist wahr. Es ist eben nicht das Ende."

Jack Bell schüttelte den Kopf. „Der RAT. Das ist über 150 Jahre her. Das waren alte, dumme Männer."

„Tatsache war, dass räumliche Beziehungen kaum noch eine Bedeutung hatten und dass mein Geist die Welt in Begriffen wahrnahm, die jenseits räumlicher Kategorien lagen", zitierte Jeremias.

Jack atmete tief ein und deutlich hörbar aus. Seine Augen verengten sich und sein Mund formte sich zu einem Schlitz. „Ich sag dir was, Jeremias. Der RAT ist tot. So was von tot."

„Und mein Großvater ..."

„Dein Großvater!" brüllte Jack. „Dein verschissener Großvater ist nur noch eine virtuelle Spur aus alten Daten!"

Jeremias machte einen Schritt zurück.

„Verflucht, Jeremias. Komm zur Vernunft." Jacks Tonfall war nun leiser. Er machte Jeremias ein Angebot. „Vier Wochen Stromsperre und zwei Wochen Hausarrest. Täglich kommt Dr. Hasenclever. Du wirst sehen, dann wird alles wieder gut. Ich biete dir an zu überleben."

Jeremias spürte, dass es im Moment wohl das Beste war, sich nicht mit Jack auf einen Machtkampf einzulassen. Er nickte, zog mit zitternder Hand an seiner E-Zigarette. Er wusste, er war zu weit gegangen und hatte gerade mächtig Glück gehabt. Jack war zu allem fähig. Und das Recht wäre auf seiner Seite. Der RAT war tabu. Und wer draußen war, durfte sich nie über das Drinnen äußern. Beide Vorschriften hatte Jeremias gebrochen.

***

Sektion 5 war ein ranziges Loch von zwei Quadratkilometern Umfang. Genau 5327 Menschen lebten tief vergraben unter der Erde, atmeten künstlichen Sauerstoff, der aus den Proteinen verstorbener Menschen hergestellt wurde. Der ranzige Geruch war darauf zurückzuführen. Kurz nach dem Ende schienen alle todgeweiht. Dann gelang es Wissenschaftlern, menschliche Proteine zur Photosynthese anzuregen.

Dr. Hasenclever war ein schwerer Mann mit einem gewaltigen Bart. Seine Haut sah großporig und unsauber aus, wie bei allen, die hier über 30 Jahre alt waren. Hasenclever saß Jeremias gegenüber. Wenn man ihn so sah, erwartete man eine donnernde Stimme. Aber er sprach leise mit eher weichem Timbre. Die perfekte Psychiater-Stimme.

„Und? Quält Sie die Stromsperre?"

„Was glauben Sie?"

„Ich glaube gar nichts."

„Glauben Sie, was Sie wollen", sagte Jeremias, ohne sich des Unsinns, den er sagte, bewusst zu sein. Tatsächlich quälte ihn die Stromsperre. Seit acht Tagen war er nicht mehr draußen gewesen. Er hatte das Gefühl, seine Implantate würden sich auflösen und er könnte nie mehr raus.

„Sie sind unwillig", sagte Dr. Hasenclever, als hätte er Jeremias' Gedanken gelesen. „Ist ja auch nicht leicht. Reden Sie über Ihre Erlebnisse draußen, zuletzt."

Jeremias schwieg. Er wollte nicht darüber reden. Er wollte draußen sein. Für immer. Und was wusste dieser bärtige Seelenklempner schon?

„Die Rose von Sharon", sagte Dr. Hasenclever plötzlich.

Jeremias erschrak. „Was wissen Sie davon?"

„Und Sie? Darum geht es. Nicht, was ich weiß oder nicht weiß."

„Ein Mythos, nichts als ein Mythos", sagte Jeremias.

„Ja sicher." Dr. Hasenclever strich sich mit seiner überraschend kleinen Hand durch den riesigen Bart. „Ein Mythos, nicht wahr?"

„Was soll's, das verstehen Sie nicht."

„Erklären Sie es mir."

Jeremias wollte nichts erklären. Er wollte nur weg und wieder draußen sein. Raus aus diesem ranzigen Sarg, den er seit seiner Geburt ertrug oder nicht ertrug. „Gar nichts erklär ich. Ein Mythos. Sie wissen doch, was ein Mythos ist."

„Ynisvitrin zum Beispiel. Die Glasinsel."

„Ja", sagte Jeremias. Er hatte schon geahnt, dass das kommen würde. Schließlich versuchte Dr. Hasenclever ihn zu manipulieren. Daher erwähnte er den geheimen Ort des RATs. Glastonbury, der Übergang zu Anderswelt, wo Götter und Feen raum- und zeitlos leben.

„Ist es das?", bohrte Dr. Hasenclever weiter.

„Was fragen Sie noch", sagte Jeremias.

„Dann tun Sie es, reden Sie", sagte Dr. Hasenclever. „Oder Uttarakuru im Osten. Goldene Beete roter Lotusblumen schwimmen auf den Tausend Seen von Uttarakuru." Hasenclever lächelte geheimnisvoll. Oder wirkte es nur wie Lächeln. Der Bart verdeckte den ganzen Kerl.

„Wie auch immer es heißt. Namen sind nur dann wichtig, wenn man nichts als Namen hat. Was passiert, wenn ich rede? Dann erfährt es Jack Bell und ich werde zu künstlichem Sauerstoff verarbeitet. Dann schnauft ihr mich ein. Eine verdammte Barbarei!"

Dr. Hasenclever lachte. Er lachte nicht über Jeremias. Das hätte sich anders angehört. Er lachte freundlich, aber herzhaft. „Ja", sagte er, „eine Barbarei. Bell wird gar nichts erfahren. Wer ist dieser Bell. Ein kleiner Offizier einer kleinen Sektion."

„Ich verstehe nicht", sagte Jeremias und neigte sich nach vorn. „Hört sich an, als meinten Sie das ernst."

„Halten Sie mich für einen nicht ernsthaften Menschen?"

Jeremias wusste nicht, für was er diesen Psychiater hielt. Ein Monstrum. Das konnte er ja schlecht sagen. Spielte er mit ihm?

„Ob ich den mal abrasieren sollte?", sagte Dr. Hasenclever und packte mit seinen kleinen Händen den unteren Teil seines Bartes. „Nein, eher nicht. Wie bei allen hier, die altern, macht sich das Klima in meinem Gesicht bemerkbar. Der Bart ist die bessere Lösung." Dann lachte er wieder. „Du bist im Lustgarten Gottes und mit allerlei Edelsteinen geschmückt: mit Sarder, Topas, Smaragd und Gold. Am Tage, da du geschaffen wurdest, mussten da bereitet sein bei dir deine Pauken und Pfeifen. – Kennen Sie das?"

„Hesekiel 28,13", antwortete Jeremias sofort.

„Dann verstehen wir uns langsam?"

„Ich weiß nicht?"

„Lassen Sie sich Zeit, wenn Sie glauben, Sie hätten diese Zeit. Ich habe sie immer weniger. Ich habe längst ein Tropfenherz. Wenn ich die 500 Meter zurück zu meinem Dwell gehe, dann glaube ich, an diesem ranzigen Dreck zu ersticken."

„Dreck?" Jeremias war überrascht, das aus diesem Mund zu hören. „Sie ..."

„So schaut es aus. Also? Was haben Sie gehört über die Rose von Sharon?"

„Gesehen, nicht gehört", sagte Jeremias und hoffte nun, das Richtige getan zu haben.

„Gesehen! Mein Gott." Dr. Hasenclever atmete laut, sehr laut. „Was? Was haben Sie gesehen? Erzählen Sie, beschreiben Sie!"

„Klein, zart, keine Dornen. Einige blühten violett, andere weiß. Als würden sie über dem Boden schweben. Mein Großvater sagte mir, es sei die Rose von Sharon, er ..."

„Abraham Turner“, unterbrach ihn Dr. Hasenclever.

„Sie kennen meinen Großvater?“

„Um Gottes willen, nein. Ich weiß von ihm. Erzählen Sie weiter.“

„Erst war ich irritiert. Aber seltsam war, dass ich mich beruhigte. Ich spürte, dass ich die Regeln brechen musste. Ich sagte ihm, dass alles nicht echt ist hier draußen.“

„Und Abraham? Was hat er gesagt?“

„Er wusste es. Aber er – ich weiß nicht. Denn dann ...“

„Wurden Sie rausgeworfen. Klar.“ Dr. Hasenclever lehnte sich zurück, schloss kurz die Augen. Sein Bart hüpfte leicht auf seinem Kehlkopf, weil er eine unsichtbare Flüssigkeit schluckte. „Du musst wieder nach draußen.“

„Na sicher.“ Nur wie, dachte Jeremias? Er hatte noch 20 Tage Stromsperre. Und danach würde ihn Bell noch strenger überwachen. Und ständig war er in Gefahr, liquidiert zu werden.

„Ja wie, das ist die Frage“, sagte Dr. Hasenclever. „Nicht über deinen Account.“

„Das geht nicht anders. Die Implantate ...“

„Ach. Ich bin Arzt. Schon vergessen?“

„Sie wollen die Implantate tauschen?“

„Sagen wir mal so. Du bist Ingenieur und ich bin Arzt. Du programmierst, ich operiere.“

„Sie sind Psychiater.“

„Neuro-Psychiater. Der Beste. Die Implantate sind meine Erfindung.“

Das war Jeremias neu. Wusste Bell, wen er da zu ihm gelassen hatte? Wenn ja, dann war Bell ein Vollidiot. Wenn nein, dann war Bell eigentlich auch ein Vollidiot. Oder es war Absicht. Aber warum? Ein Spiel? Manipulation?

***

Das Dwell von Dr. Hasenclever war doppelt so groß wie das Dwell von Jeremias.

„Ist dir wer gefolgt?"

„Nein", antwortete Jeremias. Er hatte sich kurz vor der offiziellen Ruhezeit aus seinem Dwell geschlichen. Es war der erste Tag nach Aufhebung seines Hausarrests.

„Bereit?", fragte Dr. Hasenclever.

„Absolut", antwortete Jeremias Turner und ließ sich von Dr. Hasenclever die Kopfhaare abrasieren.

„Also. Ich öffne die Schnittstellen. Die Kopfhaut ist nicht sehr empfindlich. Ich werde sie nur lokal anästhesieren. Das Gehirn ist völlig unempfindlich. Wenn ich den Funk-Chip freilege, erscheint er auf dem Monitor. Dein Job. Du musst den Algorithmus ..."

„Ich weiß", sagte Jeremias und machte sich bereit.

Auf dem Monitor erschienen die kryptischen Zahlen, die Jeremias nur zu genau kannte. Knifflig war, zum Kern vorzustoßen. Dr. Hasenclever fuhr mit seinen kleinen Händen zart in den Kopf von Jeremias, während Jeremias das Bild der Erde formte. Gleichzeitig führten die beiden ihre Operationen aus. Und dann öffnete sich der Korridor.

Es war warm, ein leichter Wind wehte, das frische Gras zitterte leicht. Es roch süß, angenehm. Jeremias sah in den blauen Himmel. Der große Vogel kreiste dort.

Großvater lächelte ihn an. „Lass uns zum Strand gehen", sagte er.

„Ich würde gerne die Rose von Sharon sehen", sagte Jeremias.

„Die Rose von Sharon ist verblüht", antwortete der Großvater.

Jeremias blieb stehen. „Was soll das heißen?"

„Sieh", sagte Großvater. Am Horizont erschien eine Gestalt. Sie kam näher.

Es war Jack Bell. Er kam immer näher. „Großvater?“, rief Jeremias verzweifelt. „Was soll das?“

„Du kennst ihn doch“, sagte Großvater ganz entspannt und lächelte.

Jack Bell stand nun vor ihm. „Tut mir leid, Jeremias. Aber du hättest keine Ruhe gegeben.“

Jeremias war draußen. Und er wusste plötzlich: Er war für immer draußen. Hatte er das nicht gewollt? Immer schon? Er spürte die Hand seines Großvaters in der seinen. Lass uns zum Strand gehen …

***

Dr. Hasenclever entfernte den Stift aus Jeremias' Kopf, der nach vorne gesackt war. Jack Bell kam in das Dwell von Dr. Hasenclever.

„Immer wieder ein Jammer. Jeremias war kein schlechter Junge.“

„Aber zu leichtgläubig“, sagte Dr. Hasenclever. „Anderswelt! Was für eine Leichtgläubigkeit.“

„Ja, aber ist er jetzt nicht genau da?“ Jack Bell lächelte verschmitzt.

„Wo soll das sein?“ Dr. Hasenclever legte den Elektrostift, der eben noch in Jeremias' Kopf gesteckt hatte, zur Seite.

„Sie haben Recht. Wo soll das sein?“, antwortete Jack Bell.

Beide starrten sie nun auf den Monitor, der nichts war als eine schwarze Fläche und eine Spur von Daten.

Matthias Falke

Der Porzellanpalast

„Der Porzellanpalast!" Jochen pfiff durch die Zähne.

Er lehnte sich weit vor und bedeutete mir, seinem Blick zu folgen. Tatsächlich erkannte ich in der Tiefe die verschachtelten Türme, Erker, Spitzbögen und Balkone des Palastes, dessen Existenz ich bis dahin für eine besonders liebevoll ausgeschmückte Legende gehalten hatte.

„Sehr schön", nickte Jochen vor sich hin.

Wir sahen zu dem komplizierten Kleinod hinunter, dessen perlmuttglänzende Flächen in der Sonne schimmerten. Ein Märchenschloss. Man konnte gar nicht anders, als an die Prinzessinnen zu denken, die in seinen Söllern schlummerten, und an die Drachen, die sich in seinen Verliesen ringelten.

Wir ließen unsere Blicke schweifen. Jochen beschattete seine Augen, die in ihren blauschwarzen Höhlen lagen wie unausgebrütete Dracheneier, und beugte sich noch weiter vor, sodass ich fürchtete, er könne von der Rampe fallen. Immerhin saßen wir auf der vordersten Kante des Schanzentisches und baumelten mit den Beinen über dem Abgrund, der sich tausend Fuß tief in grüner Dämmerung verlor.

„Der Fadenfall!", rief er aus.

Er boxte mich gegen den Oberarm und zeigte auf die gegenüberliegenden Klippen, die sich mit scharf gezackten Abbrüchen vom sanften Hügelland abhoben. Sie waren ziemlich weit entfernt, aber die Luft war von herbstlicher Klarheit. Die Landschaft lag wie eine Tafel in einem farbenprächtigen alten Atlas vor uns, wir konnten mit den Augen darin spazieren gehen.

Auch der Fadenfall war solch ein Mythos, von dem ich nicht geglaubt hatte, ihn jemals zu Gesicht zu bekommen. Jetzt sah ich ihn mit eigenen Augen, wenn auch über einen unüberwindbaren Abgrund hinweg. Der Seidenfluss brach sich schäumend an der Abbruchkante und der Fall stürzte, zu einem kaum noch fingerdicken Strang gebündelt, vor der überhängenden Felswand des Großen Tafelbergs in die Ebene.

Jochen rieb sich die Hände. Auch ich freute mich schon: Die Klettermeisterschaften, bei denen die besten Steiger gegeneinander antraten und den Fall hinaufklommen, waren weithin bekannt.

„Das Magnetgewitter ...“, stöhnte Jochen. Er zog sich erschreckt zurück, als habe er die Nase in ein Loch gesteckt und ihm sei ein giftiges Reptil entgegengesprungen.

Über dem südöstlichen Horizont braute sich etwas zusammen. Eine anthrazitschwarze Wolke drehte sich dort, zopfartig der mächtige Fuß, mit dem sie sich an den Wäldern festzuklammern schien, ambossartig abgeplattet die Scheibe, mit der sie gegen das finstere Firmament vorstieß, sodass sie aussah wie ein verschraubter und flachgehämmerter Pilz. Ein wirbelnder Pilz aus aufgeregten Kraft- und Energiefeldern, in dessen Innerem silberne und violette Entladungen wetterleuchteten. Die Blitze setzten Millionen Tesla frei und verödeten das Land in weitem Umkreis. Dennoch bedurfte es keines weiteren Wortes: Uns war klar, dass eine perfide Regie nicht eher ruhen würde, bis das Magnetgewitter sich genau über dem Porzellanpalast austobte.

Jochen zappelte derart aufgeregt herum, dass ich Angst bekam, er werde zu Tode stürzen. Dabei war das natürlich gar nicht möglich.

„Nicht schlecht“, brummte er und schnalzte mit der Zunge. „Ich muss schon sagen, die Season hat es in sich.“

Er war ein Gourmet, der sich eine Stunde vor der Eröffnung des Buffets in den Bankettsaal geschlichen hatte und nun mit Kennermiene zusah, wie die Hummer garniert und die Lachsbällchen aufgeschichtet wurden. Die Vorfreude und die Verzweiflung des Junkies hielten sich in seinen ausgemergelten Zügen die Waage. Er war ein Süchtiger, der mit geröteten Augen ins Publikum zwinkerte, ehe er seinen Becher hob und den giftigen Trunk zur Neige leerte. Danach leckte er sich genießerisch die Lippen und wartete auf den Rausch, der ihn wie einen geschlagenen Baumriesen fällen würde.

„Jochen", fragte ich vorsichtig. „Wie lange bist du eigentlich schon dabei?"

Ich wusste, dass er auf dieses Thema nicht gut zu sprechen war. Aber einmal musste ich es herausfinden. Schon in meinem eigenen Interesse.

„Die Regenbogenbrücke", zählte er weiter auf. „Der Korallenfluss. Der Gletscher aus gefrorener Zeit ..."

Ich hatte nicht damit gerechnet, eine Antwort zu erhalten. Vielleicht eine Andeutung, einen versteckten Hinweis.

Der dünne Jochen, wie ihn jene nannten, die er als seine Freunde gelten ließ, gehörte zum Inventar. Selbst die Älteren wussten nur zu sagen, dass er „immer schon" dagewesen war. Er gehörte zur Grundausstattung wie die Smaragdseen oder das Auenland, wie der Blutwald und die Schreckenherden, die, von geringfügigen Abwandlungen abgesehen, in jeder Season wieder dieselben waren. Es gab Gerüchte, die besagten, dass er in Wahrheit gar kein Abenteurer war, sondern der Spiritus Rector des Ganzen, der seine Arrangements zu Testzwecken durchreiste und nur den Anschein gab, er sei einer von uns. Aber das glaubte ich nicht, wenn ich ihn so sah. Seine Begeisterung und diese spontane Vorfreude konnten nicht gespielt sein.

„Mhm ...“ Er grunzte etwas zwischen seinen verwitterten Zähnen, das ich nicht verstand. Dann riss er sich vom Anblick der Landschaft los und sah mich herausfordernd an: „Und du?“

Ich stockte. Mit allem hatte ich gerechnet, aber nicht mit dieser Gegenfrage.

„Sieben“, sagte ich wahrheitsgemäß und schluckte die Befangenheit herunter, die in mir aufgestiegen war.

Er pfiff wieder in seiner eigentümlichen Art durch die Zähne, in der sich Anerkennung und ein leiser Unterton des Bedenklichen mischten. Er war ein Sozialarbeiter, der seinen Schützling fragt, seit wann er schon mit dem ganz harten Zeug zu tun hat, und der von dessen Karriere beeindruckt ist.

Ich nickte schuldbewusst und stolz. Insgeheim schätzte ich, dass seine Laufbahn mindestens die dreifache Zahl aufzuweisen hatte. Aber mir war klar, dass ich das nie aus ihm herausbekommen würde.

Er zog die Brauen hoch und wiegte den Kopf zwischen den spitzen Schultern.

„Dann bist du gerade an der Kippe“, sagte er und ließ vielsagende Blicke zu unseren Füßen hinuntergleiten, wo sich der Abgrund in der Dämmerung verlor.

„Ich weiß“, sagte ich und nahm einen neuen Anlauf. „Wie steht es bei dir. Willst du nicht zurück?“

Er warf den kantigen Schädel hoch und lachte grimmig. Es klang wie ein Asthmaanfall.

„Wollen ...“, fauchte er in ätzendem Sarkasmus. „Die Frage stellt sich nicht. Selbst wenn ich wollte, könnte ich nicht mehr.“ Er starrte mich an, bis ich seinem Blick auswich. „Hast du eine Vorstellung davon, was für einen Kontostand ich habe? Seit zwölf Seasons habe ich nicht mehr gewonnen. Ich sitze auf einem Berg von Minus. Wenn ich zurückginge, würden sie mich an der Schranke festnehmen und einbuchten. Mein ganzes Leben käme ich nicht wieder raus."

Ich wollte erwidern, dass er hier ja offensichtlich auch nicht mehr herauskam, aber das fiebrige Glänzen in seinen Augen ließ mich die Sinnlosigkeit dieser Entgegnung erkennen.

„Nein, mein Junge" sagte er. „Ich sitze fest. Das Startkapital war schnell aufgebraucht. Ich glaube, in der zweiten Runde. Von da an gings bergab. Und jetzt schaufle ich mich mit jeder Season tiefer in mein Grab."

Ich nickte. Auch mein Anfangsbonus war längst zum Malus geworden. Noch würde ich ihn ausgleichen können. Aber das süße Gift hatte sich auch in mein Herz gefressen. Noch eine Season konnte man es wagen. Und dann vielleicht noch eine. Womöglich gewann man auch mal wieder, obwohl das sehr unwahrscheinlich war. Und wenn, würde es einen natürlich erst recht zum Weitermachen animieren.

Ich war ebenso verloren wie Jochen.

„Ja, ja", sagte er leer. „Aber weshalb sollte ich auch hier weg wollen? Sieh dir das an: die Regenbogenbrücke, die Obsidianklippen!"

Wir erklärten uns gegenseitig, warum wir nicht wollten, was wir nicht konnten. Währenddessen wohnten wir der Vorbereitung des nächsten Durchgangs bei. Kleine gläserne Pavillons erschienen, die über die Wiesen schwebten und sich an ihren Zielpunkten arretierten. Nach dem Fadenfall begannen andere Wasserläufe zu strömen: der Forellenbach, der Jadefluss, der Okeanosstrom. Markante Bäume wuchsen aus den Hügeln: die Dorneiche, die Taupappel. Der Heerwurm wurde sichtbar, eine gewaltige Armee, die unter rhythmischem Stampfen in einer Staubwolke verborgen nach Westen marschierte.

Unterdessen sammelten sich in unserem Rücken die Mitstreiter. Sie standen in kleinen Gruppen beieinander und kommentierten wie wir das Geschehen auf der Ebene und in den Hügeln. Manche folgten unserem Beispiel, setzten sich an die Kante und baumelten mit den Beinen über dem Abgrund, der sich einstweilen belebte. Arbeiter und Monteure machten sich an den Gebäuden zu schaffen und inspizierten die komplexen Installationen.

Vor der großen Freitreppe des Porzellanpalastes flimmerte ein schwarzer Fleck wie eine Bildstörung auf einem grobgerasterten Monitor. Auch Jochen hatte ihn gesehen.

„Das ist Dos File", sagte er mit hämischem Grinsen. „Er muss sich alles immer ganz genau ansehen."

Ich beschattete die Augen mit der Hand, denn die Sonne schien sehr grell, und starrte hinunter. Ein grobschlächtiges, vierschrötiges Wesen machte sich am Porzellanpalast zu schaffen. Es war auf die Entfernung kaum zu erkennen, aber es sah aus wie aus wenigen schwarzen Quadern und Kuben zusammengefügt. Ein Baukastenmännchen. Außerdem stand es mit seiner Umgebung nicht in Kontakt. Es glitt mit einigem Abstand über sie hin. Wie ein Schmutzfleck auf einer dicken Glasplatte warf es einen Schatten auf das Darunterliegende, ohne es zu berühren.

„Fehlt nur noch Pac-Man." Jochen kicherte vor sich hin. „Oder Super Mario!"

Sein Humor war schon immer etwas sonderbar gewesen. Ich konnte seine heitere Stimmung nicht teilen. In den nächsten Augenblicken musste ich eine Entscheidung treffen, die für mein ganzes weiteres Dasein ausschlaggebend sein würde. Konnte ich mir einen Ruck geben und den Weg einschlagen, den meine Vernunft als den einzig gangbaren erkannt hatte? Oder würde ich der funkelnden Versuchung nachgeben, mich treiben lassen, mich sehenden Auges in den ebenso verlockenden wie verderblichen Abgrund stürzen?

Ich hatte auf ein deutliches Wort von ihm gehofft. Er war der älteste und erfahrenste Spieler. Seine Existenz sollte uns anderen, jüngeren eine Lehre sein. Im Grunde war es verantwortungslos von ihm, dass er mit seinem abschreckenden Schicksal kokettierte, statt uns einen Tritt in den Hintern zu geben und uns zum Gehen aufzufordern. Ich spürte, wie sich in mir ein wilder Zorn aufbaute. Eine Wut auf Jochen, die nur die verschleierte Verzweiflung über mich selber war.

Plötzlich wandte er sich mir zu, seine Miene war von einem Augenblick auf den anderen furchtbar ernst. Als habe er meine Gedanken gelesen, während er sich über die Vorbereitungen in der Tiefe amüsierte.

„Du musst selber wissen, was du tust", sagte er mit unerwarteter Strenge. „Ich kann dir nur eines raten: geh!"

Er bohrte den Blick in den meinen. Wie zwei Freunde, die zum Spaß miteinander ringen und von der eigenen Verbissenheit überrascht sind, krallten wir unser Schweigen ineinander.

Die Rampe und der Schanzentisch waren mittlerweile gut gefüllt. Es musste jeden Augenblick losgehen. Eine Bewegung pflanzte sich wellenförmig durch die Menge fort. Die Wartenden traten auseinander und gaben eine Gasse frei. Die jungen Männer sahen der Kommenden herausfordernd entgegen und sandten ihr bewundernde Pfiffe und sehnsüchtige Blicke nach, als sie unbeirrt und königlich vorbeischritt.

Es war die blonde Melánie, die langbeinig die Rampe herunterkam und sich neben uns setzte.

„Halloooo", säuselte der dünne Jochen und zwinkerte ihr zu. „Was verschafft uns diese Ehre?"

Sie würdigte ihn keines Blickes.

„Wo warst du in der letzten Season?", fragte sie mich. „Ich habe dich überall gesucht."

Ich musterte sie und versuchte mir den Anschein von Kühle zu geben.

„Blutwald", sagte ich. „Hab mich mit Stahlzwergen und Kupfertrollen rumgeschlagen."

Zwanzig, dreißig Augenpaare lagen voller Neid auf mir; diejenigen Jochens eingeschlossen. Immerhin hatte sie sich an meiner Seite niedergelassen und nicht an der seinen.

„Du hast dich gedrückt", stellte sie fest. „Ich war auf den Silberzinnen, du hättest mitkommen können."

Zu meiner Linken pfiff es durch die Zähne, aber an meiner Rechten saß Melánie und blitzte mich unter blauen Wimpern an.

„Dirk wollte sich gerade verabschieden", sagte Jochen in die knisternde Stille. „Er verlässt uns."

Ihr Entsetzen war nicht gespielt.

„Das kann nicht sein!", rief sie aus. „Ich bin gekommen, um dich zu einem Double einzuladen."

Indem ich mich ihr zuwandte, kehrte ich Jochen den Rücken zu. Ohne ihn zu sehen, konnte ich spüren, wie ihm die Luft wegblieb. Durch die Gruppe der Wartenden, die unserer Unterhaltung ungeniert folgten, ging ein Raunen.

„Mein Kontostand ...", fing ich an. „Ich ... Wenn ich jetzt nicht ..."

Ich brach stotternd ab. Ihr Blick war kalt. Aber in den Augenwinkeln verbarg sich ein ironisches und siegessicheres Lächeln, wie das Edelweiß, das in den sonnigsten und unzugänglichsten Klüften des Rauhgebirges blüht.

„Du musst wissen, was du tust", sagte sie. „Mach, was du für richtig hältst!"

Sie stand auf und ging mit stolzen Schritten die Rampe hinauf. Wieder öffnete sich ehrerbietig eine Gasse vor ihr. Manche spendeten ihrem Auftritt Applaus, ihrem Abgang viel mehr, der vor allem auf den Gesichtern der anderen Frauen

Entspannung erkennen ließ. Die Männer sahen eher betreten aus.

Ich sprang auf die Beine und lief ihr nach. An der Hauptuhr an der Stirnseite der Rampe leuchtete die große Anzeige auf. Gleichzeitig ertönte das Signal zum Fertigmachen. Die Menge kam in Bewegung. Melánie drohte mir aus den Augen zu geraten.

„Ich komme mit", rief ich atemlos und beeilte mich, ihr zu folgen.

Die Leute traten auseinander und ließen mich durch. Ich holte sie ein. Sie war natürlich stehengeblieben, um auf mich zu warten. Ihr spöttisches Lächeln war hinreißend. Einfach unwiderstehlich.

In den Blicken der anderen las ich einen Teil Bewunderung und neun Teile Bestürzung. Ich ließ mich davon nicht beeinflussen.

„Bist du okay?", fragte Melánie. Ihr ganzes Wesen glitzerte vor Attraktivität.

Sie hielt keinen Augenblick in ihren Hantierungen inne. Konzentriert stand sie ganz vorne am Schanzentisch und prüfte ihre Features.

„Double", sagte sie in den KomRing an ihrem Handgelenk. „Melánie und Dirk. Silberzinnen, Drachensumpf und Porzellanpalast."

Ich japste nach Luft. Da hatte sie uns ja ein ordentliches Menü zusammengestellt.

„Wähl deine Attribute", sagte sie. „Schnell, uns bleibt nicht mehr viel Zeit."

Die Anzeige über unseren Köpfen blinkte. Der Countdown dröhnte. Überall machten sich die Leute fertig, wählten Aufgaben, Ausrüstung, Partner oder Gegner.

Melánie war so weit. Die Kraftfelder und Aggregate schimmerten um ihre Handgelenke und den Gürtel. Ihre

Schönheit umstrahlte sie wie eine Aureole aus purem Licht.

Ich rief hastig die Liste auf und wählte mein Equipment. Das war gar nicht so einfach. Schwert oder Laserwaffe, Wahrheitsserum oder Tarnkappe? Bei dem, was uns erwartete, hätte ich alles gebraucht, aber das ging natürlich nicht. Zumal ich aus der letzten Season eine ordentliche Hypothek mit herübernahm.

Aus den Augenwinkeln fing ich einen Blick von Jochen auf, der sich drüben, auf der anderen Seite des Schanzentisches, fertigmachte. Es war ein Blick ohne jede Illusion, begleitet von einem knappen, bösen Kopfnicken in Richtung Melánie.

Der war mein Zögern nicht entgangen. Sie trat geschickt zur Seite, sodass sie sich zwischen den Freund und mich schob.

„Hast du's?", fragte sie.

Ich versank in ihrem Anblick und strich wie in Trance durch ihr Haar. Sie neigte sich mir entgegen und küsste mich.

„Beeil dich", flüsterte sie dicht an meinem Ohr. „Die Purpurstrände warten schon ..."

Natürlich wusste ich, wer sie war. Genauer gesagt: was? Wir alle wussten das. Sie war eine Agentin des Systems, eine Gerinnung des Mechanismus, der uns Season für Season mit seinen Attraktionen umgarnte. Eine Allegorie unserer Verlorenheit. Aber diese Allegorie hatte das blondeste Haar, die blauesten Augen und die längsten Beine des gesamten Environments. Von ihr ausgewählt und zu einem Double eingeladen zu werden war, als würde man von einer Göttin entführt. Wer wollte sich dem widersetzen?

Die Anzeige sprang auf grün. Die Sirene schrillte.

„Los geht's!", jauchzte Melánie.

Sie stieß sich ab, sprang in die Tiefe, faltete ihre gewaltigen Flügel auseinander und schwebte in gaukelnden Schmetterlingsbewegungen davon, die bunte Schleifen in die Luft malten und langgezogene Mäander über der sonnenflirrenden Landschaft beschrieben.

Ich warf mich in den Abgrund und folgte ihr.

Arno Endler

Ausblendung

„Guten Morgen, VauVau“, tönte es ein halb Dutzend Mal aus den winzigen Kabinen, während ich den üblichen Spießrutenlauf vom Fahrstuhl zu meinem Platz im Großraumbüro absolvierte. Ich hasste es, wenn die Kollegen meinen Spitznamen benutzten. Sie wussten, dass ich es hasste, und taten es trotzdem.

Dabei heiße ich Victoria. Ein schöner Name, nur den zweiten Vornamen mit V, den, den ich stets verschwieg, hätten meine Eltern besser gelassen. Leider kam es heraus. Und dass ich ausgerechnet im öffentlichen Dienst landen würde, war ja bei meiner Geburt nicht abzusehen gewesen. Also wurde ich wegen des doppelten V zur „Verwaltungsverordnung“, was alle witzig fanden. – Ich nicht.

Der Thin-Client in meiner Kabine lief bereits, sodass ich lediglich gegen die Fassung meiner VR-Leasing-Glasses tippen musste. Im virtuellen Arbeitsplatz wurde mir der erste Fall angezeigt. Lustlos blinzelte ich mich durch die Seiten der Akte und akzeptierte den Antrag mit einem dreifachen, vielgeübten Kopfnicken. – Nächster Antrag.

So plätscherte die Zeit vor sich hin, bis sie irgendwo in der Vergangenheit verschwand. Ein ereignisloser Tag im Verwaltungsbereich des Nachrichtendienstes. Nicht jeder Job beim Geheimdienst ist spannend.

Susan, die exaltierte Blondine aus der Nachbarkabine, erschreckte mich. Plötzlich tauchte ihr Kopf auf und sie brüllte: „Wie war dein Wochenende, VauVau?“

Bevor ich etwas sagen konnte, kreischte sie bereits: „Meines war fa-bel-haft! Da war dieser Typ. In der Bar. Unglaub-li-che Muskeln. Ein Sixpack vom Feinsten. Ein Gott im Bett!"

Ich hörte schon nicht mehr hin. Warum hatte ich überhaupt antworten wollen? Die blöde Tusse liebte es anzugeben, mir mein langweiliges Leben unter die Nase zu reiben. Ihre Wochenenden bestanden aus Alkohol, Typen und Gelegenheitssex.

Ich starrte in ihr Gesicht. Meine VR-Leasing-Glasses displayten Susans Beziehungsstatus, ihr derzeitiges Gewicht und ihre Hobbys in die Augmented Reality.

Wieso verriet Susan in den Netzwerken ihr Gewicht? Ich blinzelte mit Auslösegeschwindigkeit und schon öffnete sich ihre Foto-Galerie mit Selfies, Best-of-Kommentaren und Like-Zahlen. Ich stöhnte auf.

„Was ist, VauVau? Kannste nicht ertragen? Neidisch, häh?"

Ich schüttelte den Kopf. „Nein, Susan, nur Kopfschmerzen." War gar nicht mal gelogen.

„Oh. Da habe ich ein geiles Mittelchen gefunden. Ich schick dir den Link", rief Susan, betippte ihre Brille und nickte mir kurz zu.

Im Benachrichtigungsfenster wehte nun ein Fähnchen. Susan schaute nicht weg, also blieb mir nichts anderes übrig, als die Nachricht zu öffnen. Ich blinzelte mit dem rechten Auge den Link an und ein virtuelles Einkaufszentrum flashte alle dienstlichen Anzeigen weg. Vor mir sah ich eine digitale Apotheke, die auf individualisierte Medikamente spezialisiert war.

„Danke, Susan. Ich schau mich dort mal um."

„Frag nach Chris. Der ist wun-der-bar!"

Sie verzog sich zu meiner Erleichterung.

Ich wollte mich schon aus der VR verabschieden, als plötzlich ein Companion auftauchte. Diese neuartige Form eines Werbebanners irritierte mich immer noch. Vielleicht wurde ich bereits altmodisch, aber diese idealtypisierten männlichen Gestalten mit blitzsauberem Gebiss, gebräunter Haut und sonorer Stimmlage irritierten mich einfach.

Mein Companion war stets blond, kurzhaarig, nicht übermäßig muskulös und verfügte über die blauesten Augen, die ein Designer sich erdacht haben konnte. Ein Wunschtraum, mehr nicht. Ich wusste, dass ich mir mit den Angaben bei den drei Partnerbörsen keinen Gefallen getan hatte. Das Netz vergaß nie etwas.

Der Companion lächelte. Mein Herz schlug schneller.

„Hallo, Victoria. Schön dich wiederzusehen. Geht es dir gut?"

„Ja", krächzte ich und versank in der Bläue seiner Augen. Das in der Brille eingebaute Mikro übertrug mein Flüstern.

„Ich sehe, du trägst eine VR-Leasing-Brille von Mystadtler? Ein gutes Modell, nicht wahr?"

„Ja."

„Ich registriere eine gewisse Erregungskurve, seitdem du das Büro betreten hast. Das ist nicht gut."

„Nein", murmelte ich leise.

„Ich glaube auch den Grund zu kennen, liebe Victoria."

Ich hätte ihm stundenlang zuhören können. Verdammte Webdesigner!

„Ich würde dir gerne eine Lösung anbieten. Eine Applikation der besonderen Sorte. Nichts von der Stange und wirklich einem sehr exklusiven Kundenkreis vorbehalten."

Oh, er hatte mich. Ich spürte meinen inneren Widerstand gegen die Werbung schmelzen. Es wurde Zeit, die Verbindung zu trennen.

„Warte! Höre mir nur einen Moment zu."

„Okay?"

„Gehen dir deine Mitmenschen auf den Geist? Möchtest du eine Waffe erwerben und um dich schießen? Doch Gewalt ist keine Lösung?" Der Companion strahlte mich an. „Diese Applikation wird dir helfen. Hol sie dir! Jetzt."

Seine blauen Augen hypnotisierten mich. Ich blinzelte mein Einverständnis. Der Download-Zähler ratterte, während die neuen Programmdaten in meine Cloud geladen wurden. Der Companion verschwand im virtuellen Nirwana, mit ihm das Einkaufszentrum. Stattdessen erfragten dicke rote Lettern:

APPLIKATION STARTEN?

Ich blinzelte.

GESCHÄFTSBEDINGUNGEN AKZEPTIEREN?

Ich akzeptierte.

AUSBLENDUNG STUFE EINS

In der Augmented Reality erschienen die Buchstaben:

TUTORIAL?

Ich stimmte zu.

STEHEN SIE AUF!

Die Schrift verblasste, sobald ich dem Befehl folgte.

Aufrecht vermochte ich über die Umrandungen der Kabinen zu schauen. In dem Großraumbüro saßen meine Kollegen in ihren Kabuffs. Ich erkannte die kleinen Nicker, Kopfschüttler und verschiedenen Befehlsformen für die Arbeit mit den VR-Brillen, die jeder trug. Einige sprachen auch via Chat mit Anrufern oder anderen Behörden. Ein Bild der perfekten Arbeitsharmonie.

AUSWAHL

Ich murmelte. „Was soll ich auswählen?"

OBJEKT DER AUSBLENDUNG

Oha. Ich verstand. Also suchte ich nach etwas, was mir nicht fehlen würde und fixierte die künstliche Palme neben dem Wasserspender. Ich blinzelte.

FEHLERHAFTE WAHL

„Was soll ich sonst wählen?"

OBJEKT DER AUSBLENDUNG MUSS MENSCH ODER TIER SEIN

Ich überlegte nicht lange, beugte mich über den Rand der dünnen Trennwand und betrachtete Susans Hinterkopf. Sie wippte in ihrem ergonomischen Stuhl und tratschte irgendjemanden in der Registratur voll.

„Ausblenden", flüsterte ich.

OBJEKT MARKIERT – AUSBLENDUNG STUFE EINS

Es erfolgte keine Fanfare oder irgendein Signal, das ich als solches hätte erkennen können. Stattdessen verdunkelte sich das Display der VR-Leasing-Glasses minimal.

Als Nächstes stellten sich die normalen Sichtverhältnisse wieder her und Susan ... war verschwunden. Mit ihr auch das Gesprächs-Blabla, das mich dermaßen genervt hatte. In der Kabine stand lediglich ein leerer Stuhl, der sich bewegte.

Ich staunte mit offenem Mund. Was zum Henker ...? Ich zog die Brille aus. Da saß Susan und telefonierte. Hören konnte ich das Gespräch nicht. Erst als ich die Ohrstöpsel entfernte, peinigte mich wieder ihre Stimme. „... sag ich doch. Un-fass-bar!"

Sofort stopfte ich die Stöpsel mit der Audioübertragung der VR-Leasing-Glasses zurück. Stille. Zumindest, was Susans Gerede anging. Das übliche Hintergrundrauschen des Großraumbüros blieb. Ich schnippte mit den Fingern. Auch das hörte ich.

„Supi," murmelte ich, setzte mich zurück und dankte einem höheren Wesen für diese Applikation, mit deren Handbuch ich mich kurz darauf beschäftigte. Stufe eins der Ausblendungs-Software filterte das komplette Objekt aus dem visuellen und akustischen Bereich heraus.

Im Kapitel zwei, das ich nur überlas, wurden die technischen Voraussetzungen erwähnt. Für den Fall, dass eine ausgeblendete Person im Weg stand oder den Weg kreuzte, würde ein akustisches Warnsignal erzeugt und eine graue morphologisch korrekte Graustufendarstellung die Person ersetzen.

Okay. Hatte ich verstanden. So wurde vermieden, dass es zu unliebsamen Zusammenstößen kam. Die Kapitel AUSBLENDUNG STUFE ZWEI und AUSBLENDUNG STUFE DREI im Handbuch waren nicht freigeschaltet. Vielleicht musste ich erst eine Ausblendung dieser Stufe vornehmen, damit ich mich mit den Auswirkungen beschäftigen konnte?

Ich ließ mir die Zeit anzeigen. Kurz vor halb zwölf. Mittagspause. So erhob ich mich und wanderte zum Fahrstuhl. Bei der Gelegenheit nutzte ich die Applikation, um acht weitere Kollegen auszublenden.

Ich fühlte mich gut. Das Essen beim Thai gegenüber schmeckte wie die Hölle auf Erden: scharf und endgültig.

Plötzlich tippte mich etwas an die Schulter. Ich sah hoch, doch da war niemand. Verflixt! Ich hob die Brille.

Susan. Ihr Mund bewegte sich. Ich fummelte den Stöpsel aus dem Ohr.

„Redest du jetzt nicht mehr mit mir? Was soll das, VauVau? Ich finde das nicht in Ordnung."

„Entschuldige, Susan", gelang es mir zu erwidern, bevor sie mich erneut abwürgte und eine minutenlange Litanei von sich gab.

Kollegenschwein und Betschwester waren nur einige der Ausdrücke, die sie gebrauchte. Erst als sie Luft holen musste, brachte ich eine Entschuldigung hervor, die so wortreich wie gelogen war.

Susan akzeptierte, zeigte jedoch ein weiterhin beleidigtes Gesicht, als sie ging. Ich zog die Brille wieder in die richtige Position und zuckte zusammen. In feuerroten Buchstaben las ich:

AUSBLENDUNG OBJEKT 1 STUFE EINS AUF STUFE ZWEI AUSWEITEN?

Ja. Was immer es bedeutete. Ich blinzelte. Ja!

OBJEKT 1 MARKIERT – AUSBLENDUNG STUFE ZWEI

Ich leerte mein Schälchen und flüchtete aus dem Lokal. Draußen strahlte eine wärmende Sonne vom wolkenlosen Herbsthimmel. Am Brunnen gab es noch ein freies Plätzchen, das ich sofort belegte. Neben mir saß Angelika, die an einem Brot mümmelte. Sie achtete sehr auf ihre Figur, die nun wirklich nicht zu verachten war, aber sie machte keinen Staatsakt daraus wie andere Diätistinnen. Ich mochte sie gerne und grüßte.

„Auch hallo, Victoria. Wie war dein Tag so? Bisher?"

Ich grinste sie an. „Arbeitsam und susanlastig."

Angelika kicherte. Wir verstanden uns.

„Wenn man vom Teufel spricht ..." Sie deutete mit dem Kopf nach vorne.

Ich wandte mich ab und schaute, doch Susan war nicht zu sehen.

„Ah. Mist", fluchte ich leise und setzte kurz die VR-Brille ab und entfernte einen Ohrenstöpsel. Da stand Susan auch schon vor uns. „Hi, Angie", grüßte sie meine Sitznachbarin.

„Hi, Su ..."

„Also ich muss dir eines sagen. VauVau hat sich heute wieder ab-so-lut unmöglich verhalten. Ich weiß gar nicht, was mit ihr los ist."

Angelika achtete schon gar nicht mehr auf die Tirade über mich, sondern sah irritiert zu mir herüber. Ich legte den Zeigefinger auf die Lippen und setzte die VR-Leasings-Glasses zurück auf ihren Platz. Nun hörte ich Susan zwar, aber sehen konnte ich sie nicht mehr.

Ich rief das Handbuch auf und las, dass bei Stufe zwei auch mein Bild aus dem Datenstream zur VR-Brille eines Stufeeins-Objektes herausgerechnet wurde. Eine raffinierte Programmierung. Ich erhob mich, hob die Brille an, stellte mich direkt neben Susan und winkte vor ihrer Nase. Es funktionierte.

„Wir reden später", flüsterte ich Angelika zu und ging zurück ins Büro.

In meiner Kabine beschäftigte ich mich kurz mit den weiteren Features der Stufen eins und zwei der Ausblendung. Viel zu erfahren gab es nicht. So wie ich es verstand, würde mich Susan weder sehen noch hören können, solange sie die Brille mit den Ohrstöpseln verwendete. Sie nicht zu tragen, war in unserer Gesellschaft, zumindest in der Öffentlichkeit, so gut wie ausgeschlossen. Nahezu ein Tabu.

Die Abweichler, die Offline-Rebellen, lebten versteckt als Schatten unter uns. Ohne Aussicht auf einen bezahlten Job vegetierten sie ihr Dasein am Rande des Existenzminimums. Soweit ich es in den Medien verfolgte, gab es eine radikale Splittergruppe, die nicht vor Anschlägen auf Server-Farmen oder Funkmasten zurückschreckte. In den News tauchten solche Meldungen als Randnotizen auf.

Susan würde ihre Brille niemals absetzen. Die Offline-Blindheit stellte für sie ein ab-so-lu-tes No-Go dar. Ich war vor ihr in Sicherheit. Was für eine Erleichterung.

Ich widmete mich meiner Arbeit. Der Rückstand musste aufgeholt werden, damit mein Chef mich weiterhin ignorierte. Fall auf Fall, Akte auf Akte rauschten an meiner virtuellen Sicht vorbei. Ich vergaß Namen, Anlass und Entscheidung so schnell, wie meine Augen blinzelten und mein Kopf nickte.

Der Feierabend überholte mich. Im Großraumbüro verklangen die Geräusche der Produktivität. Normalerweise genoss ich die Zeit der relativen Ruhe, wenn die anderen gingen. Doch heute nicht.

Ich schloss den nächsten Fall ab, öffnete mit einem Blinzeln meine Statistik und sah, dass ich zwanzig Prozent über Soll lag. Ein guter Wert.

Das Blinken des Benachrichtigungsfähnchens weckte meine Neugier. Die Mail war mit PRIVAT und DRINGEND gekennzeichnet, hatte jedoch einen Büroabsender. Susan. Ich las:

„Du blöde Kuh! Schnepfe! Wo bist du den ganzen Nachmittag gewesen? Wenn du nicht mit mir reden willst, dann sag es! Ich fühle mich wirklich verletzt!!!!!"

Keine Signatur, keine Abschlussfloskel. Dafür viele Ausrufezeichen. Susan hatte sich Luft gemacht. Ich grinste, lupfte die Brille, als ich stand. Sie war bereits gegangen. Vielleicht war die neue Applikation keine Dauerlösung, aber sie würde mir das Leben erleichtern.

***

Zu Hause in meinem gemütlichen Sessel angelangt, aktivierte ich den VR-Zugang und schlenderte die Fressmeile des virtuellen Einkaufszentrums entlang, um einen Lieferservice auszuwählen. Die Entscheidung fiel mir schwer.

Plopp! Mein Companion strahlte mich an. „Kann ich dir helfen, Victoria?"

„Nein. Verschwinde!", antwortete ich, um es mir dann anders zu überlegen. „Halt! Warte, bitte."

„Ja?"

Oh, welch ein Blau.

„Woher kam die Ausblendungs-App?"

Der Companion schwieg.

„Hey! Woher kam die Applikation, die du mir heute Vormittag angeboten hast?"

„Ich verstehe deine Frage nicht? Möchtest du ein warmes Gericht oder soll es ein Salat sein?"

„Lenk nicht ab! Von wem kam das Angebot für mich? Die Ausblendungs-Applikation. Hallo!?"

Mein Companion verschwand. Mhm. Dies war ungewöhnlich. Ich bestellte schnell eine Pizza und verließ die VR-Einkaufsmeile.

Ich öffnete die AUSBLENDUNG und suchte im Programmverzeichnis nach den Herstellerdaten. Die Datei war verstümmelt und nicht lesbar. Auch in den FAQs und Hilfe-Dateien entdeckte ich keinen Hinweis, wer für das Teil verantwortlich war.

Wie viel musste ich eigentlich dafür bezahlen? Ich blätterte durch alle verfügbaren Programmzeilen, selbst diese Information blieb unauffindbar. Dann fand ich eine Exe-Datei für die Stufe drei von Ausblendung und rief sie auf.

WARNUNG

flashte es blutrot quer über das gesamte Sichtfeld.

„Wovor?", murmelte ich und schaute im Handbuch nach.

Außer dem Hinweis, dass es eine Stufe drei gab, hielt sich der Ersteller des Handbuchs mit Informationen dezent zurück.

WARNUNG

Ich blinzelte.

LETZTE WARNUNG

AUSBLENDUNG STUFE DREI AUSFÜHREN?

Ich war neugierig und blinzelte Zustimmung.

EIN OBJEKT GEMARKERT IN STUFE ZWEI – AUF STUFE DREI?

„Ja." Wenn damit die beleidigten Mails von Susan aufhören würden, dann wäre es das wert.

AUSBLENDUNG STUFE DREI AKTIVIERT

Nichts geschah. Kein Info-Fenster, keine irgendwie geartete Veränderung. Mal sehen, was der Morgen bringen würde.

***

Im Büro erhielt ich die Nachricht über einen Bonus wegen Übererfüllung der Norm. Es war bereits der achte Bonus im laufenden Jahr, was mich bei den Kollegen nicht beliebter machen würde. Kopfschüttelnd hob ich meine Brille, um in die Nachbarkabine zu linsen. Susans Stuhl war unbesetzt.

Ich schaute mir meinen Arbeitsvorrat des Tages an und wunderte mich, weil einige von Susans Fällen in meiner Liste auftauchten. Hm? War sie krank? Ich mailte Angelika an. Statt einer schriftlichen Antwort tauchte sie nach wenigen Minuten in meiner Kabine auf. „Hast du schon gehört?"

„Nein. Wovon sprichst du?", fragte ich.

„Susan."

Ein leises Klingeln im Verbund mit den Worten STUFE DREI bildete sich in meinem Kopf. „Jetzt spann mich nicht auf die Folter. Was ist mit ihr?"

„Na, sie ist raus."

„Raus? Wo raus?"

„Es gab ein Riesengeschrei heute Morgen am Eingang. Susans Chip war deaktiviert. Dann rief sie den Sicherheitsdienst, der sie reinlassen sollte. Aber bei einer Überprüfung stellten sie fest, dass irgendwas mit den Personalien nicht stimmte."

„Was?"

„Klingt strange, nicht wahr?" Angelika schaute mich an. „Man nahm wohl Kontakt mit der Zentralen Verwaltung auf, und dort konnte man nicht weiterhelfen. Alle Daten waren verschwunden. VR-Netz-Zugang, Steuermerkmale, Krankendaten – alles gelöscht."

„Echt jetzt?"

„Ja. Sie luden die Backups. Vergeblich. Susan ist in keiner Datenbank mehr vorhanden. Sie ist nicht existent, wie die

Offline-Rebellen. Man hielt sie eine halbe Stunde fest. Dann kam der Staatsschutz und transportierte sie ab."

„Krass." Ich verstummte. Mein schlechtes Gewissen meldete sich.

Angelika schaute mich an. „Alles klar?"

„Ja, schon. Ich bin nur ein wenig entsetzt."

„Ach, Vici. Man hört von solchen Fällen sonst immer nur in den News. Und jetzt hier! Susan ist ein Schatten. Es wird Monate dauern, bis sie wieder integriert werden kann. Vielleicht klappt es auch gar nicht mehr. Weißt du, wie viele Schatten Selbstmord begehen, weil sie mit der Situation nicht zurechtkommen?"

Ich schüttelte den Kopf.

„Mist!" Angelika richtete sich auf. „Ich muss zurück an den Platz. Nicht jeder erhält einen Bonus für Übererfüllung. Entschuldige mich."

Ich fragte mich, ob es reiner Zufall oder meine App gewesen war, dass Susan nun nur noch ein Schattendasein blieb. Vorläufig war ich die nervigste Kollegin los.

Ich versuchte, die seltsam befriedigenden Gedanken wegzudrängen.

Zurück an die Arbeit. Fall für Fall, Akte für Akte. Es fluppte, bis plötzlich eine blutrote Schrift meinen Workflow unterbrach.

HALLO

JETZT WEISST DU, WOZU WIR FÄHIG SIND

WIE WÜRDE ES DIR GEFALLEN, NACH STUFE DREI AUSGEBLENDET ZU WERDEN?

ZU GEGEBENER ZEIT BITTEN WIR DICH UM EINEN GEFALLEN

DIESEN WIRST DU ERFÜLLEN, OHNE IHN ZU HINTERFRAGEN

DANKE FÜR DEINE AUFMERKSAMKEIT

DIE APPLIKATION AUSBLENDUNG STEHT DIR WEITERHIN ZUR VERFÜGUNG

Welche Wahl hatte ich? Ich saß wie erstarrt in meiner Kabine. Da war er. Der Preis.

Helge Lange

Afterlife

„Die eine Blüte ist abgeknickt; der Strauß daneben war viel besser. Das ist, weil du nie richtig hinsiehst."

Kevin Schramberg tappte durch die Pfützen auf dem schlammigen Friedhofsweg, in denen sich die Frühlingssonne spiegelte. Es war warm, Vögel zwitscherten und selbst die Stätte der letzten Ruhe machte einen lebensfrohen, optimistischen Eindruck. Für andere Menschen war das sicher ein schöner Tag.

„Und sieh zu, dass du frisches Wasser in die Vase tust, damit sie sich auch halten. Den ganzen Winter über hast du dich nicht um das Grab gekümmert, hast dich nur mit deiner asozialen Gesellschaft herumgetrieben und mich manchmal nicht einmal mitgenommen. Wenn ich nicht immer aufpassen würde!" An dieser Stelle nahm der Tonfall die übliche Weinerlichkeit an. „Dabei will ich immer nur Gutes. Das ist mein einziger Fehler, dass ich einfach zu gut bin, aber Undank ist der Welt Lohn."

Kevin malte sich aus, wie er seiner Großmutter den Hals umdrehte. Er hatte sich schon viele Todesarten für sie ausgemalt, beinahe jeden Tag eine andere. Es gab dabei nur ein Problem.

„Den Weg hier nach links! Jetzt hast du dich schon so lange nicht mehr um mein Grab gekümmert, dass du nicht mal mehr weißt, wo es ist."

Sie war schon seit drei Jahren tot.

***

Du weißt, welche Verantwortung auf dir ruht."

„Aber natürlich, Vater. Mein ganzes Leben bestand bisher nur aus Verantwortung."

„Ich erwarte lediglich, dass du das Richtige tust."

Der Amtstermin war kein schöner, das Auto war bei dem schönen Wetter zu Hause geblieben, aber der Spaziergang munterte nicht auf. Eigentlich war es auch kein Spaziergang, eher ein Marsch von sieben Kilometern, sieben hin und sieben zurück, einfach zur Ablenkung. Und wie üblich (wann konnte man schon ohne Handy aus dem Haus gehen?) war der ständige Begleiter dabei, der Knopf im Ohr, der Geist.

„Ich habe alles getan, was in unserer Familie immer als richtig galt. Ich habe mein Abi gemacht, habe ein paar Jahre beim Militär gedient und bin als Offizier ausgeschieden, bin im Schützenverein ..."

„Du bist eine Frau, Elvira. Du bist die Letzte unseres Stammbaums, du solltest heiraten!"

„Das habe ich doch getan, Vater."

„Einen Mann solltest du heiraten, keine Frau. Kinder kriegen und den Namen von Brandeck erhalten; es ist doch heute nichts Ungewöhnliches, dass ein Mann den Namen der Frau annimmt."

Eine Weile herrschte Schweigen, bis sie schließlich sagte: „Dann wird es dich freuen, dass wir uns scheiden lassen."

Diesmal Schweigen von der anderen Seite, und Elvira von Brandeck konnte den Programmablauf im Geist ihres Vaters geradezu vor sich sehen: Eine Scheidung war unschicklich, so etwas hatte es in der Familie nicht zu geben, andererseits war sie nun wieder frei für einen Ehemann, von dem sie einen Stammhalter bekommen konnte, aber hätte sie ihre Gemahlin denn nicht besser umbringen können statt einer Scheidung ...?

„Wann wirst du dich scheiden lassen?“, unterbrach die Stimme ihres Vaters ihre Gedanken.

„Heute. Ich bin auf dem Weg zum Amt.“

„Wieso wusste ich davon nichts, Elvira?“

„Weil es mein Leben ist, Vater.“ Und du tot bist, fügte sie in Gedanken hinzu. Oder es sein solltest.

***

„Bist du jetzt auch noch zu blöd, dein eigenes Auto wiederzufinden? Die Schwachsinnigkeit hast du von deinem Vater geerbt …“

Der Friedhofsparkplatz war voll und er hatte das Auto ein paar Ecken weiter parken müssen, hinter dem Blumenladen und dem Steinmetz, wo das verwinkelte Wohngebiet begann, und der Kopf schwirrte ihm von den Tiraden des bösen Geistes. Am liebsten würde er das Handy abschalten, aber der Terror wäre unbeschreiblich, wenn er es schließlich wieder einschaltete. Im Computer des Autos würde sie sowieso schon wieder lauern. Einmal hatte er seine Großmutter einfach gelöscht, aber es hatte keine zwei Tage gedauert, bis sie von irgendwo aus dem Netz den Weg zurück auf all seine Geräte gefunden hatte. Er hatte keine Ahnung, wie viele Kopien und Spiegelungen diese verdammten Toten irgendwo im Netz laufen hatten – wahrscheinlich Hunderte. Oder Tausende, Millionen, Milliarden …

Er atmete auf, als er seinen verbeulten Kleinwagen endlich entdeckte, gleich hinter der nächsten Kreuzung.

„Schwachsinn ist erblich bedingt und du kommst ganz nach deinem Vater. In unserer Familie waren immer alle intelligent und vornehm; das ist der Grund, weshalb uns das ganze Gesocks nie leiden konnte …“

Er nahm das Handy in die Hand und wagte nicht, es auszuschalten. Er wünschte sich, dass es plötzlich kaputtginge, ganz ohne seine Schuld, mit einem Knall ...

Ein plötzliches Geräusch ließ ihn aufschrecken, dann schickte ihn ein Stoß zu Boden, er stützte sich mit den Händen ab, das Handy knallte auf den Bürgersteig und der böse Geist verstummte. Jemand fiel fast über ihn, strauchelte, fing sich ... Oh verdammt, er war an der Ecke direkt in jemanden hineingelaufen, wieder einmal geistesabwesend ... Wieso mussten ihm immer solche Sachen passieren?

„Oh, verdammt", sagte eine Frauenstimme mit leiser, seltsam klingender Stimme. „Das tut mir leid."

Eine Frau auch noch – er spürte, wie er feuerrot im Gesicht wurde und hatte das dringende Bedürfnis, in den Boden zu versinken.

„Das Handy bezahle ich natürlich", sagte die Frau, fast flüsternd, und reichte ihm die Hand, um ihm hochzuhelfen. (Gottverdammt, er kniete immer noch am Boden.)

„Ich ... ach ... also ..." Nun stammelte er auch noch und wünschte sich nichts mehr, als sich einfach in Luft aufzulösen.

Dann fiel ihm auf, dass das Gesicht der Frau nass war, nass von Tränen. Das erklärte auch ihre flache, erstickte Stimme. Und – sie war in ihn hineingelaufen, er war gar nicht schuld. Irgendwie wurde ihm dadurch alles noch peinlicher.

Sie hatte seinen Blick bemerkt, wischte sich mit dem Ärmel übers Gesicht und sagte, bemüht sachlich, erklärend: „Ich habe mich scheiden lassen, gerade eben."

Sie schniefte und zuckte mit den Schultern.

Sein Blick fiel auf ein kleines Café zwischen Steinmetz und Blumenladen und er erschrak selbst, als er sagte: „Wollen wir einen Kaffee, da drüben ... auf den Schreck?"

Was würde sie jetzt von ihm denken, das war so gar nicht seine Art …

„Für mich keinen Kaffee“, sagte sie. „Ich nehme ein Bier.“

***

„Zum Wohl!“ Der unbeholfene Mann hatte auch ein Bier genommen, ein alkoholfreies, weil er noch fahren musste. Als er stammelnd begonnen hatte, sie zu siezen, hatte sie sich einfach als Elvira vorgestellt, ihn geduzt und erfahren, dass er Kevin hieß. Nach ein paar Minuten war klar, dass er aus schlechten Verhältnissen herauszukommen versuchte, ohne zu wissen, wie er das anstellen sollte, obwohl er nicht dumm zu sein schien. Er war dankbar, dass sie ihn für eine Weile vom Geist seiner Großmutter erlöst hatte, und sie war dankbar, einfach jemanden zum Reden zu haben, einen lebendigen Menschen. Die Scheidung von Jana war vernünftig, überlegt und geplant gewesen, aber heute … heute hatte sie stattgefunden, das war etwas anderes. Elvira war es nicht gewohnt, zu heulen.

„Und du, hast du auch einen … einen Geist?“ fragte er.

„Ja. Mein Vater. Er war ein Spieler und hat den ganzen Familienbesitz durchgebracht. Als nur noch das Haus übrig war, hat er sich erschossen; das war seine Art von Verantwortungsbewusstsein. Vorletztes Jahr war das.“

Sie warf einen verstohlenen Blick auf das fest verschlossene Aluminiumetui, in dem ihr Handy steckte. Ausschalten konnte man die Dinger ja nicht mehr, nicht so, dass sie wirklich aus waren.

„Oh.“ Er knetete verlegen seine Hände und sie hätte ihn am liebsten sofort umarmt. Er war ein Verlierertyp und sie fand ihn unglaublich sympathisch. Sie brauchte keinen Psychologen, um zu wissen, wieso. Ihr Vater würde diesen Mann verachten, genau wie ihre Ehe mit Jana. Sie bemühte sich um einen sachlichen Tonfall.

„Mich beschäftigt die Frage, ob das wirklich Persönlichkeiten sind. Das sind Informationen, die ein Mensch zu Lebzeiten aus seinem Gehirn lesen lässt, all seine Eigenarten und Verhaltensgewohnheiten, die über Monate abgespeichert werden, aber ist das nicht letztlich nur eine Simulation, die da abläuft? Der Mensch selbst ist schließlich tot."

Sie war Smalltalk nicht gewohnt und redete lieber über Dinge, die sie tatsächlich beschäftigten.

„Nein, keine Simulation, sondern eine Kopie, genauso echt wie das Original."

„Man kann unmöglich den gesamten Geist eines Menschen kopieren, das behauptet nicht einmal die Werbung von Afterlife."

„Wenn es aber aussieht wie eine Ente, watschelt wie eine Ente und quakt wie eine Ente – wird es dann nicht auch eine Ente sein?"

„Ich frage mich, wie sie die Welt wahrnehmen."

„Ganz ähnlich wie wir die Realwelt, nur unschärfer, traumhafter – Sie sprechen doch über Geister, nicht wahr?" Ein allein am Nebentisch sitzender Mann hatte sich ihnen zugewandt. Er passte nicht in das Friedhofsbesucher-Café mit der gesetzten Senioren-Atmosphäre, fiel aber irgendwie trotzdem nicht auf; der Blick schien einen Bogen um ihn machen zu wollen. Er trug schwarze Jeanskleidung und eine graue Baseballkappe. „Ich nehme an, Sie haben Probleme mit ihnen?"

„Woher wissen Sie denn das, also, ich meine, wie können Sie ..."

Elvira legte ihre Hand auf die von Kevin und sagte: „Natürlich, so wie jeder andere auch."

„Ich darf doch?" Der Mann stand auf und setzte sich zu ihnen an den Tisch, ohne eine Antwort auf seine Frage zu erwarten. „Heimgesuchte erkennt man daran, dass sie kein einziges Cyberkleidungsstück tragen. Bloß keine unnötigen Wege für die Geister schaffen, stimmt's? Mir ist noch niemand begegnet, der einen Geist liebte und behalten wollte."

„Menschen, die man behalten wollte, lassen sich vielleicht nicht kopieren", warf Kevin ein.

„Ja, vielleicht. Und man wird sie nicht los, die Geister. Nicht nur wegen der Tags, die deine Netzpersona bekommt, wenn du die Erbschaft antrittst, sondern man hat ja einfach seine virtuelle Präsenz, die verschiedenen Erreichbarkeiten, Adressen, Mitgliedschaften und all die verschiedenen Geräte, die dranhängen ... Kurz gesagt, man wird gefunden, ganz besonders von den Geistern, denn die sind im Netz zu Hause und zu rein gar nichts anderes gut als zum Spuken. Habt ihr daran schon mal gedacht, dass die für gar nichts gut sind? Aber wer möchte sich nicht selbst überleben, nicht wahr? Und Afterlife wirbt schon an den richtigen Stellen."

Er wies auf die Afterlife-Filiale neben dem Steinmetz. „Gut platziert. Bevor die Bestattungsunternehmen dran sind, fangen die schon mal an, die noch Lebenden zu fleddern. Ich heiße übrigens Sam, Kurzform von Samael."

„Ich bin Elvira und das ist Kevin. Und weiter?"

Er nahm den Faden sofort wieder auf und seine Baseballkappe ab. Zwei metallisch blitzende Hörnchen auf seinem Kopf kamen zum Vorschein, eine jener extremeren Body Modifications.

„Die Lösung ist eigentlich ganz einfach. Man braucht nur eine wehrhaftere Netzpersönlichkeit."

„Ich will mich aber nicht für den Rest meines Lebens herumstreiten", murmelte Kevin.

„Nein, natürlich nicht du selbst und auch nicht für den Rest deines Lebens. Dein Spiegelbild im Netz, deine virtuelle Persona, das, was von dir genau dort unterwegs ist, wo die Geister zu Hause sind. Lass es von etwas Stärkerem übernehmen, das die Welt des Geistes verändern und den Geist erledigen kann."

Kevin schaute ratlos drein. „Das verstehe ich nicht."

„Es gab mal den altmodischen Begriff der Besessenheit. Kommt auch in der Science Fiction vor, wenn Menschen von Aliens übernommen werden. Und das lässt du nun nicht dir selbst, sondern deinem virtuellen Ich passieren, dem, der du im Netz bist. Es wird zu jemand anderem."

„Und dieses stärkere Wesen schlägt den Geist in die Flucht?" fragte Elvira interessiert.

„Das würde nicht reichen; es muss ihn kaputtschlagen, ihn fertigmachen, ihn erledigen samt all seiner Kopien."

„Wie erledigt man einen Geist samt all seiner Kopien?"

„Schwer zu erklären; dazu müsst ihr in Begriffen des Cyberspace denken, nicht der Informatik. Er muss endgültig sterben wollen."

Die nächste Frage kam wieder von Kevin. „Und wie genau stellt man das an?"

Sam grinste breit und reichte jedem von ihnen eine Visitenkarte. „Man wendet sich an einen wie mich. Und zahlt ohne Rechnung."

***

„Kevin? Bist du das?" Eine graugesichtige ältere Frau irrte durch eine düstere Landschaft, durch verdorrte Vegetation und die Schatten schroffer Felsen, folgte einer undeutlich erkennbaren Gestalt und flüchtete gleichzeitig vor ihr.

„Antworte gefälligst, wenn ich dich rufe!"

Die Gestalt flackerte, erschien an einer anderen Stelle, hinter einem kochenden Gewässer, von dem Dampf aufstieg.

„Kevin, das bist du doch? Warum bist du so groß?"

Die hochgewachsene Gestalt flackerte direkt vor der Frau auf, ließ ein Blatt Papier vor ihre Füße fallen und verschwand wieder, während sich unter der brodelnden Wasseroberfläche etwas bewegte.

Die Frau hob das Blatt auf und las in fettem Blocksatz geschriebene Worte: WAS DACHTEST DU, WOHIN DU IM NACHLEBEN KOMMST?

Sie ließ das Blatt fallen und fragte mit unsicherer Stimme ins Leere: „Ist hier jemand zuständig? Ich will wissen, was los ist, das kann doch nicht zu viel verlangt sein!"

„Ich bin zuständig", ertönte eine Antwort hinter ihr, dunkel und verzerrt. Sie fuhr herum und sah sich einem Riesen gegenüber, der auf einem Felsen saß und gerade dabei war, einen lebenden Menschen im Ganzen aufzufressen, ihn genüsslich durchkauend.

„Oh, ich habe meine Manieren vergessen", sagte er schmatzend, sich Blut und Eingeweide von den Lippen leckend. „Man spricht nicht mit vollem Mund."

Mit einem Schrei begann die Frau davonzurennen, ohne zu bemerken, dass sie auf einen kopflosen Mann zu lief, der seinen Kopf in der hocherhobenen Hand trug.

„Das ist doch aus Dantes Inferno", sagte Kevin leise, als könne man seine Realstimme im Cyberspace hören.

„Direkt aus der Verfilmung von 1911 geklaut", lachte Sam. „Nur in Farbe und mit Ton; das bot sich an als perfekte Umgebung."

„Mein Vater hat nie an eine Hölle geglaubt", meinte Elvira trocken.

„An diese Hölle braucht er nicht zu glauben, die ist wirklich für ihn. Dafür wurde sie ja erschaffen."

Ein knorriger, halbtoter Baum war zu sehen, der in einer düsteren grauen Einöde stand. Ein zum Baum gewordener

Mensch, unbeweglich in trockenem, steinigem Boden verwurzelt. Eine löwenköpfige Frauengestalt neben ihm wetzte ihre Krallen an seinem Stamm. „Tote sollten keine Macht über Lebende haben“, erklärte sie.

„Ich erkenne dich nicht wieder, Elvira“, erwiderte der Baum zögernd. „Ich verstehe die Situation nicht.“

„Diesmal wirst du nicht mehr aus eigener Kraft gehen können. Du wirst für immer bestehen bleiben, auch nachdem ich längst tot bin. Du wirst in dieser Form existieren, solange es Datennetze gibt. Ohne einen Ausweg.“

Eine Pause folgte, in der nur das Schaben der Löwenkrallen in der Borke zu hören war.

„Elvira, hilf mir“, flüsterte der Baum schließlich. „Bitte.“

„Du bist sicher, dass du endlich gehen willst?“

„Ja.“

Die Löwenfrau warf eine goldene Kettensäge an, deren Griff ein Auge des Ra war. Die Säge fraß sich heulend durch den Stamm, bis der Baum ins Kippen geriet, splitternd und krachend. Noch während er fiel, löste er sich in farbig flackernde Lichter auf.

Kurz darauf ertönte ein irres Kreischen und die graugesichtige ältere Frau stürzte sich von einem Felsen. Noch im Fallen löste sie sich ebenfalls in flackernde Lichter auf.

„Das wars?“

„Das wars.“

***

„Sehr beeindruckend“, sagte Kevin, als er sich in Elviras Haus umschaute, ohne die Sonnenbrille abzusetzen. Er war zum ersten Mal hier und wusste, dass seine eigene Wohnung billig und geschmacklos wirkte. Immerhin hatte er aber neuerdings herausgefunden, dass er nur viele Dinge hinauswerfen musste, um das zu ändern; leer sah fast alles besser aus.

Das Lob schien ihr peinlich zu sein. „Das wirkt nur so edel, weil fast alles uralt ist. Von den Ölschinken sind wenigstens die meisten schon weg, um die Schulden abzuzahlen. Nur das da ist neu!" Sie strahlte plötzlich erfreut beim Blick auf ein großes Bild, das ein Löwenrudel in einer ägyptischen Fantasylandschaft zeigte. „Vorgestern erst gekauft!"

„Sehr schön", sagte er bewundernd.

„Du bist etwas wortkarg geworden", meinte sie lächelnd, obwohl sie sich erst seit einem Monat kannten.

Er zuckte mit den Schultern und sie fügte lächelnd hinzu: „Soll kein Vorwurf sein, mir gefällt das. Auch dass du größer wirkst als vor einem Monat."

Er zuckte mit den Schultern. „Das ist nur wegen meiner neuen Schuhe, die haben so verdammt dicke Sohlen und waren gerade im Angebot. Hat sich so ergeben."

Die Türglocke läutete und Elvira ging öffnen. Es war wie erwartet Sam, wie üblich gut gelaunt.

„Na, alles in Ordnung?" fragte er auf dem Weg zum Salon. „Die Geister endlich weg und sonst keine Komplikationen?"

„Alles bestens", sagte Elvira und warf die Arme in die Höhe, „ich fühle mich – wie neu".

„Das sieht man", lachte Sam. „Ihr seid beide kaum wiederzuerkennen."

Elvira wurde ernst. „Mit solch deutlichen Veränderungen habe ich nicht gerechnet. Sag, hat das etwas mit unseren Avataren zu tun?"

Sam breitete die Arme in einer Geste der Selbstverständlichkeit aus. „Ihr wolltet Hilfe gegen virtuelle Wesen, die in euer ganz materielles Leben eingreifen, und dafür habt ihr neue virtuelle Persönlichkeiten bekommen. Dass die euer Realleben noch viel mehr beeinflussen, sollte doch klar sein.

Es war schon in den Frühzeiten des Internet so, dass die virtuelle Persona eines Menschen ihn selbst beeinflusste."

Ebenso selbstverständlich, wie er sich einen Whiskey anbieten ließ, hielt er während des Gesprächs die Hand auf und sie beide reichten ihm die erwarteten Geldscheine, obwohl sie schon weit mehr als das Vereinbarte gezahlt hatten.

„Hey, eigentlich war das sogar schon immer so, auch vor dem Internet! Menschen haben sich immer den Göttern angepasst, deren Gesellschaft sie suchten, all ihren unsichtbaren Freunden."

„Sind wir dann nichts, wenn wir keine haben?" fragte Elvira.

Sam wischte die Frage mit einer Handbewegung beiseite, ohne sie zu beantworten.

Das Gespräch lief in Smalltalk aus und Sam machte Elvira Komplimente, während sie beide ihn zur Tür begleiteten.

„Eine Gottheit zu wählen, zeugt übrigens von Stil. Die Göttin Sachmet ist die ägyptische Kriegsgöttin mit dem Kopf einer Löwin, nicht wahr?"

„Danke, aber Slenderman war auch eine gute Wahl" erwiderte sie mit einem Blick auf Kevin.

Nachdem sich die Tür hinter Sam geschlossen hatte, fragte Kevin: „Wofür genau haben wir ihm jetzt eigentlich schon wieder Geld gegeben?"

Elvira lächelte: „Vielleicht gerade dafür, dass wir mehr bekommen haben als wir wollten. Ich fühle mich eigentlich gut damit." Sie fuhr sich mit der Hand durch ihr Haar, das sie neuerdings als Löwenmähne trug.

Matthias Falke

Die Reisende

Sie trat über die Schwelle und stand unvermittelt in einer weiten, hitzeflirrenden Wüstenlandschaft.

„Was ist das denn?!" Ella taumelte zurück.

„Komm nur."

Ein Schemen hob sich vor ihr aus der Lichtflut ab. Ella machte zögernd wieder einen Schritt nach vorne. Der Geröllboden schnitt scharfkantig durch die dünnen Sohlen ihrer Schuhe. Im Glanz der senkrecht stehenden Sonne erkannte sie eine Person: Aus einer schlingernden Silhouette gerann die Reisende Danjela Bleckwell.

„Hallo!" Sie streckte ihr aufmunternd die Hand entgegen. Dabei sah sie aus wie eine Bergführerin, die einem Klienten über einen schmalen Felsgrat hilft.

„Hallo." Ella ergriff die Hand, schüttelte sie und ließ sich dabei in die Steinlandschaft hineinziehen. „Das ist deine Kabine?"

„Das ist ein Holojektor", sagte Danjela fröhlich. „Ein Raumerzeuger."

„Wahnsinn." Sie sah sich um. „So ein Hologramm habe ich noch nie gesehen."

Ihre Füße schmerzten. Splittrige Felsfragmente, scharf wie Glasscherben, stachen durch ihre Schuhe. Die Sonne brannte unerbittlich von einem wolkenlosen Himmel unbestimmbarer Tiefe. Die Luft war heiß und trocken. Sie schmeckte bitter, wie rostiges Metall.

„Das ist kein Hologramm", erklärte die Reisende.

„Sondern." Sie dachte nach.

Ein Hologramm war nur eine Illusion, eine räumliche Projektion. Aber sie ersetzte nicht den Raum.

Ella streckte die Arme vor und ging in die dröhnende Leere dieser Wüste hinein. Gleich musste sie an die Kabinenwand stoßen. Sie hatte die Ausmaße der Standardunterkünfte im Kopf. Aber nichts geschah. Sie ging weiter und weiter, und als sie sich umdrehte, war Danjela Bleckwell fünfzig Meter entfernt. So groß waren nicht einmal die Luxussuiten der TELLURIS. Und dabei befand sie sich in einer Normalkabine.

„Wo bin ich hier?"

„Vallis Marineris." Bleckwells Worte kamen dünn durch den fauchenden Wind, der über die Geröllebene hinstrich. „Wir haben auch andere Arrangements. Magst du sie sehen?"

***

„Okay, Jungs. Benehmt euch!" Nikolai sah väterlich von einem zum anderen. „Egal wie, aber benehmt euch."

„Jetzt blas dich nicht so auf", sagte Sergej. Er inspizierte die Flasche, die er am Raumhafen erstanden hatte. Der Inhalt ging zur Neige. Er würde sich allmählich um Nachschub kümmern müssen.

Vitja schob den Zahnstocher vom rechten in den linken Mundwinkel. Yakov lachte in seiner dümmlichen Art. Er schnappte nach Sergejs Flasche, während er hinter ihm den Gang hinunter trottete. Aber Sergej hatte aufgepasst und seinen Schatz mit einer schnellen Bewegung vor seiner breiten Brust in Sicherheit gebracht. Sie folgten Gianni Carbotta, dem Chefsteward der TELLURIS, der ihnen im Labyrinth des Kabinentrakts voranging.

„Ihr wart auf Montage", versuchte er ein Gespräch in Gang zu bringen.

„Exploration." Nikolai übernahm bereitwillig die Rolle des Sprechers der Gruppe. „Sechs Monate Exokristalle schürfen."

„Stelle ich mir strapaziös vor."

„Ein Spaziergang ist es nicht." Yakov bellte roh.

„Und jetzt habt ihr Urlaub."

„Vierzehn Tage", sagte Nikolai.

„Na, dann gute Erholung." Carbotta blieb vor den vier Einzelkabinen stehen, die für die Gruppe reserviert waren.

„Danke." Nikolai lächelte ihm freundlich zu. Yakov schlurfte zu seinem Zimmer. Sergej schüttelte mit trübem Gesicht die Flasche, die er auf dem Weg durch die TELLURIS geleert hatte.

Carbotta blieb an dem durchdringenden Blick hängen, den der schweigsame Vitja an ihn heftete. Der Mann mit dem Zahnstocher war der älteste der Truppe. Er war ebenso muskulös wie die anderen. Seine Augen blitzten in einem unwahrscheinlichen Blau.

***

Und jetzt war sie hier. Sie stand im Wind, der an ihren Wangen schmirgelte und ihre Augen tränen ließ. Aus dem Zenit brannte eine platinfarbene Sonne auf sie herab. Sand knirschte zwischen ihren Zähnen und erzeugte einen heiseren Geschmack.

Vallis Marineris.

„Beeindruckend, nicht wahr." Danjela Bleckwell hatte zu ihr aufgeschlossen. „Gehen wir ein Stück?"

„Aber nicht so." Ella Glond rief das Menü ihrer Kombination auf. Es gab einen Rangerdress. Khakifarbene lange Hose und dito Hemd. Feste, knöchelhohe Schuhe. Tropenhelm.

„Viel besser", seufzte sie, als der Schweiß von dem intelligenten Material aufgesogen wurde und die integrierten

Kühlelemente in Aktion traten. Danjela trug ein ähnliches Outfit. Nachdem sie einige Minuten nebeneinander durch das Geröll gestolpert waren, blieb die Reisende stehen und zog ein schwarzes Kästchen hervor, das wie ein handelsüblicher Kommunikator aussah.

„Das haben wir jetzt gesehen", sagte sie vertraulich.

Ella nickte. Sie bekam langsam Durst. Danjela nahm ein paar Einstellungen an dem Gerät vor.

Plötzlich veränderte sich die Landschaft. Aus metallischem Rot wurde Rhododendrongrün, aus Hitze wurde pfeifende Kälte, aus der alles erdrückenden Waagerechten wurde eine überwältigende Vertikale.

„Was ist das?" Ella spürte, wie ihr buchstäblich die Luft wegblieb.

„Kali Gandaki", sagte Danjela. „Die tiefste Schlucht der Welt. Im Himalaya."

Ellas Blicke klommen bang die kilometerhohen Felswände hinauf, die das senkrecht eingeschnittene Tal zu beiden Seiten in die Mangel nahmen. Wasserfälle stürzten von den Granitpfeilern herab. Weiter oben lasteten Gletscher auf den Schultern der imponierenden Berggestalten.

„Weiter?" Die Reisende wartete eine Antwort nicht ab.

Immer schneller wechselten die Arrangements. Ella kam nicht mehr dazu, über die Qualität der Projektion zu staunen. Die Landschaften waren real. Der Sturm sauste, die Sonne stach, der Fels malträtierte ihre Füße. Aber Danjela schaltete per Knopfdruck weiter, wie wenn man nach Feierabend vor dem Holovisor sitzt und kein Programm finden kann, das einem behagt.

„Aufhören", rief Ella schließlich. „Das wird zu viel."

Sie stand wieder im Vallis Marineris. Danjela steckte die Steuereinheit in die Brusttasche ihrer Montur. Ein selbstzufriedenes Lächeln spielte um ihre Lippen.

„Beeindruckt?“

„Das kann man wohl sagen.“ Ella rang um Fassung. „Warum zeigst du mir das alles?“

„Ich will dein Urteil hören“, sagte die Reisende. „Du bist viel herumgekommen.“

„Ich bin sprachlos.“ Sie warf die Arme in die Luft. „Allerdings verbringe ich mein ganzes Leben an Bord dieses Schiffes. Reale Landschaften betrete ich nur selten.“

„Das macht nichts“, erwiderte Danjela. „Anscheinend verfehlen sie ihre Wirkung nicht.“

„Wie funktioniert das?“

„Fünf-D-Technologie. Das dürfte dir doch geläufig sein. Wir erzeugen Räume, deren inneres Volumen größer ist als ihr äußerer Umfang.“

„Sehr viel größer“, stöhnte Ella. „Und woher bezieht es seine Energie?“ Sie deutete nach oben, wo die Sonne mit einer Gewalt auf sie herunterbrannte, die es auf der Erde höchstens direkt am Äquator gab.

„Exokristalle.“ Danjela hob die Achseln unter den Schulterstücken ihrer khakifarbenen Uniform. „Das Kleingedruckte ist natürlich streng geheim.“

„Patente.“ Ella nickte. Dann sah sie die Reisende offen an. „Gibt es denn einen Markt dafür. Eine Nutzanwendung?“

„Oh, selbstverständlich.“ Natürlich hatte Danjela Bleckwell genau auf diese Frage spekuliert. „Überleg doch mal. Vom Tourismus über die Rohstoffindustrie, die hier die Ausbeutung ferner Planeten in Realsimulation trainieren kann, bis zum Militär.“

Ella sog die Luft ein. „Das erklärt zumindest die Versicherungssumme.“

Die Passagierin lächelte ihr fröhlich zu.

Im selben Moment wurde es dunkel.

***

„Hast du das Ding?“ Sergej trat von einem Bein auf das andere, während seine Kumpane sich an der Vorrichtung zu schaffen machten. Nikolai setzte das mitgebrachte Gerät an, das wie ein Stethoskop aussah. Rote und grüne Anzeigen verrieten, dass die Software online war.

Etwas schien nicht zu stimmen. Nikolai nahm Vitja den kompliziert wirkenden Datenträger aus der Hand und klopfte dagegen. Er schüttelte ihn und hielt ihn lauschend an sein Ohr, als handele es sich um ein mechanisches Bauteil, in dem ein paar Schrauben locker waren. Vitja brachte die Vorrichtung wieder an sich, musterte sie einen Moment, während er den Zahnstocher aus einem Mundwinkel in den anderen schob, und betätigte dann ein virtuelles Feld. Endlich bestätigte mehrmaliges Piepen, dass der Override erfolgreich gewesen war.

„Ja, habe ich.“ Vitja zwinkerte den anderen pfiffig zu.

„Dann mach schon.“ Sergej sah ungeduldig zu, wie der andere das seltsame „Ding“ verstaute. Es sah aus wie ein zusammengelegter Läufer. Eine aufgerollte Komfolie, die in entfaltetem Zustand so groß wie ein Gebetsteppich war. Jetzt ergab sie ein Bündel von einem halben Meter Länge und der Dicke eines Oberarms. Am Kopfende befand sich das Display, auf dem Statusanzeigen blinkten.

„Die Luft ist rein“, sagte Nikolai. Er nahm den Blick nicht von dem Störsender, der die Systeme des Schiffes blendete. „Gehen wir.“

Yakov machte den Anfang. Er trat aus der Kabine und schlug den Weg zu den Vergnügungseinrichtungen ein.

„Wohin gehst du?“, zischte Nikolai, als er sich ihm anschloss.

„Ich finde, wir haben uns einen verdient.“

„Wo er recht hat, hat er recht." Sergej ließ an seiner Genugtuung keinen Zweifel.

Vijta trug das seltsame Gerät. Er schloss behutsam die Kabine.

Nikolai aktivierte das Fading des Störfeldes, das die interne Überwachung des Schiffes wieder freigeben würde, ohne dass die Bordelektronik etwas davon mitbekam. Dann folgte er den anderen, die mit wiegenden Schritten den Gang hinunter stapften.

***

Nach der Lichtflut kam die Finsternis wie ein Schlag. Ella taumelte. Täuschte sie sich oder fand ein Erdbeben statt? Sie strauchelte den Abhang hinunter, an dessen Rand sie gestanden hatten, konnte sich aber fangen. Dem Lärm polternder Felsen zufolge war auch Danjela ins Rutschen gekommen. Sie landete unterhalb der Stelle, an der Ella aufgekommen war.

„Bist du in Ordnung?", rief sie in die Finsternis.

„Ja, alles klar." Die Reisende schien unverletzt zu sein.

„Was ist passiert?"

„Standby."

„Die Landschaft ist auf Standby gegangen?"

„Der Holojektor."

Von unten kam ein ärgerliches Keuchen, angereichert mit dem Geräusch kollernder Steine. Anscheinend versuchte Danjela, zu ihr heraufzukommen.

„Wie kann das sein?"

„Jemand muss in meine Kabine gekommen sein", ächzte die Reisende. „Ich habe die Elektronik darauf programmiert, in einem solchen Fall die Landschaft abzuschalten. Du weißt schon, wegen der Patente und so."

„Und so lange stehen wir hier im Dunkeln?" Die Position am Rande des steilen Abhangs, umgeben von Finsternis, war nicht angenehm. Hinzu kam das Bewusstsein, im Inneren einer virtuellen Wüste von den Ausmaßen eines Kontinents zu stecken.

„Wir haben's gleich." An dem näherkommenden Atmen und Stolpern erkannte Ella, dass Danjela zu ihr aufgeschlossen hatte. Sie berührte sie am Arm. „Hier bin ich."

Einige Sekunden vergingen, in denen die Reisende nach etwas zu suchen schien. Ella hörte nur das Rascheln, mit dem sie ihre Kleidung abtastete, und schließlich einen unterdrückten Fluch.

„Verdammt!"

„Was ist los?"

„Die Steuerung." Danjela knirschte mit den Zähnen. „Ich muss sie verloren haben, als ich da runtergerutscht bin. Und bei der Dunkelheit finden wir sie in diesem Geröllhang natürlich nie mehr wieder."

„Hat sie keine Rufautomatik."

„Doch. Aber sie reagiert nicht. Das Ding muss kaputt gegangen sein."

„Das heißt?" Ella konnte nicht verhindern, dass sich ein mulmiges Gefühl ihrer Magengrube bemächtigte.

„Das heißt, dass wir hier feststecken."

„Gibt es keinen Notausstieg?"

„Gibt es." Aus irgendeinem Grund klangen diese Worte nicht so fröhlich, wie sie es hätten tun sollen. „Ungefähr zwei Kilometer in dieser Richtung."

Ella fragte sich, wie Danjela zu einer Richtungsangabe gelangen konnte. Es war vollkommen dunkel. Aber dann fielen ihr einige Sterne auf, die sich langsam aus dem Himmel schälten, als ihre Augen sich an die Finsternis gewöhnten. Es war ein klarer Nachthimmel. Vier Sterne bildeten eine hervorstechende Formation.

„Mir nach", sagte die Reisende. Ohne ein Wort Ellas abzuwarten, setzte sie sich stolpernd in Bewegung.

***

Die Bar hatte geöffnet. Sergej und Vitja steuerten zielstrebig den Tresen an und ließen sich auf zwei Barhockern nieder. Nikolai suchte Vitjas Blick. Der Alte ließ seine tadellosen Zähne sehen, als er auf den Zahnstocher biss. Er hob die mächtigen Schultern. Das seltsame Gerät ließ er im Schatten hinter der Bar verschwinden. Dann setzte er sich neben die anderen an den Tresen. Eine Flasche und vier Gläser waren schon vor ihnen erschienen.

„Das war leicht." Sergej prostete den anderen zu, stürzte den Inhalt seines Glases in einem Zug herunter und füllte es erneut.

***

Das Vorwärtskommen war eine Qual. Der künstliche Sternenhimmel bot zwar eine gewisse Orientierung, aber sein Licht reichte nicht aus, den geröllbedeckten Boden ausreichend zu erhellen. Ella stolperte bei jedem zweiten Schritt. Sie hatte Angst, sich den Knöchel zu verstauchen. Oder zu stürzen und sich ernsthaft zu verletzen. Außerdem strapazierte es die Nerven ganz gewaltig. Wenn ihr hier drin etwas zustieße, konnte sie keine Hilfe rufen.

Und wenn sie einfach Kontakt mit TELLA aufnahm?

Sie zog ihr Kom hervor und rief die Brücke. Nichts geschah.

„Das kannst du vergessen." Danjela Bleckwell hatte ihrer fruchtlosen Bemühung mitleidig zugesehen.

„Kein Empfang." Ella steckte das Kom wieder weg. Sie musste sich sagen, dass die rätselhafte Reisende schon längst von dieser Möglichkeit Gebrauch gemacht hätte, wenn sie existierte. „Hat das Ding eine Abschirmung?"

„Selbstverständlich", sagte Danjela ohne Stolz. „Und zwar eine hundertprozentige. Ich bin selber schuld. Ich habe die höchste Sicherheitsstufe eingestellt aus Angst, eure Bordelektronik könnte das System hacken."

„Das würde TELLA niemals tun!"

„Oder jemand könnte eure TELLA hacken und sie dazu bringen."

„Kann es sein, dass man in deinem Job ein kleines bisschen paranoid wird?"

„Ein bisschen vielleicht." Danjela lachte trocken. „Es stecken viele Millionen an Entwicklungskosten in dieser Technologie."

„Ja, das ist mir klar." Ella grunzte. „Da spart man dann auch an der Rettungsleiter."

„Es gibt einen manuellen Ausstieg", sagte Danjela mit einem Anflug von Gereiztheit in der Stimme. „Wir sind gleich da."

***

„Schlägerei in der Bar in Sektor 9", meldete Gianni Carbotta.

„Hast du's im Griff oder brauchst du Verstärkung?", fragte Salomon Kuska. Der Kommandant stand auf der Brücke des Frachters und betrachtete mit gerunzelter Stirne die Bilder, die vom Ort des Geschehens auf seine Schirme kamen.

Es hatte eine handfeste Saalschlacht gegeben. Bis die Ordnungskräfte der TELLURIS eingeschritten waren, war einiges an Mobiliar zu Bruch gegangen, Dutzende Flaschen waren zertrümmert, es gab einige Verletzte durch Faustschläge und Scherben. Worum es gegangen war, wusste niemand.

„Nein, alles gut." Der Chefsteward war wie immer nicht aus der Ruhe zu bringen.

„Was war los?"

„Die vier Prospektoren", sagte Carbotta. „Exokristallschürfer auf Urlaub."

„Okay." Kuska schüttelte den Kopf. „Wo sind sie jetzt?"

„Wir haben sie in die Arrestzelle gebracht. Wenn sie wieder vernehmungsfähig sind, kriegen wir vielleicht raus, was los war."

„Ist gut."

Der Kapitän der TELLURIS war im Begriff, die Verbindung zu kappen.

„Oh, noch was." Carbotta winkte in die Kamera.

„Hm?"

„Wir haben das hier gefunden." Der Steward hob eine schwarze Röhre in die Höhe. Sie war einen halben Meter lang und armdick. Am oberen Ende blinkte ein Display.

„Was ist das?", fragte Kuska.

„Keine Ahnung", sagte Gianni Carbotta. „Ich hab so was noch nie gesehen. Wie eine Komfolie, die man zusammengerollt hat. Die Anzeigen sind ziemlich kryptisch."

„Frag Konny", brummte der Kapitän. „Die kennt sich mit sowas aus. Oder Ella." Er sah sich in der Zentrale um. „Wo steckt die eigentlich?"

***

„Es muss hier irgendwo sein." Seit fünf Minuten tasteten sie mit den flachen Händen an der Felswand herum, die abrupt aus der Ebene aufgestiegen war. Ella hatte die Taschenlampenfunktion ihres Koms hinzugezogen. Das Bergmassiv blieb finster und kompakt.

„Toller Notausstieg", knurrte Ella, „den man ewig suchen muss. Kann man da nicht eine Beschriftung anbringen, eine Leuchtmarkierung, eine Sirene?"

„Eine Markierung müsste eigentlich da sein“, nuschelte Danjela vor sich hin. „Ich verstehe das auch nicht.“

„Sag nicht, dass das Ding kaputt ist.“

„Jetzt krieg nicht gleich Panik!“ Danjela nahm ihr die Taschenlampe ab und bestrich die glatte Felswand mit dem dünnen Lichtkegel, wobei sie sich systematisch seitwärts weiterarbeitete. „Die Illusion einer unberührten Landschaft soll so perfekt wie möglich sein. Da malt man keine Hinweisschilder in die Gegend.“

„Toll.“ Ella hustete. „Übrigens wird es ziemlich kalt.“

„Eine Nacht unter freiem Himmel“, sagte Danjela zwischen den Zähnen, ohne ihre Inspektion zu unterbrechen.

„Sehr realistisch.“

„Bei Standby wird die Energiezufuhr natürlich eingestellt.“

Ella überlegte, wie kalt es auf der sonnenabgewandten Seite des Mars wurde.

„Beruhigend.“ Sie sah zu, wie die Reisende die Finger in einen Riss im Felsen legte. Sie blies den Staub weg, der von den Windböen hierher verfrachtet worden war, und klappte einen dreißig mal dreißig Zentimeter großen Blechdeckel heraus.

„Voilà!“

„Ich bin beeindruckt“, sagte Ella. „Na, dann mach mal auf. Ich friere, ich muss aufs Klo und wenn mich nicht alles täuscht, verpasse ich meinen Schichtbeginn.“

„Heul doch nicht so rum.“ Danjela gab ihr das Kom zurück. Ella leuchtete damit, während Danjela eine weitere Klappe entfernte und ein Display bloßlegte. Sie gab eine Ziffernfolge ein. Nichts geschah.

Die Reisende wiederholte das Manöver. Ohne Resultat.

Mit einer unwirschen Handbewegung gab sie Ella zu verstehen, dass sie den Lichtkegel in die andere Richtung lenken sollte. Ella sah auch sofort weshalb. Das Display hätte normalerweise geleuchtet. Aber es war tot.

***

Gianni Carbotta beugte sich gemeinsam mit der Bordingenieurin Konny Gugin über das seltsame Röhrenmodul.

„Hast du sowas schon mal gesehen?", fragte er.

„Nein."

Konny war nicht unbedingt für ihre Gesprächigkeit bekannt.

„Ich frage mich, was diese Jungs damit zu tun haben."

„Ist denn sicher, dass es diesen Schlägern gehört?" Die Nachricht von der demolierten Bar hatte in Windeseile die Runde auf der TELLURIS gemacht.

„Sie waren unter den ersten Gästen, die in die Bar kamen. Und der Steward hat gesehen, dass sie dieses Ding mit hereingebracht haben."

„Dann sollte man sie vielleicht fragen."

„Es ist energetisch tot. Irgendeine Art Standby."

Gianni Carbotta wandte sich zum Gehen. „Du hast recht. Am besten fragen wir die Jungs, denen es gehört."

Er ging zu der Ausnüchterungszelle, in der man die vier Prospektoren untergebracht hatte. Sie saßen an den Wänden des quadratischen Raumes und starrten vor sich hin. Der Älteste kaute auf einem Zahnstocher herum. Die anderen musterten ihre schwieligen Hände.

„Gibt es etwas, das ihr mir sagen möchtet?", fragte der Chefsteward.

„Verpiss dich", knurrte Yakov.

„Ich kann ja verstehen, dass ihr euch über euren wohlverdienten Urlaub freut", sagte Carbotta. „Aber muss man gleich so ausrasten?"

Schweigen stand ihm entgegen wie ein durchdringender Schweißgeruch.

„Machen wir es anders", verkündete Carbotta.

Er machte den Männern vom Wachdienst ein Zeichen. Sie öffneten die Zelle und verteilten die vier Prospektoren auf Einzelkabinen.

Als die Reihe an Nikolai war, zog der Chefsteward ihn beiseite.

***

„Kann ich kurz unter vier Augen mit dir reden?"

Jetzt sind wir aber angeschmiert." Danjela hatte sich auf den Boden gleiten lassen. Sie hockte im Geröll, den Rücken gegen die Felswand gestemmt, und sah leer vor sich hin.

„Wie kann das sein?", fragte Ella. „Wenn der Holojektor als Ganzes kaputt wäre, müsste dann nicht die Landschaft erlöschen und wir würden ganz von selber irgendwo rauspurzeln?"

Danjela schüttelte den Kopf. „Der Hologrammerzeuger funktioniert."

Sie wies mit einer müden Gebärde in die fahle Landschaft hinaus, die sich unter dem teilnahmslosen Sternenhimmel in unabsehbare Entfernungen dehnte.

„Aber ..."

„Jemand muss das System gehackt haben", sagte Danjela mit einer merkwürdigen Befriedigung in der Stimme. „Er hat einen Override-Code aufgespielt, der verhindert, dass man den Holojektor von innen ausschaltet."

„Sie haben uns hier drin eingesperrt?"

„So sieht es aus, Schätzchen."

„Und wer?" Ella war zu verwirrt, um sich den Ton der Reisenden zu verbitten.

„Diebe.“ Danjela hob die Schultern, die sie gegen den Felsen stützte. „Wirtschaftsspione.“

„Die elenden Patente. Und was machen wir jetzt?“

„Gar nichts. Abwarten. Irgendwann müssen sie das Ding jemandem übergeben. Der wird es ausprobieren wollen. Dann kommen wir herausspaziert.“

„Und laufen einem Mafiaboss in die Arme.“

„Wir sind Bürger der interstellaren UNION.“ Danjela hatte ihren linken Ärmel aufgerollt und untersuchte eine lange blutige Schramme, die vom Handgelenk bis unter die Achsel reichte. „Im übrigen dürften wir momentan noch an Bord der TELLURIS sein. Bestimmt vermissen sie dich schon auf der Brücke und suchen nach dir.“

„Das Schiff ist riesig“, seufzte Ella. „Der Projektor winzig. Und wenn er absolut emissionsneutral ist …“

„Das ist er.“ Danjela rollte den Ärmel ihrer Rangerbluse wieder herunter. „Das ist er unbedingt.“

***

„Raus mit der Sprache.“ Gianni Carbotta richtete das Röhrenmodul anklagend auf Nikolai. Konny Gugin war ebenfalls anwesend. Von der Brücke aus verfolgte Salomon Kuska den Fortgang der Verhandlungen.

„Ich weiß es nicht genau“, stammelte der Prospektor. „Es ist ein Generator. Er erzeugt Landschaften.“

„Wie funktioniert es. Kannst du es anschalten?“

„Nein.“ Die Antwort kam schnell und überzeugend.

„Kann es sein“, übernahm Kuska von der Zentrale aus die Verhandlung, „dass nicht nur sehr viel Know-how da drinsteckt, sondern auch Menschen?“

Nikolai starrte erschrocken in die Übertragung.

„Es ist nämlich so", fuhr der Kommandant fort. „Zwei Personen werden vermisst. Meine Stellvertreterin Ella Glond und eine Passagierin, Danjela Bleckwell. Ella hat Danjela in ihrer Kabine besucht und Danjela ist den Frachtpapieren zufolge Reisende in Sachen Landschaften. Und wenn ich nun zwei und zwei zusammenzähle ..."

Nikolais Bestürzung konnte nicht gespielt sein.

Carbotta wechselte einen Blick mit Konny Gugin.

„Kriegst du das Ding auf?"

„Ihr hättet mich zu eurer Party einladen können", sagte die Chefingenieurin zu Nikolai. Ohne eine Antwort abzuwarten, machte sie sich an dem Modul zu schaffen.

„Sie haben einen neuen Sicherheitsmodus installiert", erklärte sie Carbotta nach einer Weile. „Einen Override-Code."

Der Chefsteward sah gebannt zu, wie sie versuchte, der Steuereinheit des Röhrenmoduls eine Aktivität zu entlocken. In der Zentrale hing Kommandant Kuska an der Übertragung.

„Was kriege ich, wenn ich es schaffe", fragte sie in die Runde. „Eine Flasche Sprit?"

„Da musst du dich mit Sergej kurzschließen", brummte Nikolai, der sich angesprochen fühlte.

„Das ist der harte Junge, was?" Konny trat zurück.

Nikolai hob die muskulösen Schultern. Er schien zu dem Schluss gekommen zu sein, dass er schon viel zu viel gesagt hatte.

„Deal?" Die Ingenieurin beugte sich zu ihm und senkte die Stimme. „Ich würde mich dann auch für dich verwenden."

„Von mir aus", brummte der Montagearbeiter.

Sie hielt ihm die Hand hin, die er widerwillig schüttelte. Dann wandte sie sich wieder an die anderen. „Kurzschließen ist übrigens ein gutes Stichwort."

„Was hast du vor?", fragte Gianni Carbotta.

„Denken wir doch mal logisch“, sagte die Ingenieurin. „Das Ding erzeugt Landschaften. Räume. Das kann nur auf 5-D-Basis funktionieren. Solange die Steuerung gesperrt ist, haben wir hier drin einen in sich geschlossenen Raum, zu dem aus dem unseren kein direkter Weg hinüberführt, ein Paralleluniversum, eine hermetisch geschlossene Schrödingersche Box.“

„Und?“

„Komm schon! Wir sind hier an Bord eines Raumschiffs. Wie überbrückt man den Raum auf nichtlineare Weise?“

„Man springt.“

„Eben.“ Sie weidete sich an seiner Überraschung.

Gemeinsam brachten sie das Röhrenmodul in den Maschinenraum der TELLURIS. Konny ließ das Gerät in einem Kraftfeld schweben. Ein dreidimensionales Gitter aus Energiestrahlen fixierte seine Position auf den Mikrometer genau.

„Salomon, TELLA“, wandte sie sich an den Kommandanten und die Bordintelligenz. „Programmiert einen Sprung in das Innere dieser Apparatur.“

„Sprung womit?“, fragte Kuska perplex.

„Mit der TELLURIS, natürlich.“

„Die TELLURIS kann nicht in sich selbst hineinspringen“, gab die Schiffsentität zu bedenken.

„Das wird sie auch nicht“, erklärte die Ingenieurin. „Aber der fünfdimensionale Impuls, der bei dem Versuch, es zu tun, auftritt, wird die Exokristalle überladen, die den Raum im Inneren dieses Holojektors aufspannen. Ein Kurzschluss. Bumm!“

„Kann dabei nichts passieren?“, fragte der Kommandant argwöhnisch.

„I wo.“ Konny winkte verächtlich ab. „Das Ding hat garantiert eine Sicherung, die sofort abschaltet. Nur dass wir von außen ohne den Override-Code nicht herankommen und die beiden Ladys von innen anscheinend auch nicht."

„Es könnte funktionieren", meldete sich die emotionslose Stimme von TELLA. „Ich habe es durchgerechnet. Es sind eigentlich ein paar Variablen zu viel im Spiel, aber wir können es auf einen Versuch ankommen lassen."

„Also gut." Der Kommandant gab sein Okay. Vorsichtshalber traten Konny Gugin und Gianni Carbotta ein paar Schritte zurück.

***

„Ich will ja nicht immer nur meckern", sagte Ella. „Aber allmählich wird mir jetzt wirklich kalt."

„Kann nicht mehr lange dauern." Danjela Bleckwell lauschte angestrengt in die Nacht.

„Was?"

„Da geht irgendetwas vor."

„Und wa ..." Ella kam nicht mehr dazu, den Satz zu beenden.

Ein Erdbeben ließ den Boden unter ihren Füßen wanken. Es gab ein elektrisches Prickeln in der Luft, begleitet von einem Knacksen in den Ohren. Dann erloschen die Sterne. Ein schmerzhaftes Licht brach aus dem Firmament. Der Lärm und das Donnergrollen betäubten Ella und warfen sie um. Es roch nach Rost, und es war unerträglich heiß. Dann zerschälte sich die ganze Landschaft, als die Projektion in sich zusammenbrach.

Sie standen im Maschinenraum der TELLURIS.

„Das wurde aber Zeit." Ella schüttelte die Benommenheit ab.

Konny Gugin und Gianni Carbotta starrten sie an wie Außerirdische. Sie hatten hinter einer tonnenschweren Stahlspule Deckung genommen, hinter der sie jetzt vorsichtig hervorkamen.

Danjela Bleckwell musterte die Umstehenden argwöhnisch. „Ich hoffe für euch, dass nichts kaputt gegangen ist."

Konny Gugin senkte einen Blick in sie. „Der richtige Text ist: Danke, dass du uns da rausgeholt hast!"

„Ihr habt nicht zufällig etwas zu trinken?", fragte Ella.

„Nein", erklärte Konny. „Aber ich habe gerade eine Flasche Schnaps gewonnen."

Ulf Fildebrandt

Feedback

Der Fahrtwind fegte an ihr vorbei. Sie legte ihre Maschine in die Kurve und spürte die Kraft, die sie nach außen drückte.

Gib mehr Gas! Das stabilisiert dich.

Entschlossen gab sie mehr Gas und das Motorrad zog nach vorne. Ihre Finger verkrampften sich um den Lenker und zwangen ihre Maschine wieder in die Spur. Ihr Herz schlug schneller und Laura lächelte. Dann endete der Moment des Hochgefühls, als sie wieder geradeaus fuhr. Die Sonne schien durch das Blätterdach und tauchte den Asphalt der Straße in ein Mosaik von hellen und dunklen Flecken.

Sie nahm das Gas zurück und der Motor wurde leiser. Langsam fuhr sie den Hügel hinab. Rechts und links von ihr standen die Kiefern dicht beieinander. Hinter der nächsten Kurve lag bereits der weitläufige Parkplatz, und wie jeden Morgen bedauerte sie, dass sie angekommen war.

Fahr das nächste Mal einen Umweg.

Fast ohne Gas zu geben, rollte sie auf das Gelände des Rehabilitationszentrums. Die parkenden Autos waren über die freie Fläche verteilt. Direkt neben die gläserne Eingangspforte hatte man den Unterstand für die Fahrräder und Motorräder gebaut. Einige der Ärzte waren mit ihren Rädern gekommen, aber es gab noch genug freie Plätze. Im Leerlauf ließ sie ihr Motorrad dorthin rollen und hielt an. Sie stellte die Stiefel rechts und links auf den Boden und drehte den Zündschlüssel. Das tiefe Brummen des Motors erstarb und machte der Stille des Waldes um sie herum Platz.

Laura stieg ab und streckte sich. Die Luft war kalt. Der Frühling hatte gerade erst angefangen, und es waren die ersten Tage, an denen sie nicht mit dem Auto zur Arbeit fahren musste. Sie nahm den Helm ab – und die Welt verschwand in Dunkelheit.

***

Laura schaute gespannt auf Andreas, der in seinem Rollstuhl saß, für den Rest seines Lebens zur Bewegungslosigkeit verdammt. Sie nahm ihm zögernd den Helm ab, der die Motorradfahrt am Morgen aufgezeichnet hatte, und unterbrach dadurch den Kontakt. Die Nano-Roboter in seinem Gehirn vermittelten ihm nicht mehr Lauras Eindrücke von ihrer Fahrt.

„Wie war es?", fragte Laura und legte die Hand auf den Helm.

„Ich kann wirklich spüren, wie du durch die Kurven fährst", erwiderte Andreas und schaute zum Wald hinüber. „Und ich spüre, wenn du dich in die Kurven legst, wie du nervös wirst."

„Ich werde nicht nervös", stieß Laura ungehalten hervor.

„Lüg mich nicht an, dir ist die Maschine beinahe ausgebrochen. Ich habe es gemerkt."

Sie setzte an, ihm zu widersprechen, aber eigentlich war es sinnlos. Der Helm hatte alle Eindrücke und auch ihre Empfindungen aufgezeichnet. Schließlich nickte sie. Ihre Eltern hatten ihr bereits Vorwürfe gemacht, dass sie so früh im Jahr mit dem Motorrad fuhr. Die Straßen waren viel zu nass.

Statt einer Antwort verschwand sie mit einem: „Ich muss mich jetzt umziehen."

***

Laura stand in der Tür und schaute auf den Rollstuhl am Fenster. Darin saß Andreas, die Arme auf die Lehnen gelegt und mit Lederbändern befestigt. Die Beine waren ebenfalls fixiert. Er wirkte zerbrechlich. Sein Gesicht besaß beinahe die makellosen Züge eines Fotomodells. Kantige Wangenknochen, eine wohlgeformte Nase, nicht zu klein, aber auch nicht zu groß, und seine braunen Augen glichen den Bildern in Hochglanzmagazinen, die Werbung für teure Kleidung oder Uhren machten. Allerdings lag ein trauriger Ausdruck um seine Augen.

„Guten Morgen."

Aus der rauen Männerstimme hörte sie Frust und unterdrückte Aggression heraus.

In der Mitte des Raumes stand ein Glastisch, an der Stirnseite ein großer Fernseher und unzählige Bilder hingen an der Wand. Sie musste lächeln, als ihr Blick auf die abstrakten Kunstwerke fiel, die Cybercore hatte aufhängen lassen. Nur wenige eigene Bilder hatte Andreas aufhängen lassen, meistens zeigten sie Autos oder Motorräder, aber keine gewollt künstlerischen Drucke. Auf zwei Bildern stand ein sportlicher Mann vor dem Fahrzeug und legte eine Hand auf das Metall. Das Gesicht war das von Andreas, doch der Körper war es nicht – nicht mehr.

Laura schaute zurück zu Andreas. Die Gardine war zur Seite gezogen und Andreas schaute auf den gegenüberliegenden bewaldeten Abhang. Hangabwärts hing der Morgennebel in den Baumkronen.

„Wie hast du geschlafen?", fragte sie ihn.

Ein Lächeln erschien auf seinen Lippen. „Bewegungslos wie ein Stein."

Laura schüttelte den Kopf, musste aber auch grinsen. Sie mochte es nicht, wenn er Witze auf seine Kosten machte. Seit seinem Unfall war er vom Hals abwärts gelähmt.

Andreas beugte seinen Kopf nach vorne und berührte den Plastikstift, der sich vor seinem Mund befand. Der Rollstuhl drehte sich zu Laura herum, sodass er sie anschauen konnte.

„Versprich mir, dass wir irgendwann einmal von hier wegfahren“, sagte er ernst.

Für einen langen Moment herrschte Schweigen, dann lachte er kurz auf und strahlte sie an.

„Du bist verrückt“, erwiderte sie grinsend und trat zu seinem Rollstuhl.

„Ist das ein Ja?“ In seiner Stimme lag Fröhlichkeit, aber sie wusste genau, wovon er träumte.

„Du weißt schon, was die anderen sagen, wenn sie hören, dass du wieder Motorrad fahren willst?“

Andreas stöhnte auf. „Was interessiert es mich, was die anderen denken.“

Laura trat hinter den Rollstuhl und kontrollierte die Elektromotoren und Akkus. Sie waren geladen, und die Kontrollen leuchteten grün.

„Du bist bereit für den Tag“, erklärte sie. „Was steht heute an?“

„Sie wollen testen, ob ich den Androiden steuern kann.“

Lauras Lachen verschwand und sie starrte zum Wald hinüber. Diese Maschine, die wie ein Mensch aussah, versetzte ihr eine Gänsehaut. Sie hatte kein Problem damit, ihre Eindrücke und Empfindungen aufzeichnen zu lassen, sodass Andreas sie auch erleben konnte, aber dieser Androide jagte ihr Angst ein. Er sah aus, wie sie sich Roboter immer vorgestellt hatte. Arme und Beine waren aus glänzendem Metall und ein Kopf, der mehr einem Skelettschädel glich.

„Dann lass uns gehen“, erwiderte sie in gespielter Begeisterung.

***

Die Halle diente normalerweise dazu, anderen bei der Rehabilitation zu helfen. Es gab Barren, an denen man sich festhalten konnte, Maschinen, um die Muskeln in Armen und Beinen zu stärken, und Wackelbretter, um das Gleichgewicht zu schulen. An einer Seite gab es sogar einen Basketballkorb. Allerdings hatte Laura noch nie gesehen, dass jemand dort spielte.

Laura ging neben Andreas. Die Elektromotoren seines Rollstuhls summten kaum hörbar. Gemeinsam hielten sie auf die Gruppe von Männern zu, die ihre Anlagen in der Mitte des Raumes aufgebaut hatten. Tische mit Notebooks waren extra für diesen Test aufgestellt worden. Drei Männer, beinahe noch Jugendliche, beugten sich darüber und tippten etwas über die Tastaturen ein.

In der Mitte stand der künstliche Mensch, den Laura bereits erwartet hatte. Vollkommen reglos wartete der Androide darauf, zum Leben erweckt zu werden. Ein junger Mann hantierte an einer Klappe des Androiden herum und bugsierte einen viereckigen Kasten ins Innere. Dabei bewegte er sich langsam und vorsichtig, als dürfte er den Gegenstand nicht zu schnell einsetzen. Misstrauisch betrachtete Laura seine Arbeit. Es schien gefährlich zu sein.

„Ah, da sind Sie ja“, erklang eine tiefe Stimme. Ein Mann kam auf sie zu. Er war schon älter, die schwarzen Haare an seinen Schläfen färbten sich grau und Falten überzogen sein rundliches Gesicht. Eine schmale Brille saß auf seiner Nase. Doktor Friedrich war der Leiter des Experiments.

„Was macht der da?“, fragte Laura und deutete in Richtung des Roboters.

Dr. Friedrich wandte den Kopf und beobachtete, wie sein junger Mitarbeiter ziemlich langsam den Kasten losließ. „Ach, er setzt nur die Energieversorgung ein.“

Besorgt blickte Laura den Doktor an.

„Es ist vollkommen ungefährlich“, beschwichtigte dieser.

Andreas lachte auf. „Der Wasserstoff darin kann nur in die Luft fliegen.“

Friedrich verzog mürrisch das Gesicht, antwortete jedoch nicht. „Sind Sie bereit?“, fragte er, als er den Rollstuhl erreicht hatte.

In seiner Hand hielt er ein kleines Gerät, das er jetzt an Andreas' Schläfe hielt. Seine Arroganz nervte sie. Für ihn war Andreas anscheinend nur ein weiterer Teil seines Experiments.

Die letzten Monate über hatte Laura die Vorbereitungen miterlebt. Sie war bei der Operation dabei gewesen, als Andreas die Nanoroboter injiziert worden waren. Es war eigentlich vollkommen unspektakulär gewesen. Mit einer Spritze hatten sie ihm Nanoroboter in einer wässrigen Flüssigkeit injiziert, die angeblich ihren Weg in sein Gehirn finden sollten. Dort hatten die jungen Techniker sie so positioniert, dass wichtige Neuronen beeinflusst werden konnten.

„Wann geht es los?“, fragte Andreas und schaute zum Doktor auf.

Friedrich riss sich vom Display seines Gerätes los und wandte sich Andreas zu. Mit einem Finger wischte er über die Anzeige und nickte schließlich. „Die Nanos sind bereit. Ich empfange ihr Bereitschaftssignal. Wir können jederzeit die Verbindung aktivieren.“

„Dann los“, erwiderte Andreas und fuhr zu den Tischen mit den Notebooks. Laura folgte ihm widerstrebend. Am liebsten wäre sie weit vom Androiden entfernt stehengeblieben.

In den nächsten Minuten riefen sich die jungen Männer an den Notebooks und Doktor Friedrich Worte zu, die Laura nicht ansatzweise verstand. Sie drückte sich an eine Wand der Halle und betrachtete die Metallhülle des Androiden. Er wirkte nicht wie ein Mensch, eher wie ein Skelett. Die Hydrauliken an den Gelenken wirkten wie Bänder und Muskeln zwischen den geraden Metallstreben für Arme und Beine. Der Kopf war dem eines Menschen nachempfunden, aber Laura fand, dass der Designer keine sehr gute Arbeit geleistet hatte. Die ganze Maschine glich mehr dem Terminator, nachdem ihm die Haut verloren gegangen war. Tatsächlich hatte jemand dem Androiden mit einem Edding etwas auf die Brust geschrieben: T-800. Es sollte wohl ein Witz sein.

„Es geht los", rief Doktor Friedrich in diesem Moment. Laura wandte sich von der Maschine ab und richtete ihre Aufmerksamkeit wieder auf Andreas. Ihn musste sie versorgen.

„Schließen Sie bitte die Augen", forderte der Doktor Andreas auf, der neben einem der Tische wartete. Andreas kam der Aufforderung nach und legte den Kopf zurück. Die Muskeln an seinen Wangen bewegten sich, aber nach einigen Atemzügen beruhigte er sich.

„Verbindung herstellen", befahl Friedrich. Einer der Männer tippte auf sein Notebook und als Reaktion zuckte Andreas kurz zusammen. Laura atmete tief ein, aber nichts geschah. Es herrschte vollkommene Stille.

Dann hörte Laura die leisen Geräusche von Elektromotoren, aber Andreas' Rollstuhl stand vollkommen ruhig. Sie drehte den Kopf und schaute zum Androiden. Ein Arm hatte sich gehoben und die Hand befand sich auf Höhe der Objektive, die die Augen ersetzten. Die Finger, die sich an der Hand befanden, bewegten sich wie an einer echten Hand. Laura lief ein kalter Schauer über den Rücken. Die Nanoroboter in Andreas' Gehirn übertrugen die Befehle, die er an seinen Körper gab, auf die Maschine.

Ein Lächeln erschien auf Andreas' Lippen.

„Wie ist es?", fragte Doktor Friedrich leise. „Können Sie gehen?"

Andreas ließ den Arm des Androiden fallen. Für einige Sekunden passierte nichts, aber dann hob sich ein Bein und mit einem lauten, metallischen Scheppern schlug der Fuß auf den Hallenboden auf.

„Gehen Sie bitte ein paar Schritte."

Der Androide bewegte zögernd das andere Bein und stellte es neben dem ersten ab. Jetzt stand er unmittelbar vor einem der Tische mit den Notebooks, und der dahinter sitzende junge Mann schaute nervös auf.

Andreas ließ den Androiden herumschwenken und daran vorbeigehen. Die ersten Schritte hatten noch unsicher ausgesehen, aber jetzt wirkte es beinahe, als würde ein Mensch gehen. Die Bewegungen waren flüssiger und gingen ineinander über.

Auf Andreas' Gesicht lag ein glückliches Lächeln. Er genoss es, die Maschine zu kontrollieren.

Der Androide lief in einem Kreis zurück zur Versuchsanordnung. Er kam Laura und Doktor Friedrich immer näher. Schließlich blieb er stehen und verharrte bewegungslos. Schweigen herrschte in der Halle.

Unruhig schaute Laura vom Androiden zu Andreas und dann zu den Wissenschaftlern. „Was ist?"

„Ich konnte mich nicht sehen", erklärte Andreas, der jetzt wieder er selbst war.

Doktor Friedrich trat vor. „Das ist ganz normal. Wir beeinflussen die Realität, die der Androide wahrnimmt."

„Warum?"

„Wir haben bei unseren Tierversuchen festgestellt, dass es zu Feedback-Schleifen kommt, wenn die Sensoren des Androiden die eigene Person entdecken."

***

„Ich habe eine Überraschung für dich", meinte Andreas und schaute Laura eindringlich an.

Sie sah zum Rollstuhl hinüber, der vor dem großen Fenster in seiner Wohnung stand, die man ihm im Reha-Zentrum eingerichtet hatte. Heute hingen graue Wolken vor der Sonne. Schon den ganzen Tag über wartete Laura auf Regen, aber bisher war es trocken geblieben.

„Was für eine Überraschung?", fragte sie und sortierte weiter die Kleidung in die Schrankfächer ein.

„Komm mit", forderte er sie lachend auf und setzte seinen Rollstuhl in Bewegung. Er hielt auf die Tür zu, die sich auf seinen Befehl öffnete. Kopfschüttelnd folgte Laura. Manchmal hatte Andreas Ideen, und sie tat besser daran, ihn nicht aufzuhalten. Es war gut für seine Stimmung, wenn er den Eindruck hatte, etwas tun zu können.

Er fuhr den Flur entlang auf den Ausgang zu. Durch die Scheiben erkannte Laura eine Gruppe von Menschen an denselben Tischen, die auch bei den vorangegangenen Versuchen in der Halle aufgebaut worden waren. Heute Morgen hatten sie noch nicht dort gestanden.

Sie erkannte Doktor Friedrich und verlangsamte ihre Schritte. Andreas hielt unbeirrt auf die automatische Tür zu und gelangte schließlich nach draußen. Da waren wieder die jungen Männer, die auf ihren Computern herumtippten. Und in einiger Entfernung stand bewegungslos der Androide.

„Andreas, was hat das zu bedeuten?", fragte Laura nervös.

Er lachte laut auf. „Lass dich doch überraschen."

Sein Rollstuhl fuhr auf den ersten Tisch zu. Doktor Friedrich begrüßte ihn und begann dann mit den Kontrollen, die Laura bereits kannte. Die Männer stellten Messungen an oder schalteten Geräte auf Empfang.

Endlich trat Schweigen ein. Alle schauten Doktor Friedrich an, der schließlich nickte. Andreas schloss die Augen und wie beim Test ein paar Tage zuvor zuckte er zusammen. Fast unmittelbar darauf setzte sich der Androide in Bewegung. Diesmal gab es kein Zögern, stattdessen setzte die Maschine einen Schritt vor den anderen, als hätte sie nie etwas anderes getan.

Laura bewegte sich unwillkürlich rückwärts, als sie erkannte, dass der Androide auf sie zuhielt. Aber dann riss sie sich zusammen. Einen Schritt vor Laura blieb der Androide stehen und hob den Arm. Er drehte die Hand, sodass die ausgestreckte Handfläche nach oben wies. Verwirrt schaute Laura zu Andreas hinüber.

„Geben Sie ihm bitte Ihren Motorradschlüssel", flüsterte Dr. Friedrich.

Laura starrte hilflos auf den Roboter. Ohne sich auch nur einen Millimeter zu rühren, stand die Maschine vor Laura und wartete. „Warum?"

Das Gesicht des Doktors verzog sich zu einem spöttischen Grinsen. „Lassen Sie sich überraschen!"

Sie zögerte noch einen Moment, kramte dann jedoch in ihren Hosentaschen. Rechts fand sie den Schlüssel und ließ ihn auf die ausgestreckte Handfläche fallen. In einer fließenden Bewegung wandte sich der Androide um und ging auf Lauras Motorrad zu. Als hätte er nie etwas anderes getan, schwang er ein Bein über die Sitzbank und setzte sich. Er steckte den Schlüssel ins Zündschloss und startete den Motor. Ein leises Brummen erklang, lauter als die Elektromotoren, aber immer noch sehr gepflegt und leise.

Laura schüttelte verwirrt den Kopf und traute ihren Augen nicht. Auf ihrem Motorrad saß ein Androide, den Andreas steuerte. Die mechanische Hand drehte am Gasgriff, und das Motorrad fuhr. Der Androide stellte die Beine auf die Fußrasten und steuerte das Motorrad an den parkenden Autos vorbei. Einmal wackelte es leicht, aber Andreas gab mehr Gas, um es zu stabilisieren.

Laura starrte auf die eine Maschine, die eine andere steuerte. Sie wusste, dass Andreas den Androiden kontrollierte, aber trotzdem erfüllte sie ein seltsames Gefühl. Er hatte von seinen Träumen erzählt. Niemals hätte sie damit gerechnet, dass sich Andreas' Wunsch erfüllen würde. Voller Überraschung stellte sie fest, dass sie sich freute.

„Nicht zu weit fahren", rief Doktor Friedrich. „Die Verbindung reicht nicht so weit."

In einer sanften Kurve wendete das Motorrad und kam direkt auf Laura zu. Ein paar Schritte vor Laura blieb es stehen und der Androide stellte die Beine zur Seite, um das Gleichgewicht zu halten.

„Jetzt können wir eine Tour machen", rief Andreas freudig aus, nachdem der Androide abgestiegen war und nun wieder leblos neben dem Motorrad stand.

***

Eine Erschütterung schreckte Laura auf; sie war kurz auf dem Sofa in Andreas' Zimmer eingenickt. Die Wände vibrierten und ein Donnern erfüllte die Luft wie beim stärksten Gewitter, das sie je erlebt hatte. Laura zuckte zusammen und schaute sich erschrocken um. Andreas saß am Fenster, die Augen geschlossen.

„Was war das?", rief sie.

Andreas hob die Augenlider und blickte zu ihr herüber. Im ersten Moment wirkte es, als sei er weit entfernt gewesen. Vielleicht stimmte es sogar und er lenkte den Androiden aus der Ferne.

„In der Halle ist eine Explosion passiert", erwiderte er gehetzt. „Eine der Energiezellen ist explodiert."

Laura sprang auf. „Und jetzt?"

„Alle laufen hinaus", erklärte Andreas seltsam abwesend. „Ich konnte sie sehen."

Einen langen Augenblick starrte Laura Andreas nur an, bis ein seltsamer Geruch in ihre Nase stieg. „Riechst du das auch?“, fragte sie unruhig.

„Du hast recht“, hauchte er. „Das ist Rauch.“

Der Rollstuhl setzte sich in Bewegung. Mit summenden Elektromotoren steuerte er ihn in die Mitte des Raumes. „Hier ist es stärker. Es riecht verbrannt.“

Ihr Blick ging zur Eingangstür, unter der sich Rauch nach oben kräuselte. Ihr Herz schlug schneller, in ihrem Leben hatte sie niemals ein Feuer in der Wohnung erlebt. Sie rannte zur Tür und ihre Hand legte sich um den Türgriff.

„Nicht!“, schrie Andreas.

Erschrocken zog sie die Hand zurück. „Wieso?“

Andreas fuhr zur Tür und blieb hinter ihr stehen. „Auf dem Flur brennt es. Vielleicht hat das Feuer dort den Sauerstoff schon aufgebraucht; wenn du die Tür aufreißt, dann schießt es hier herein, wo es neuen Sauerstoff findet.“

Die Begründung leuchtete Laura ein. Panik stieg in ihr auf und verzweifelt schaute sie sich um. Ihr Blick fiel auf das Fenster.

„Denk nicht dran“, hauchte Andreas. „Wenn du da runterspringst und Pech hast, endest du so wie ich, gelähmt im Rollstuhl. Und wenn du Glück hast, bist du tot.“

Laura schüttelte den Kopf. Ihr stand gerade nicht der Sinn nach Witzen.

„Warte“, sagte Andreas, „es gibt eine andere Möglichkeit.“

Er schloss die Augen und rührte sich nicht. Laura wusste nicht, was er tat, und öffnete gerade den Mund, um ihn zu fragen, als sie ein Kratzen an der Tür vernahm. Der Türgriff senkte sich und die Tür flog auf. Feuer schoss herein bis zum Tisch in der Mitte. Wenn sie dort gestanden hätte, wäre sie verbrannt. Aber auch so wurde es heiß um sie herum.

Eine Gestalt schritt auf sie zu und ergriff sie. Mit kräftigen Armen wurde sie nach oben gehoben wie eine Puppe. Sie schrie laut auf. Die eisernen Arme des Androiden hielten sie fest. Auf der Metalloberfläche hatte sich Ruß niedergeschlagen und Hitze stieg davon auf.

Der Androide rannte los. Bei jedem Schritt liefen Erschütterungen durch ihren Körper, sodass sie überhaupt nicht mehr wusste, wo sie sich befand. Aus den Augenwinkeln sah sie Andreas, wie er mit geschlossenen Augen in der Mitte des Raumes blieb. Als sie den Flur erreichte, dachte sie, sie tauche ein in ein Meer von Feuer. Die Hitze war unbeschreiblich und der Rauch nahm ihr jede Sicht. Sie klammerte sich am Metall des Androiden fest. Ihr Blick fiel auf die Brust der Maschine und die Aufschrift darauf: T-800.

Der undurchdringliche Vorhang lichtete sich ein wenig und sie erkannte die Glastüren des Eingangs. Der Androide rannte darauf zu, und die Flügel fuhren auseinander. Frische Luft schlug ihr entgegen. Sie sog die Luft gierig in ihre Lungen und hustete so stark, dass sie beinahe aus den Armen der Maschine fiel. Ihre Welt drehte sich um sie herum. Sie spürte den kalten Asphalt unter sich, und Dunkelheit senkte sich herab.

***

Sie spürte die Kälte an ihrer Wange. Geräusche drangen an ihre Ohren und einen Moment später identifizierte sie sie als das Prasseln von Flammen. Erschrocken richtete sie sich auf. Ein paar Meter entfernt befand sich der Eingangsbereich des Rehabilitationszentrums. Die Türen waren offen und Rauchschwaden wehten nach draußen.

„Wie geht es Ihnen?“, hörte sie eine Stimme hinter sich.

Laura drehte sich um und blickte in das rußbedeckte Gesicht von Doktor Friedrich. Hinter ihm rannten die jungen

Wissenschaftler hin und her und deuteten auf die Flammen am Haus. Aus den Fenstern des Erdgeschosses sah Laura Feuer nach draußen schlagen und in der ersten Etage war auch schon ein heller Schein im Hintergrund zu erahnen. Langsam eroberte das Feuer das gesamte Gebäude.

Sie wandte sich wieder Doktor Friedrich zu und nickte. „Ja, es geht mir gut."

Dann erinnerte sie sich und schaute umher. „Wo ist der Androide?"

Friedrich deutete auf den Eingang. „Er hat Sie hier abgelegt und ist dann wieder in das Gebäude gerannt."

Laura starrte in den Eingangsbereich, der voller Qualm war, sodass man nur wenig erkennen konnte.

„Wir müssen Andreas helfen", rief Laura und stützte sich auf ihre Arme. Mühsam kam sie auf die Füße und wollte sich in Bewegung setzen.

Eine Hand ergriff sie an der Schulter. „Sie können da nicht reingehen", widersprach Doktor Friedrich. „Die Wasserstoffbatterien sind explodiert. Die Halle ist nur noch ein Trümmerhaufen, und das Feuer greift auf das ganze Gebäude über. Da kommt keiner lebend heraus."

„Aber der Androide ... Andreas steuert ihn."

Das Gesicht des Mannes verzog sich zu einer Grimasse. „Ja, das tut er vielleicht noch, aber erinnern Sie sich an das Problem mit den Feedback-Schleifen? Der Androide kann Andreas nicht wahrnehmen, Andreas ist für sich selbst ein blinder Fleck. Wir können die Software nicht so schnell umschreiben."

Laura wollte fragen, warum die Zeit nicht ausreichte. Doch dann wandte sie sich ab. Sie sah ihr Motorrad alleine im Unterstand stehen.

Jan Gardemann

Spielfreude

„Da-das war das Domizil einesss Spieleentwicklers." Die Stimme des ehemaligen Polizeiroboters Max schnarrte, einige Worte und Laute wiederholten sich in kurzen Schleifen und produzierten dabei ein elektronisches Stottern.

Geringschätzig sah Norman die Maschine an, die ihm von seiner Gruppe für den Erkundungsmarsch zur Seite gestellt worden war. Rostflecken und Beulen verunstalteten Max' Torso. Der linke Arm war abgerissen, Kabel und Gelenküberreste schauten aus dem Stumpf hervor. Dies alles störte die Mitglieder von Normans Gang genauso wenig wie Max' humpelnder Gang und das Quietschen und Knarren, das jede seiner Bewegungen verursachte.

„Ich sehe selbst, was wir da vor uns haben", blaffte Norman und hob den Feldstecher vor die Augen, um mit der Beobachtung des Gebäudes fortzufahren, das sich hundert Meter voraus inmitten einer Brachfläche aus Schlamm, Tümpeln und eingesunkenen Trümmerteilen erhob. Das über dem Eingang der Villa prangende Firmenlogo war Norman längst aufgefallen. Es stellte einen Globus dar, über dem mit ausgebreiteten Schwingen ein Albatros schwebte.

„Ich werde mir das Gebäude mal genauer anschauen", sagte er. „Es gehörte NOR-RISK, einer schwedischen Firma. Die Schweden haben nicht nur guten Jazz und pfiffige Krimiautoren hervorgebracht. Sie hatten auch eine astreine Spieleschmiede." Norman wusste, wovon er sprach. Die Games von NOR-RISK hatte er am liebsten gezockt – als dies noch möglich gewesen war.

„Ich muss … muss von dem Betreten dieses Bauwerksss dringend abraten“, schnarrte Max. „Derartige Be-behausungen sind für gewöhnlich extrem gut gesichert.“

„Ehemals gut gesichert“, berichtigte Norman. „Zwei Jahre nach dem Impact wird von den Sicherheitssystemen genauso wenig übrig sein, wie vom Rest der weltweiten technischen Anlagen. Nämlich so gut wie gar nichts.“

„Ich bin sehr … sehr wohl noch funktionstüchtig“, erinnerte Max.

Norman lächelte kalt. „Darüber ließe sich streiten.“ Er stieß sich von dem Wall ab, hinter dem sie Deckung gesucht hatten. „Vielleicht finden wir in diesem Haus noch etwas Brauchbares. Unsere Leute würden sich das Hungerloch aus den Bäuchen freuen, wenn wir mit Lebensmittelkonserven zu ihnen zurückkehrten.“

„Unser Auftrag lautet, vorauszuge-gehen, um zu prüfen, ob diese Route si-sicher ist“, entgegnete Max. „Es wäre vernünftiger, dieses Gebäude später zzzu untersuchen.“

„Ein Später wird es nicht geben, sollten die anderen Späher einen sichereren Weg finden als wir“, hielt Norman dagegen. „Womöglich kommen wir nicht einmal auf dem Rückweg wieder hier vorbei. Du weißt doch, wie unberechenbar die Landschaft zuweilen sein kann.“

Max brabbelte leise vor sich hin. „Ich werrrde vorangehen … vorrangehen“, verkündete er schließlich und richtete sich auf.

Norman hatte von Max nichts anderes erwartet. „Dann mal los, Blechbulle! Sehen wir uns in diesem Protzbau mal um.“

Ungelenk stakste Max über den Wall hinweg, um die Ebene zu überqueren. Norman folgte der wankenden Maschine in einigem Abstand. Der Untergrund war vom Regen stark aufgeweicht und matschig. Auf den breiigen Tümpeln schwammen Asche und Staub. Die Wasserflächen spiegelten matt den grauverhangenen Himmel wider. Momentan war es windstill und sogar der Regen hatte ausgesetzt. Beides würde in Kürze jedoch wieder losbrechen, wie Norman befürchtete. Das andauernde Wetterleuchten im Innern der finsteren Wolkendecke ließ diesbezüglich keine Zweifel aufkommen.

Prüfend betrachtete Norman die dreigeschossige Villa. Sie glich mit ihren Erkern, Türmen und dem verwinkelten Spitzdach einem Märchenschloss. Es war allerdings ein düsteres, verwunschenes Schloss. Abgestorbene Ranken klammerten sich an die Fassade. Von den Balkonen und Simsen hingen nasse Lumpen und anderes Treibgut herunter, welches die zurückweichenden Wassermassen zurückgelassen hatten, nachdem der Tsunami vor zwei Jahren über diesen Landstrich hinweggeflutet war. Die Mauern des Westflügels waren eingedrückt und die meisten Fensterscheiben zerbrochen. Dort, wo einmal der Garten gewesen sein mochte, ragte jetzt der Kiel eines Frachters aus der Erde.

„Sicherlich hat das ein-eingedrungene Wasser die Einrichtung komplett zzzerstört oder … oder unbrauchbar gemacht. Wirrr dürfen nicht annehmen, in dem Ge-gebäude noch etwas Verwertbares oder garrr Funktionstüchtiges vor … vorzufinden."

Norman winkte verärgert ab. Tatsächlich war das Haus nur noch eine Ruine, und er versuchte seine Erwartungen herunterzuschrauben. Dennoch verspürte er ein leichtes Prickeln, wie es ihn damals immer gepackt hatte, wenn er ein Videospiel startete.

Max, der fünf Schritte voraustaperte, blieb plötzlich stehen. Er zitterte und der unversehrte Arm schwenkte sinnlos umher. Bläuliche elektrische Entladungen flirrten über ihn hinweg und stiegen zwischen seinen Beinen auf und ab.

„Was ist los?", rief Norman den Roboter an.

Statt zu antworten hob Max ein Bein, rammte den Metallfuß tief in das aufgeweichte Erdreich und versank bis zum Kniegelenk im Morast. Sein elektrisches Flirren erlosch und sein Arm hörte auf zu winken. Dann fiel er um und sein versenktes Bein blieb im Erdreich stecken, sodass der Metallkörper in einer unbequem anmutenden Position landete.

Zögernd kam Norman näher. „Bist du okay?"

„Ich ... ich bin auf eine ver-verborgene Induktionsspule getreten." Max' Stimme wurde jetzt zusätzlich von Pfeiflauten untermalt. „Ich habe den Stro-stromkreis unterbrochen, indem ich die Spule mit einem Fußtritt durchtrennte."

Norman lachte fröhlich.

„Ich kann den Grrrund deines Heiterkeitsausbruches nicht ... nicht nachvollziehen", beschwerte sich Max. Er setzte sich auf und begann das Bein aus dem Morast zu ziehen.

„Begreifst du denn nicht? Die Induktionsspule war Teil des Abwehrsystems des Gebäudes. Die Stromstöße sollten neugierige Fans und Spione vom Domizil des Spieleentwicklers fernhalten."

„Ich sagte ... sagte doch, es könnte ... könnte gefährlich sein, sich hierrr umzusehen."

Norman deutete auf das verwunschene Märchenschloss und seine Stimme schnappte über vor Euphorie. „In diesem Haus gibt es eine funktionierende Energiequelle, Mann!"

Max' Restprogramme zogen endlich die richtige Schlussfolgerung. „Ver-vermutlich ist ein Teil des Gebäudes wider Erwarten noch in-intakt."

Norman gab dem Roboter einen Klapps auf den Hinterkopf, wobei ein hohles, blechernes Geräusch entstand. „Weiter geht's!"

Max wankte auf das Gebäude zu. Norman wartete einen Moment und folgte ihm dann. Der Boden schmatzte bei jedem Schritt und saugte an den Stiefeln.

An den Tümpeln vorbei nahm der Roboter Kurs auf die eingestürzte Außenmauer. Zu versuchen, den Haupteingang oder eine der Nebentüren zu benutzen, um in das Gebäude zu gelangen, hatten seine Risikoberechnungsprogramme offenbar als zu gefährlich oder aussichtslos eingestuft. Umständlich kletterte er über die Mauertrümmer hinweg und betrat die sich dahinter anschließenden Räumlichkeiten, deren Boden aus Unrat und Schlick zu bestehen schien.

Auf allen vieren kletterte Norman über den Schuttberg hinter Max her. Anschließend sah er sich in dem Raum um. Die Decke hing durch, Balken stachen aus den Bruchstellen in den Raum und Kabel schauten hinter dem großflächig fortgewaschenen Putz hervor. Anstelle der Zimmertür klaffte ein Loch in der Wand.

Max schritt hindurch und betrat einen Korridor. Dabei drehte er sich um seine eigene Achse und tastete die Umgebung mit seinen Sensoren ab. Viele Zimmertüren fehlten; die Räume dahinter waren verwüstet und zerstört.

Ungestüm schob sich Norman an dem Roboter vorbei. Er hatte eine Entdeckung gemacht: ein geschlossenes Sicherheitsschott. Etwas Wertvolles musste sich dahinter verbergen. Hoffentlich das Entwicklerzimmer des Spieledesigners, spekulierte er. Ein herabgestürzter Stahlträger hatte eine Delle in das Türblatt gedrückt und sich dann darin verkeilt. Vor der Tür angekommen, stellte Norman fest, dass die Verriegelung und sogar eine hermetische Versiegelung noch intakt waren. Er schob die Schulter unter den Stahlträger und versuchte, ihn von der Tür wegzudrücken. Doch seine Kraft reichte nicht aus, und so forderte er Max auf, ihm zu helfen.

„Ich habe elektronische Emissionen aufgespürrrt", erklärte dieser, während er mit dem Rücken unter den Stahlträger glitt. „Sie haben ihren Urrrsprung hinter dieser Eisentür. Ein weitaus schwächeres Signal … Signal habe ich in der Aufzugskabine geortet."

Es knirschte und kratzte, während Max den Stahlträger hochstemmte und dann zu Boden warf. Im nächsten Moment glitt die Tür von selbst auf.

Norman spähte in das dahinterliegende Zimmer. „Heureka!", rief er.

In dem fensterlosen Raum, der von einer Notleuchte spärlich erhellt wurde, stand eine mannshohe Rechnereinheit, deren Statusanzeigen ruhig vor sich hinblinkten. Davor war ein Interaktionssessel aufgebaut.

Es war kein einziger Tropfen Wasser in das Entwicklerzimmer eingedrungen. Norman, der begierig war zu testen, ob die Anlage noch intakt war, trat vor – und stolperte. Panisch fuhr er herum, denn er fürchtete, eine Abwehrvorrichtung ausgelöst zu haben. Im nächsten Moment schrie er auf. Er war über einen Leichnam gestolpert. Den schrumpeligen Körper, der hinter der Türschwelle lag, hatte er vor Aufregung glatt übersehen.

Max kniete neben dem Toten nieder und ließ seine mit Sensoren bestückte Handfläche über dem Körper kreisen.

„Eine männliche Leiche … Leiche", haspelte er. „Der Tod muss vor etwa zwei Jahren eingetreten sein. Offenbar ist der Mann verdurstet." Max deutete auf die zerschundenen Finger des Toten. „Er hat … hat versucht, die blockierte Tür perrr Hand zu öffnen."

Norman blickte zu den faustgroßen Zuleitungen der Klimaanlage in der Zimmerdecke hinauf. Ein leises Summen war von dort zu hören. „Diese gepanzerten Entwicklerzimmer sind mit einem autarken Energieversorgungssystem ausgestattet", sinnierte er. „Die Klimaanlage hat den Leichnam langsam in eine Mumie verwandelt. Von hier kam auch der Strom für die Induktionsspule draußen."

Derweil hatte Max die Kleidung des Toten untersucht. Aus der Gesäßtasche der jetzt nur noch schlecht sitzenden Designerhose zog er eine Brieftasche hervor. „Edward Rasmussen", las er von der ID-Karte ab und schlussfolgerte: „Wegen der verbarrikadierten Türrr ist das Entwicklerzimmer für ihn zur Todesfalle-falle geworden. Anscheinend gab es außerhalb dieser Kammer niemand, der ihm helfen konnte."

„Ein schlimmes Ende für einen so begabten Mann." In Gedanken zählte Norman all die von Rasmussen entwickelten überragenden Games auf, die er gezockt hatte. Er drehte sich zu dem Interaktionssessel um und fragte sich, was das für ein Spiel sein mochte, an dem Rasmussen zuletzt gearbeitet hatte.

Ehrfürchtig trat er neben den Sessel hin, ließ den Blick über den Helm, die Sensorhandschuhe und die Körperkontaktplättchen schweifen, die die gedankliche und emotionale Interaktion zwischen Administrator und Programmierrechner ermöglichten. Dieses Sitzmöbel hatte nur wenig mit den gewöhnlichen Zockersesseln der Gamer gemein, das wusste Norman nur zu genau.

Die Spielersessel waren perfekt darauf abgestimmt, programmierte Sinneseindrücke auf den Nutzer zu übertragen und seine gedanklichen und gestischen Steuerimpulse in den Rechner zu leiten. Dieser Interaktionssessel hier aber ermöglichte es, mit der Kraft der Gedanken und Emotionen komplexe Programmsequenzen zu generieren und so virtuelle Welten von überwältigender Authentizität zu erschaffen. Außerdem ließen sich mit dieser Anlage alle damit verbundenen technischen Einrichtungen gedanklich steuern.

Norman legte eine Hand auf die Armlehne des Sessels. Im nächsten Moment verriet ein anschwellendes Summen, dass das System hochfuhr.

„Wollten wirrr uns hier nicht nach Lebensmittelkonserven ... serven umsehen?“, machte sich Max bemerkbar. „Außerdem gibt es da-da noch diese andere elektronische Signaturrr.“

Widerstrebend drehte sich Norman zu dem Roboter um. Er hätte jetzt viel dafür gegeben, Max für eine Weile ruhigzustellen. Doch er musste dem Risikoabwägungsprogramm der Maschine zustimmen. Die zusätzliche Energiequelle könnte eine Gefahr bedeuten. Vielleicht handelte es sich um eine bisher inaktive Schutzvorrichtung, die sie noch in Schwierigkeiten bringen könnte, sollten sie sie nicht unschädlich machen.

„Also gut – sehen wir uns die Quelle dieser Signatur einmal an“, sagte er zerknirscht.

Max führte ihn zum Lift. Die verschlossene Tür war großflächig mit Rostrosen überzogen. „Der Fahrstuhl ist zwischen dem Errrdgeschoss und der errrsten Etage steckengeblieben“, erläuterte Max. „Die Quelle der Energiesignatur befindet sich in dieser Kabine ... Kabine.“

Norman presste den Daumen gegen das Tastenfeld. Doch der Lift war außer Funktion. „Wir müssen die Tür aufstemmen.“ Er sah sich nach einem Gegenstand um, den er als Hebel einsetzen konnte. Mit einer abgerissenen Führungsschiene kehrte er schließlich zurück, rammte sie in den Türspalt und hebelte die Schiene zur Seite. Flüssigkeit sprudelte aus dem so entstandenen Schlitz hervor. Max ging Norman zur Hand. Als die Tür schließlich nachgab und aufglitt, schoss ihnen ein Schwall Brackwasser entgegen.

„Der Schacht muss während der Katastrophe geflutet worden sein.“ Keuchend schüttelte sich Norman das übel riechende Wasser aus dem Gesicht.

„Wir ... wir haben einen Roboter gefunden!“ Max richtete sich zu seiner vollen Größe auf und langte in die Fahrstuhlkabine hinauf, von der ein Viertel im oberen Teil der Fahrstuhltür einsehbar war. Der Kabinenboden war mit Schlick und Unrat bedeckt, der jetzt zäh über die Kante troff und in den Schacht fiel. Max' Hand umschloss die Fußfessel einer Frau, die liegend in den Schlick eingesunken war. Beherzt zerrte er die in ein knapp sitzendes Kleid gehüllte Fremde hervor. Norman fing sie auf, ehe sie vor ihnen aufschlagen konnte.

„Sei doch vorsichtig!" Er bettete die ungewöhnlich schwere Frau auf den Boden.

„Ich kenne diese ... diese Baugruppe", sagte Max. „Esss handelt sich um eine SX-293."

Norman betrachtete die gutgebaute Frau interessiert. Sie sah aus, als würde sie bloß schlafen. Das Haar klebte dreckstarrend an ihrem Kopf. Welche Farbe ihr schlammbesudeltes Kleid einst gehabt hatte, war nur noch zu erahnen. Das Kleidungsstück war zerrissen und eine Brust entblößt.

„Sie sieht verdammt lebensecht aus."

„Das war das Ziel ihrrrerrr Konstrukteure", erläuterte Max mit enervierendem Tremolo in der Stimme. „Diese Maschinen sind darauf ... darauf programmiert, ihrem Besitzer jeden nur erdenklichen Wunsch zzzu erfüllen. Darüber hinaus eignen sie sich herrrvorragend als Bodyguard."

„Ist sie denn wohlauf?"

Max nickte mit quietschendem Halsgelenk. „Ihre Mechaniken und die Prozessoren scheinen makellos ... los. Die Enerrrgie in den Speichern ist allerdings fast ... fast aufgebraucht. Gewöhnlich werden die Akkus dieser Baureihe durch Sonnenenergie aufgeladen, die der Roboter über seine Solarhaut ... haut aufnimmt. Das ist aber nicht der alleinige Grund dafürrr, warum diese Maschine hier so viel Blöße ... Blöße zeigt."

„Wir müssen sie ins Freie bringen."

„Esss dringt aberrr doch kaum Sonnenlicht durch die Wolkendecke ... decke", gab Max zu bedenken. „Der Ladevorrrgang könnte Tage dauern."

„Und wenn schon. Ein weiterer Roboter wäre für unsere Gruppe ein großer Gewinn." Norman grinste böse. „Zumal wir nur über ein defektes Exemplar verfügen."

„Es ist ... ist unangebracht, in diesem Zusammenhang meine Verrrsehrtheit ins Spiel zu bringen", beschwerte sich Max.

„Fass mit an!" Norman packte die Roboterfrau an den Handgelenken. „Wir schaffen sie aus dem Haus."

Max gehorchte. „Sie könnte darauf konditioniert sssein, Eindringlinge anzugehen", merkte er an, während sie die Maschine in das Zimmer mit der fehlenden Außenwand hinübertrugen. „Wenn sie genug Energie getankt hat, wird sie uns vielleicht angrrreifen."

„Du bist ein Polizeiroboter. Dir wird schon etwas einfallen."

Norman feixte vor Glückseligkeit. Mit den Frauen seiner Gruppe hatte er nie so recht warm werden können. Er war ihnen zu eigenbrötlerisch und sonderbar. Das spielte jetzt keine Rolle mehr. Denn wenn es ihm gelang, die Roboterfrau umzuprogrammieren, damit sie in Zukunft statt auf Rasmussen auf ihn konditioniert war, hätte er eine maßgeschneiderte Partnerin an seiner Seite und brauchte sich mit den anderen Frauen nicht mehr rumzuärgern. Er musste sich bloß an den Rechner im Entwicklerzimmer setzen, die Konditionierungsmatrix der SX-293 aufrufen, die entsprechenden Änderungen vornehmen und per Funk an die Prozessoren der Maschine senden. Und schon war sie sein.

Und wenn er damit fertig war, konnte er endlich Rasmussens letzte Spielkreation testen.

Damit Max ihm während seines Vorhabens nicht in die Quere kam, befahl er ihm, draußen bei der SX-293 Wache zu halten. Schließlich kehrte er ins Haus zurück, hastete durch den Korridor, stieg über Rasmussens Leichnam hinweg und setzte sich in den Sessel. Mit erwartungsvollem Eifer heftete er die Kontaktplättchen an seinen Körper, streifte sich die Handschuhe über und setzte den Helm auf. Da die Anlage nicht heruntergefahren worden war, brauchte Norman nicht einmal ein Passwort einzugeben, um sich Zugriff auf das System zu verschaffen. Die Programme, die Rasmussen zuletzt benutzt hatte, waren alle noch aktiv.

Norman beendete den Hilferuf, den der Rechner permanent ins nicht mehr vorhandene Netz, an nicht mehr vorhandene Adressen versendete. Rasmussen hatte auch Kontakt mit seiner SX-293 hergestellt, wahrscheinlich, um ihr zu befehlen, ihn aus seinem Gefängnis zu befreien. Doch die Roboterfrau war in dem gefluteten Fahrstuhl gefangen gewesen und konnte ihm nicht helfen.

Nives lautete der Name der SX-293, wie Norman jetzt erfuhr. Ihre Konditionierung zu ändern, stellte sich als weitaus schwieriger heraus, als er erwartet hatte. Doch er war im Programmieren nicht ganz ungeübt, und so gelang es ihm nach mehreren Stunden harter Kopfarbeit endlich, Rasmussens in dem Konditionierungsspeicher abgelegte biometrische Daten durch seine eigenen zu ersetzen.

Versuchsweise forderte er Nives auf, ihm eine Statusmeldung zu überspielen. Daraufhin teilte ihm eine rauchige Frauenstimme über den Helmlautsprecher mit: „Meine Energiespeicher sind fast vollständig aufgefüllt."

Norman war verblüfft, woraufhin ihm von einem Hilfsprogramm kurz erläutert wurde, warum die Energiespeicher der SX-293 trotz stark gefilterter Sonnenstrahlen so schnell aufladen konnten. Nives' Unterhautgewebe war mit Kapillaren durchzogen. Die darin enthaltene Flüssigkeit wurde bei Hautkontakt zum Zirkulieren gebracht und so die Micro-Dynamos angetrieben, die die Energiespeicher aufluden.

Norman schaltete die visuelle Wahrnehmung des Roboters auf sein Helmvisier. Draußen regnete und stürmte es heftig. Der niederprasselnde Regen und die Böen hatten Nives' Kapillarflüssigkeit in Wallung versetzt und ihre Energiespeicher aufgeladen, erkannte er. Max schien von dieser unerwarteten Erweiterung der SX-293 keinen Schimmer zu haben. Apathisch stand er im strömenden Regen da und rührte sich nicht. Norman überlegte: Max' Berechnungen zufolge würde es noch viele Stunden dauern, bis die SX-293 soweit aufgeladen war, dass sie ihnen folgen konnte. Ihm blieb also noch genügend Zeit, sich mit dem Game zu befassen, an dem Rasmussen zuletzt gearbeitet hatte.

Voller Vorfreude startete er das Spiel.

Es dauerte einen Moment, ehe er begriff, dass es sich bei dem trostlosen Panorama, das sich auf seinem Visier ausbreitete, nicht um eine Außenaufnahme handelte, sondern um das Begrüßungsbild des Videogames. „After The Impact“, verkündete eine eingeblendete, zerschundene Schriftzeile. Sturmgepeitschter Regen stürzte aus Aschewolken nieder, in denen es unheilverkündend blitzte und wetterleuchtete.

Ein Teaser wurde abgespielt. Der Zusammenschnitt zeigte Szenen der Katastrophe, die für das eigentliche Spielsetting verantwortlich war. Der Einschlag des gigantischen Meteoriten, die Zerstörung der Städte und der Landschaften durch Erdbeben, Tsunamis und Vulkanausbrüche. Die menschliche Zivilisation ging den Bach runter. Übrig blieben einige wenige, die Banden bildeten, um ihr Überleben zu sichern. Auf der Suche nach Nahrung und einer Bleibe wanderten die Gruppen durch postapokalyptische Landstriche, in denen hungrige Tiere, lebensbedrohliche Hinterlassenschaften der Menschheit oder andere Überlebenden-Gangs auf sie lauerten.

Norman konnte es nicht fassen. Rasmussen hatte ein Game kreiert, dessen fiktive Handlung inzwischen Wirklichkeit geworden war.

Da Norman Rasmussens biometrische Daten durch seine eigenen ersetzt hatte, sah der Avatar des Spielhauptcharakters, der Meister hieß, wie Norman selbst aus. In dem Game war er der Anführer einer Gruppe, zu der auch ein Roboter gehörte. Es handelte sich um Nives. Rasmussen hatte seine SX-293 in das Spiel integriert und eine direkte Verbindung zu ihren Schaltkreisen hergestellt.

„Die Teilnahmemöglichkeit eines echten Roboters scheint das Besondere an diesem Game zu sein“, überlegte Norman flüsternd. „Im Multiplayer-Modus kann der Dienstroboter eines Haushaltes so an dem Spiel mitwirken. Einfach genial.“

Damit das Spiel für ihn einen zusätzlichen Reiz erhielt, verlieh er dem Roboter der My-Gang, die mit seiner heftig verfeindet war, Max' Aussehen.

Nachdem er diese Programmieraufgabe gemeistert hatte, stellte er fest, dass Rasmussen Nives' System zusätzlich mit dem Programmierbereich des Spiels verbunden hatte. Wenn er den Sinn der daran mitwirkenden Subprogramme richtig interpretierte, sollte Nives in dem Game Bugs aufspüren und Ungereimtheiten in der Story automatisch beseitigen.

Norman tauchte in das Spiel ein. Noch während er seine Gruppe positionierte, um anschließend eine Quest zu starten, bemerkte er, dass Max sich an seinen Stützpunkt angeschlichen hatte. Nives stürzte auf ihn zu und verstrickte ihn in einen Kampf. Max war der SX-293, die einen wesentlich höheren Level besaß als er, hoffnungslos unterlegen und wurde schließlich besiegt.

Ein ungutes Gefühl beschlich Norman, und so klinkte er sich in Nives' Datenstrom ein, um nachzusehen, wie draußen der Stand der Dinge war. Durch die Optik der SX-293 sah er den am Boden liegenden Max. Das Gesicht des Roboters war in eine Pfütze getaucht. Er rührte sich nicht.

„Was ist mit Max los?", fragte Norman alarmiert.

„Ich habe ihn besiegt", antwortete Nives. „Die noch funktionstüchtigen Prozessoren dieses Schrotthaufens habe ich wie üblich mit deinem System verbunden, sodass du beim Programmieren jetzt zusätzlich auf diese Rechenleistung zurückgreifen kannst, Meister."

Norman fluchte. Es sah ganz danach aus, als könnte die SX-293 aufgrund der Verquickung mit der Programmierebene des Games Realität und Spiel nicht mehr voneinander unterscheiden. Hastig loggte sich Norman in den Programmierbereich ein, um die Verbindung zwischen Nives' Schaltkreisen und dem Programmiersektor zu trennen.

Fast eine halbe Stunde brauchte er, um die erforderlichen Schritte durchzuführen. Als er fertig war, musste er jedoch feststellen, dass sich Nives nicht mehr in Reichweite des Funkmoduls aufhielt und die Umprogrammierungssequenz sie nicht erreichen konnte.

Voller böser Vorahnungen rief er die letzte Videosequenz auf, die der Rechner gespeichert hatte, bevor der Kontakt zu Nives abgebrochen war. Ein heißer Schrecken durchfuhr ihn. Sie verfolgte die tief in den Schlick eingeprägten Fußspuren, die er und Max auf ihrer Wanderschaft hinterlassen hatten. Die Fährte würde sie zu seiner Gruppe führen, die auf seine und Max' Rückkehr wartete.

Norman, der den Charakter des neuen Rasmussen-Games nun ausreichend einschätzen konnte, wusste, was das bedeutete. Voller Panik riss er sich den Helm vom Kopf, entfernte auch die anderen Sesselkomponenten von seinem Körper und wollte nach draußen stürzen. Doch dann wurde ihm bewusst, dass er Nives auf keinen Fall rechtzeitig erreichen konnte.

Zögernd ließ er sich wieder in den Sessel sinken. Er ertappte sich dabei, wie er freudig die Rückkehr seiner Spielfigur erwartete. Müsste er nicht, seinem Gewissen folgend, darauf hoffen, dass seine Gefährten Nives Angriff überlebten? So oder so, es lag nicht mehr in seiner Hand.

Michael Rapp

Traumhaus

Das Surren der elektrischen Rollläden ließ ihn aus dem Schlaf aufschrecken. Profil für Profil ließen sie das Mondlicht herein, das sich über das Bett und Markus' Gesicht ergoss. Leise Klaviermusik schwebte aus dem Erdgeschoss über die Treppe empor und schlüpfte durch den Spalt der angelehnten Schlafzimmertür. Knirschend und summend glitt das Einfahrtstor auf. Das Haus träumte und war offensichtlich in geselliger Stimmung.

Markus rutschte vorsichtig zur Bettkante, bemüht, keinen Zug auf die Decke auszuüben. Er schlüpfte in seine Hausschuhe; dabei betrachtete er Klara, die im Schlaf lächelte. Ihre Lippen bewegten sich, ihr Kinn zuckte. Er beugte sich neugierig zu ihr hinunter, aber es gab keine Worte zu belauschen. Alles fand nur in ihrem Kopf statt – nun, nicht nur.

Er deaktivierte sein IxiLink-Implantat, nahm dann das Sakko vom Bügel an der Kleiderschranktür und zog es über den Seidenschlafanzug. Als er über die Treppe ins Erdgeschoss stieg, entriegelte sich die Haustür mit leisem Klicken. Die Raumthermostate drehten auf und ein warmer Strom ergoss sich in die Windungen der Fußbodenheizung.

Im Wohnzimmer wirbelte eine schlanke Gestalt ungelenk um ihre Achse. Das Musikstreaming wechselte zu Schumanns Cello Concerto in A; zugleich wurde die Musik leise, bis sie fast mit den Geräuschen der Nacht verschmolz und an der Hörbarkeitsgrenze durch den Raum geisterte. Haushaltsroboter Velten ließ sich aufs Sofa fallen. Der metallene

Concierge drückte sich in das Polster, lauschte, dann spähte er über die Armlehne.

Velten flüsterte: „Wo ist er? … Nein, … nein.“ Vor ihm auf dem Wohnzimmertisch stand ein Glas Merlot, was die roten Flecken auf seinem ansonsten weißen Videopigment-Oberkörper erklärte. In wachem Zustand war Klara hervorragend mit ihrem Link. Aber im Schlaf erschien es, als fülle ihr Geist das ganze Haus und jede verbundene Maschine darin.

Eigentlich sollte sich der Link abschalten, sobald seine Trägerin einschlief. Bei Klaras Implantat funktionierte diese Sicherung schon seit Wochen nicht mehr. Das war eine interessante Entdeckung gewesen: Markus war nachts zum Kühlschrank gegangen, um sich ein Glas Milch zu holen, und hatte Velten überrascht, der eine Orgie mit dem Weihnachtsgebäck veranstaltete. Spritzgebäckkrümel und Eierlikör überall.

Natürlich hatte er Klara am nächsten Morgen von seiner Entdeckung berichten wollen. Doch als die Gelegenheit kam, hatte er geschwiegen, weil es ihn fasziniert hatte, auf diesem Weg Zugang zu ihren Träumen zu haben. Und je öfter er sich mit Velten unterhalten hatte, desto mehr Gefallen hatte er an der Traumklara gefunden. Gemeinsam hatten sie unsichtbare Gäste empfangen, hatten gekocht, Kobolde gejagt und sich versteckt – vor Geistern aus der Kindheit. Am nächsten Morgen musste er nur die Spuren beseitigen und die Aufzeichnungen im Haussystem löschen.

Klaras Gesichtsausdruck war unbezahlbar, wenn er ihr das Frühstück servierte, das sie eben noch zusammen zubereitet hatten, oder er scheinbar ihre Wünsche erriet, derer sie sich selbst nicht bewusst gewesen war.

Velten sprang vom Sofa auf und wirbelte mit nach vorn gestreckten Armen um seine Achse, als würde er von einem Unsichtbaren herumgeschleudert.

„Lass mich los", bettelte Klara. Velten glitt aus und fiel rückwärts auf den Boden. Der Teppich dämpfte den Aufschlag.

Markus klopfte sacht gegen den Türrahmen, woraufhin Velten zusammenfuhr und den Kopf drehte.

„Markus?" Der Roboter, schaute verwirrt. „Was tust du hier? Bist du nicht bei der Arbeit?"

„Hallo, Sonnenschein." Er setzte sich neben Velten auf den Teppich und ergriff seine Hände, den einzigen Teil der Maschine, der mit Berührungssensoren ausgestattet war. „Was ist los? Das sah ziemlich wild aus."

Veltens Kopf hob und senkte sich die ganze Zeit, als würde er angestrengt atmen, seine Hände zitterten. „Ja, das war übel. Es wollte mir dieses Ding ins Gehirn stecken."

Das war der erste richtige Albtraum, den Markus miterlebte, und der war durchaus furchterregend. Nicht zuletzt wegen des wie aus der Ferne klingenden Cellos, untermalt vom Rauschen der Fußbodenheizung. Was für ein Spaß. Er war schon gespannt, wie sich die Geschichte entwickeln würde.

In der Küche klickte etwas, piepte und rollte leise durch den Raum. Velten spähte über Markus' Schulter.

„Es ist da drüben und schleicht herum", flüsterte Klara und Velten schmiegte sich an Markus.

„Sie lässt den Robosauger herumfahren", dachte Markus beeindruckt. „Es? Ich habe es nicht gesehen, beschreibe es mir."

„Eine Maschine." Velten blickte gehetzt um sich. „Es ist hinter meinen Gedanken her. Es weiß alles über mich. Ich will aber nichts mehr verraten."

Der Roboter versuchte aufzustehen, doch hier versagten Klaras Steuerkünste. Markus musste Velten unter die Arme greifen und ihm aufhelfen. Sofort fasste Velten seine Hand und zog ihn in Klaras Arbeitszimmer, von dem aus sie tagsüber für das Bürgerhospital medizinische Sprechstunden im Internet hielt. Ein antiker Schreibtisch mit Ledersessel stand vor der Rückwand, die ein hochauflösender Holo-Monitor bedeckte. Die Diagnose- und Assistenzdienste waren auf Standby. Velten zog Markus hinter die Tür und lauschte.

Plötzlich ließ Klara alle Fenster aufschwingen, sodass frische Nachtluft hereinwehte. Rollläden knirschten.

„Ich höre es", sagte Markus mit gespielter Angst und kratzte mit den Fingernägeln über die Wand, um auch einen Beitrag zur Atmosphäre zu leisten. „Wir sind hier nicht sicher."

Veltens Hand drückte seine schmerzhaft zusammen. „Wir müssen hoch." Sie stürzten aus dem Zimmer Richtung Treppe. Bevor sie den Absatz erreichten, stellte sich Markus Velten in den Weg. „Nein, lass uns in die Küche gehen." Er konnte nicht zulassen, dass sie sich selbst schlafen sah.

Velten starrte ihn an. Plötzlich stieß der Roboter ihm die Handflächen so fest gegen die Brust, dass Markus gegen die Wand taumelte.

„Ihr steckt unter einer Decke."

„Was? Nein!" Markus rieb sich die schmerzende Brust.

„Du weißt immer alles, weil die Maschine es dir verraten hat. Du willst, dass sie in meinen Kopf schaut und dir sagt, was ich denke, damit du dich über mich lustig machen kannst."

„Ich habe mich nie über dich lustig gemacht."

„Du wusstest von dem Kochkurs, den du zum Geburtstag bekommst, obwohl ich es niemandem verraten habe. Außerdem hast du gelacht, als ich Indien als Urlaubsziel vorgeschlagen habe, und dann wolltest du nicht sagen wieso."

„Du möchtest gern einen Elefanten streicheln, weil deine Mutter es dir verboten hat, als du ein Kind warst. Daran hast du dich erinnert, als du diesen Bollywood-Klassiker mit den tanzenden Elefanten gesehen hast. Das ist doch süß."

In der Küche stieß der Robosauger gegen den Altglasbehälter und verursachte ein lautes Klirren.

„Das hat die Maschine dir gesagt!" Velten stieß Markus beiseite und spurtete los, zurück ins Wohnzimmer.

„Du hast es mir gesagt", widersprach er, zögerte aber, ihr nachzulaufen. Im Traum, so hatte er beobachtet, herrschte eine Logik der Eskalation, die jeden Konflikt bis auf die Spitze trieb. Wenn er sie verfolgte, würde sie die Geschichte weiterspinnen mit ihm als Schurken. Vielleicht war es klüger, Klara heute in Ruhe zu lassen. Doch dann wurde die Balkontür aufgerissen und Veltens Schritte klangen auf dem Granit der Terrassenplatten.

„Klara!" Markus folgte ihr.

Die Tür stand offen. Leichter Regen fiel aus einem schwarzen Himmel. Das Licht der Wandleuchte reichte gerade so über die Terrasse. Dahinter erstreckten sich zweihundert Quadratmeter Rasen. Velten war nicht zu sehen.

Markus trat hinaus auf die Platten. Kalte Nachtluft strich über sein Gesicht.

„Lass es mich erklären", sagte er und blickte hinter die Bank in die Dunkelheit der Ligusterhecke. Die Nachbarskatze huschte davon. Er richtete sich auf und zögerte. Links ging es über den Plattenweg zur Garage, rechts über den feuchten Rasen zur Gartenhütte. Er lauschte vergeblich nach Veltens Schritten. Entweder versteckte sich die Maschine oder Klara bewegte sie mit schlafwandlerischer Sicherheit. Markus klatschte in die Hände und spähte nach einer Reaktion, aber diesmal funktionierte der Trick nicht.

Allmählich kroch die Kälte unter sein Sakko; seine Zehen froren in den offenen Hausschuhen. Über den Plattenweg erreichte er die Garagentür, die er öffnete, dann betätigte er den Lichtschalter. LED-Leisten flammten auf. Markus umrundete das Elektroauto, blickte in das Wageninnere und hinter die Fahrräder.

„Komm wieder rein. Hier ist es eiskalt und nass."

Zwar fühlte Velten weder Kälte noch Nässe, aber im Traum hatten Worte große Macht.

Wieder lauschte Markus, als er ein Scheppern hörte, das aus der Gartenhütte kam. Er atmete auf und marschierte entschlossen über den Rasen, auch wenn seine Strümpfe nach wenigen Schritten klitschnass waren. Durch den Spalt der angelehnten Hüttentür konnte er Veltens Silhouette erahnen. Klara fürchtete sich vor ihm, Markus. Allein der Gedanke, dass sie mit diesem Gefühl aufwachen könnte, war ihm unerträglich. Vielleicht gelang es ihm, die Kontrolle über die Geschichte zu übernehmen und sie umzuschreiben.

Er ging in die Hocke und atmete schwer. „Ich ... Ich habe es verjagt", sagte er mit schwacher Stimme. „Es ist weg, für immer. Ich verspreche dir, es wird nie wieder deine Geheimnisse verraten. Klara ..." Er fasste sich an die Brust und ließ sich dann ins nasse Gras sinken.

Veltens mechanische Hand umklammerte den Türrahmen der Hütte.

„Was hast du?", fragte Klara.

„Bitte hilf mir." Er streckte die Hand nach ihr aus. Gleich würde die Träumerin zu ihm laufen und ihn retten. Sie konnte gar nicht anders. Das war ihre Natur.

Doch stattdessen rief sie mit der Stimme des Haussystems laut aus der offenen Balkontür: „Komm schnell! Es ist draußen bei dir!"

Markus blickte über die Schulter zurück.

„Schnell!", rief Klara noch einmal durch den Wandlautsprecher. Das Licht im Wohnzimmer erlosch. Die Tür fiel ins Schloss.

Veltens Griff ließ das Holz des Türrahmens splittern. Markus fuhr bei dem Geräusch herum und erstarrte. Die Maschine löste sich aus der Dunkelheit, über das Weiß ihrer Videooberfläche huschte der Schattenriss eines Kopfes mit hoher Stirn, prägnanter Nase und krausem Haar.

„Bin ich das?“, fragte sich Markus überrascht. Schon war Velten über ihm, schloss die harten Finger um seinen Hinterkopf und drückte sein Gesicht in das nasse Gras. Markus strampelte und stemmte sich gegen den kalten, glatten Arm der Maschine, aber ihr Griff war eisern. Seine Faust krachte nutzlos in den Kunststoff von Veltens Seite. Der stechende Schmerz in seinem Handgelenk klärte seine Gedanken. Er tastete nach dem Notstopp-Schalter auf Veltens Brust und drückte ihn.

Hustend befreite sich Markus aus dem Griff der erstarrten Maschine, wischte sich Schmutz und Gras aus dem Gesicht und richtete sich auf.

„Ich bin kein Monster“, klagte er Velten an, über dessen Videopigmente immer noch die verzerrte Silhouette von Markus' Kopf hin- und herzuckte wie ein wütender Geist. Erschöpft humpelte er zur Terrassentür.

„Klara, lass mich rein!“, rief Markus leise. Das Licht in der Küche flackerte, also hörte sie ihn. Doch das Wohnzimmer blieb zu. Als er durch die Garage und um das Haus herumging, schlossen sich die Fenster, das Hoftor glitt zu und auch die Haustür war verriegelt. Sogar sein Link ließ sich nicht mehr aktivieren. Irgendwie musste sie ihn blockiert haben. Markus starrte auf den goldenen Klingelknopf.

Wie sollte er das erklären, wenn er sie jetzt weckte? Er draußen, nass und schmutzig und Velten im Garten erstarrt. Die Aufzeichnungen des Haussystems würden ihr alles verraten. Sie musste nur auf dem Weg zur Tür das Protokoll auslesen, um zu prüfen, wo Velten steckte, und wäre sofort im Bilde. Für Markus gab es nur eine Möglichkeit, das zu verhindern: den Balkon. Dort könnte er über das Steuerelement der Markise auf das Haussystem zugreifen, die Tür zum Schlafzimmer öffnen und das Protokoll löschen.

„Morgen sage ich ihr das mit dem Link“, schwor er reumütig.

Markus holte die Leiter aus der Garage und lehnte sie auf der Terrasse an den Balkon. Er kletterte hoch, stieg über das schwankende Balkongeländer und tippte seinen Zugangscode in die Steuerung. Das Menü leuchtete grün auf, um dann vollständig zu erlöschen. Klara hatte ihn ausgesperrt. Während er noch leise fluchte, kam die Leiter hinter ihm in Bewegung. Er fuhr herum und warf sich auf das Geländer, aber seine Finger erreichten den Holm nicht mehr. Velten hielt das obere Ende knapp aus seiner Reichweite, als wollte er ihn verspotten.

„Stell die Leiter zurück!“, fauchte Markus.

Hinter ihm im Schlafzimmer ging das Licht an, ein Fensterflügel wurde geöffnet. Klara blickte schlaftrunken zu ihm heraus.

„Velten? Was zum Teufel treibst du auf dem Balkon?“ Sie wandte sich um. „Markus, schau mal … Komm schon, wach auf!“

Markus betrachtete sein Spiegelbild in der Scheibe der Glastür, das runde weiße Gesicht mit den großen blauen Augen. Er fuhr aus dem Schlaf hoch, sein Herz hämmerte gegen den Brustkorb. Er drehte sich auf der Matratze und zog das Kopfkissen über das Gesicht.

„Ich glaube, dein Link spinnt“, sagte Klara, setzte sich neben ihn und streichelte tröstend seine Schulter.

Arno Endler

Entscheidungshilfe

„Und?“ Consultant Sturmberg schaute uns voller Erwartung an. Vielleicht eine Spur zu hoffnungsvoll. Waren wir wirklich so schwierig? Komplizierter, zaudernder, anstrengender als andere Kunden? Fiel gerade uns die Auswahl extrem schwer?

Lilian setzte sich auf, verhedderte sich dabei zum wiederholten Male in den Verbindungskabeln. Eine der Stirn-Kappen kullerte herab.

„Oh, Verzeihung“, murmelte sie, sichtlich emotional aufgewühlt.

„Das macht doch nichts“, log die Beraterin geschäftsmäßig.

Ich wartete, bis meine Frau sich gefangen hatte. Besonders schlimm hatte ich es diesmal nicht empfunden. Daher lauerte ich auf das Haar in der Suppe, das Lilian sicherlich gefunden hatte.

Mit tränengefüllten Augen blickte sie mich an.

Mir langte es langsam. Ich mochte nicht mehr, und ihr ach so gefühlsmäßiges Getue ging mir gehörig auf den Zeiger. Wenn unsere Eltern ein derartiges Geschiss gemacht hätten, wäre keiner von uns auf der Welt, dachte ich. Aber ich schwieg und setzte ein gespanntes Lächeln auf.

„Was meinst du, Schatz?“, fragte Lilian, die genau wusste, wie sehr ich dieses Kosewort hasste.

„Nun, ich bin da neutral. Sah doch gut aus, oder?“

Mehr wollte ich nicht sagen. Sie würde den Rest schon übernehmen.

Ich registrierte das Aufwallen, die unruhige Bewegung der Hände, die weit aufgerissenen Augen und dann ging es los.

„Wirklich? Neutral?“ Sie schüttelte den Kopf. „Was war mit dem Urlaub? Am Strand schlug Marius den armen kleinen Jungen mit der Schaufel! Als wir ihn zurechtwiesen, hat er mich getreten. Getreten, Joaquin!“

Endlich mein richtiger Name. So ernst war es also. Und obwohl Lilian klar sein musste, dass ich die Szene nicht selbst miterlebt hatte, setzte sie voraus, dass ich genauso empört zu sein hatte. Sie begann zunehmend, Wirklichkeit und virtuell Erlebtes zu vermischen.

Mit einem Seitenblick erkannte ich die beinah greifbare Enttäuschung der Beraterin. Sie senkte den Kopf.

Ich widmete mich blitzschnell wieder Lilian, der meine Nichtaufmerksamkeit zum Glück nicht aufgefallen war.

„Es ist ein Junge“, argumentierte ich schwächlich.

„Ein Junge, ein Junge. Soll das eine Entschuldigung für dieses Verhalten sein? Was war mit der Party, bei der er das Haus verwüstete? Dann riss er auch noch aus. Wir können froh sein, dass er wenigstens an die Uni zurückkehrte. Aber das ständige Studiengang-Hopping ... Ich weiß nicht. Was soll mal aus ihm werden?“ Lilian vergrub den Kopf in ihren Händen.

„Liebling“, flüsterte ich. „Es ist doch nur eine Extrapolation, wie Consultant Sturmberg uns erklärte. Die tatsächliche Entwicklung unseres Kindes könnte völlig anders aussehen.“

Ich sah das Zucken im Gesicht der Beraterin, als ich das Wort „völlig“ aussprach. Ich hob die Hand, damit sie nicht widersprach. Natürlich verfügten sie bei Wish-Child-Corp über einen gewaltigen Fundus an Vergleichsdaten aus mehreren Jahrzehnten. Sturmberg hatte geradezu geprahlt, dass ihre Maschine die zukünftigen Ereignisse mit einer Trefferwahrscheinlichkeit von 83 Prozent errechnete. Deswegen hatten wir auch entschieden, von dieser Firma unser Kind designen zu lassen.

„Üblicherweise brauchen Paare etwa vier Empfehlungen, bevor sie sich entscheiden“, warf die Beraterin in die peinliche Stille ein. „Sie liegen ein wenig darüber.“

Es handelte sich um den achtzehnten Vorschlag der Gesellschaft, aus unseren Genen – mit den üblichen Verbesserungen – ein Kind zu designen.

„Aber wir geben nicht auf. Niemand ist bislang von Wish-Child enttäuscht worden“, verkündete die junge, blonde Frau in dem grünen Laborkittel, der ihre schlanke Gestalt sanft umschmeichelte.

„Falls Sie noch ein wenig Zeit übrig haben, könnten wir die nächste Reise starten“, schlug Sturmberg vor.

Reise. So nannten die Consultants es. Und auch in den Werbebroschüren versprach man den zukünftigen Eltern eine Art Urlaub. Dazu musste man sich lediglich einer fünftägigen psychologischen und physiologischen Marathon-Test-Tortur unterziehen.

Man wurde befragt. Es gab Einzelgespräche und Paarsitzungen. Stetig überwacht von Wish-Master, der sensationellen Entwicklung auf dem Gebiet der Ereignis-Extrapolation, wie es sensationsheischend hieß. Der Wish-Master verarbeitete alle Daten und schuf aus den von mir gespendeten Samen und den von Lilian abgesaugten zwanzig Eizellen die virtuellen Kinder, deren Leben wir verfolgen durften.

„Und? Wie sieht es aus?“, fragte Sturmberg mit einem aufmunternden Lächeln.

„Ja, Schatz?“, meinte Lilian. „Sollen wir noch mal?“ Sie schniefte.

„Klar, Lil. Den einen Versuch sollten wir heute noch starten.“

Die Beraterin nickte. „Dann werde ich Sie beide für die Reise vorbereiten."

Noch eine Reise. Lilian wurde erneut verkabelt.

Ich lehnte mich in den bequemen Ganzkörper-Sessel zurück, starrte ein letztes Mal auf Sturmbergs Po, der sich keck gegen den Kittel drängte, während sie sich über meine Frau beugte.

Der Raum, von der Corporation euphemistisch als Urlaubsort bezeichnet, war himmelblau gestrichen. Eine indirekte Beleuchtung verhinderte eine Blendung. Neben den beiden Sesseln gab es die elektronische Schrankwand, in die die Kabel unserer neuronalen Verbindung verliefen. Irgendwo hinter dieser Wand musste der Zentralrechner, der Wish-Master, positioniert sein.

Sturmberg war mit meiner Frau fertig. Sie stellte sich dicht neben meinen Sitz und kontrollierte die kleinen Saugnäpfe an meiner Stirn. Ich roch ihr Parfüm und ein wenig Schweißgeruch. Offenbar hatten wir sie bis an die Grenze gebracht.

„Die Brille?", meinte sie.

„Wollen Sie mir nicht viel Glück wünschen?", erwiderte ich.

„Gute Reise", sagte sie.

Ich setzte die Virtual-Reality-Brille auf.

„Los, Cowboy. Stürz dich ins Vergnügen!", murmelte ich ganz leise, denn nun begannen wieder fünf Tage.

***

„Lilian trägt das Bündel aus der Klinik. Sie lächelt. „Ist er nicht süß?", fragt sie.

Ich nicke. Pflichtschuldigst beuge ich mich über das eingepackte Etwas mit den dunklen Haaren. Marius ist still. Sein Mund zuckt, als wenn er an der Mutterbrust nuckeln würde.

***

Ich wusste, dass dieser Einstieg nicht zu den fünf Tagen im Leben unseres potenziellen Kindes zählte. Es stellte eine Art Einstimmung dar, damit die Eltern sich an die virtuelle Realität anpassten.

Der erste Tag brach an.

***

Wir stehen halb ängstlich, halb freudig vor dem kleinen Kindergarten, der nur wenige Häuser von unserem Bungalow entfernt liegt.

Marius kräht fröhlich vor sich hin, winkt seinem Freund Preben zu, der in den letzten Wochen oft bei uns war. Er ist nicht ganz der richtige Umgang, aber Marius hat ihn in sein Herz geschlossen. Die beiden sind unzertrennlich.

Ich streichle meinem Sohn über die blonden dünnen Haare, die sich an den Rändern zu Locken aufgewickelt haben. Ich fühle mich wie ein Verräter, ihn gleich einfach abzuliefern. Doch so will es die Leiterin des Hortes.

Marius deutet auf die Wiese mit den Spielgeräten. „Schautel!“, ruft er. Mit dem K klappt es nicht so gut. Die Logopädin ist jedoch guter Hoffnung, das Problem in den Griff zu kriegen.

„Eine Schaukel, Marius“, verbessert Lilian. „Schau-kel!“

„Ja. Will schauteln.“

Marius ist ein fröhliches Kind. Leicht zu erziehen, keine Krankheiten bislang, die uns von der Arbeit abgehalten hätten, und nun ist es an der Zeit, ihn loszulassen. Wenn auch nur für drei Stunden am Tag.

Eine blutjunge Frau taucht auf. Sie kommt uns entgegen. Sie nimmt Marius an die Hand. Er kennt sie bereits von den drei Probebesuchen.

„Wollen wir spielen gehen, Marius?“, fragt sie ihn.

Er nickt, der kleine vertrauensselige Junge. Mein Junge.

Mir stehen die Tränen in den Augen, als er sich ein letztes Mal umdreht. „Papa?“, ruft er. Da zerrt ihn die Erzieherin einfach mit.

***

Ich spürte mein Herz schlagen. Sehr heftig, beinahe schmerzhaft. Klar war es Lilians Vorschlag gewesen, ein Kind in unsere Partnerschaft einzubauen. Aber auch ich hatte Gefühle und ich wusste, dass ich Marius würde lieben können.

Der zweite Tag folgte.

***

„Mathe macht keinen Spaß“, mault Marius und wirft seinen Bleistift entnervt gegen die Wand in der Küche.

„Ach komm“, wiegele ich ab. „Lass uns die Aufgaben mal analysieren.“

„Warum muss ich den Schrott lernen?“, meutert mein Zehnjähriger laut.

„Nun, um beispielsweise ausrechnen zu können, wie viele Bleistifte du schon gegen die Wand geworfen hast.“ Ich deute auf die vielen schwarzen Punkte und Striche. „Mama wird nicht begeistert sein.“

„Die kann ja auch kein Mathe.“

Stimmt, denke ich. Laut antworte ich: „Aber ich. Und ich würde es dir gerne beibringen.“

Marius kratzt sich am Kopf. Seine Locken verleihen ihm das Aussehen eines Engels.

Ich kann gar nicht zählen, wie viele Mädchen in seiner Klasse ihn anhimmeln.

Faul ist er nicht. Seine Noten sind gut. Nur mit Zahlen steht er auf Kriegsfuß.

„Können wir es noch mal versuchen?“, frage ich.

„Ja.“

„Nach den Aufgaben können wir draußen noch ein Paar Bälle werfen, okay?“

Marius ist mit Feuereifer dabei.

***

Die Entscheidung für ein Design-Kind lag bei Lilian. Sie wollte keine natürliche Geburt, fürchtete um ihren edlen Körper.

Ich hätte es auch mit einem Zufalls-Kind probiert, aber in unserem Bekanntenkreis rieten sie alle davon ab. Ihr habt doch das Geld, hieß es. Warum ein Risiko eingehen? Geht zu Wish-Child. Die haben uns dort geholfen, meinten sie. Es sind die Besten.

Der dritte Tag begann.

***

„Mein Zimmer“, erklärt Marius mit unterdrückter Begeisterung. „Da ist mein Bett, dort pennt Preben.“

Die beiden Kumpels haben es an dasselbe College geschafft. Hundert Meilen von zu Hause. Lilian ist mit der Entscheidung nach wie vor nicht einverstanden.

„In Stanton hättest du ein Einzelzimmer bekommen“, sagt sie.

„Stanton. Du immer mit deinem Stanton, Mama. Ich will gar kein Einzelzimmer. Ein Doppelzimmer bringt Fun, glaub es mir.“

„Es ist ja nur, weil Preben hierhin wollte“, beschwert sich Lilian.

„So ein Unsinn! Ich kann hier Baseball spielen und mich auf das Mathestudium vorbereiten. In Stanton gibt es kein Team."

„Aber ..."

„Lass gut sein, Lil", unterbreche ich meine Frau. Ich kann ihre Gefühle nachvollziehen. Allerdings muss Marius nun seine eigenen Entscheidungen treffen.

„Ist ein cooler Campus", sage ich, um die angespannte Stimmung zu lösen.

„Ja, Dad. Für die Freshmen veranstalten sie eine Party. Direkt am Samstag."

Ich erinnere mich an meine erste Freshmen-Sause. „Lass die Finger von den harten Sachen, Junge. Gibt nur Kopfschmerzen und leistungsfähiger bist du dadurch auch nicht. Denk an die Möglichkeiten." Ich blinzele ihm zu.

Marius grinst.

„Joaquin!", ermahnt mich Lilian.

„Schon gut", wehre ich ab und hebe beide Hände. „Zeig uns doch mal das Spielfeld."

***

Ich fragte mich, wie Lilian diese „Reise" erlebte. Bislang war ich überaus zufrieden. Gleichwohl dies für fünfzehn weitere Kandidaten gegolten hatte.

Vielleicht waren wir einfach kein ideales Paar, um Eltern zu sein. Möglicherweise lag es an uns, dass Marius sich nie so entwickelte, wie Lilian es haben wollte.

Ich sinnierte darüber, ob nicht ein Mädchen die bessere Alternative wäre. Aber Lil hatte sich einen Jungen gewünscht.

Der vierte Tag blitzte in mein Gehirn.

***

„Ich bin hier, meinen Sohn abzuholen, Officer“, sage ich.

„Name?“, knurrt mich der Uniformierte hinter dem Tresen und der Glasschutzwand an.

Ich reiche ihm meinen Pass und die fünfhundert Dollar Kaution über die Durchreiche. Er nimmt sie.

„Setzen Sie sich hin. Ich bringe ihn gleich.“ Freundlichkeit ist nicht seine Stärke. Er reicht mir meinen Pass.

Ich nicke ihm zu und gehe zurück zu der Sitzbank, auf der man sich selbst wie ein Verbrecher fühlt.

Lilian heult. Die Schminke ist schon ganz zerlaufen. Sie trägt das körperbetonende grüne Kleid. Es ist unser Hochzeitstag.

Das Candel-Light-Dinner hätte so romantisch sein können. Ich wollte, dass es perfekt wird, um uns ein wenig über die Probleme der letzten Zeit hinwegzuhelfen. Wir löffelten gerade den zweiten Gang, als der Anruf kam. Jetzt sitzen wir in der Polizeistation und warten.

Marius wird von einem Polizisten durch eine Tür geleitet.

„Hier ist er“, sagt der Beamte, deutlich netter als sein Kollege, bei dem ich bezahlt habe. „Sollte vielleicht in der Auswahl seiner Freunde etwas vorsichtiger sein.“

„Danke, Officer“, entgegne ich.

Lilian kreischt: „Mein Junge, mein Junge.“ Sie fällt ihm um den Hals.

„Mama, so lass doch. Ist doch nichts passiert.“

„Was?“ Lilian löst sich von ihm. „Ihr seid unter Drogeneinfluss Auto gefahren.“

„Ich bin nicht gefahren“, widerspricht Marius.

„Es war dieser schreckliche Preben.“

„Lass ihn. Es ist doch nichts passiert.“ Marius sieht mich bittend an.

„Er hat dich zu Drogen verführt“, behauptet meine Frau.

„Ich kon-su-mie-re kei-ne Dro-gen!“

„Komm erst mal hier raus", schlage ich vor.

Marius senkt den Kopf und lässt sich von mir in den Arm nehmen.

Draußen ist es stockfinster. Auf dem Weg zu unserem Wagen kommen uns Prebens Eltern entgegen. Lilian setzt an, aber ich packe ihren Arm und flüstere eindringlich: „Nicht."

Dann sind wir am Auto. Ich warte, bis Marius sich umdreht. Im Licht der Straßenlampen wirkt sein blonder Lockenkopf engelsgleicher denn je. Ich spüre ein starkes Zusammengehörigkeitsgefühl. Er sieht mich an. Es sind meine Augen.

„Du weißt, dass du kurz vor dem Verweis von der Uni stehst?", sage ich leise.

Er nickt.

„Es sind nur noch sechs Monate bis zu deinem Master-Abschluss. Willst du das aufs Spiel setzen?"

Er schüttelt den Kopf.

„Antworte deinem Vater!", kreischt Lilian im Falsett.

Marius starrt sie an und ich erkenne die Kälte in seinem Blick.

„Du wirst dich einem wöchentlichen Drogen-Screening stellen müssen", erkläre ich ihm.

„Ich weiß. Ist kein Problem."

„Gut. Über alles andere können wir reden."

***

Ich wusste, dass diese Ereignisse der sichere vorzeitige „Tod" meines ungeborenen Sohnes sein würden. Dabei liebte ich ihn. Mit all seinen Fehlern.

Es gab da eine Hoffnung. Denn meine fünf Tage waren nicht die fünf Tage, die Lilian erlebte.

Beide Partner erhielten eigene Erlebnisse vom Wish-Master eingespielt. Somit konnte sich jeder sein persönliches Bild von der möglichen Zukunft machen. Zwei für eins, sozusagen. Auch dies betonten die Werbefachleute von Wish-Child. Mehr Experience für eine bessere Entscheidung.

Ich schluckte. Von diesem Über-die-Stränge-schlagen würde ich nichts erzählen dürfen, sonst war Marius Geschichte.

Der letzte Tag brach über mich herein wie ein Unwetter.

***

Rot in allen Schattierungen. Ich sehe Streifen und Flecken. Die Wand ist gesprenkelt. Ich frage mich, wie ich das sauber kriegen soll. Dann wundere ich mich, wie mir dieser Gedanke nur kommen kann.

Marius steht da. Sein Gesicht! Oh, mein Gott, sein Gesicht. Blutige Striemen. Aber das Blut ist nicht von ihm.

In seinen Händen hält er den Baseballschläger, von dem das Blut tropft. Ich fürchte, ebenfalls Gehirnmasse erkennen zu können.

„Dad?“

„Leg ihn weg!“, weise ich ihn an.

„Es …“ Er starrt den Batter an. Es ist der Schläger aus Aluminium, den ich ihm zu seinem 22. Geburtstag geschenkt habe.

„Es tut mir leid.“

Ich glaube ihm.

„Was ist geschehen, Junge?“ Blöde Frage. Lilian liegt auf dem Boden, den Schädel zertrümmert.

„Ich … Sie …“

„Bleib ruhig“, sage ich. „Von Anfang an. Was – ist – geschehen, Marius?“

Er trägt keine Kleidung, ist nackt. Mir fällt sein rasierter Körper auf. Kein Haar – nirgendwo.

„Sie hat uns gesehen." Endlich legt er den Schläger hin. Ein metallischer Ton, wie von einem Gong, hallt durch die Küche.

„Wen hat sie gesehen?"

„Mich und ..."

„Preben?", rate ich. Ich ahnte es, jetzt weiß ich es. Ich sehe es in seinem verwirrten Blick, der mir zuschreit: „Hilf mir!"

„Ja." Er senkt den Kopf. „Sie kam einfach in mein Zimmer. Ich ... wir lagen auf dem Bett. Wir ..."

„Du musst nicht weiterreden." Ich räuspere mich, meine Kehle fühlt sich ausgetrocknet an. „Was hat sie getan?"

„Geschrien, Dad. Wie eine Irre. Sie rannte runter. Ich hinterher. Sie wollte Prebens Dad anrufen. Aber der darf es nicht erfahren. Er würde Preben töten."

Ich mustere die Leiche meiner Frau. Lilian hält in ihrer rechten Hand das Telefon umklammert.

„Ich flehte sie an, sie dürfe das nicht tun."

„Aber sie hörte nicht?"

Marius schüttelt den Kopf.

Ich begaffe die Wand, wo die Urkunde hängt, die man ihm für die meisten Homeruns in einer Saison verlieh. Darüber der Platz für den Alu-Schläger. Mein Geschenk an ihn.

Lilians Beschwerden, dass *das Ding* dort nicht hingehört, ignorierte ich jahrelang.

„Es wird alles gut, Junge. Lass mich nur machen", sage ich.

***

Jemand riss mir die Brille vom Gesicht. Die Helligkeit, trotz des indirekten Lichts, blendete mich für einen Augenblick.

„Lilian, ich bitte Sie. So warten Sie", hörte ich Consultant Sturmberg.

„DAS IST ES", schrie meine Frau mir entgegen. Spucketropfen trafen mich auf der Nase.

Sie war doch tot. Erschlagen, zertrümmerter Schädel. Die Küche, das Blut. Marius!

Ich brauchte einen Moment, bevor der Nachhall der virtuellen Realität verging. Dies war das Hier und Jetzt. Wish-Child-Corp war die Wirklichkeit, in der ich lebte und Marius nicht einmal geboren. Mein Sohn, der mit einer Wahrscheinlichkeit von 83 Prozent seine Mutter töten würde.

Lilian strahlte. „Endlich. Es ist wie ein Traum, an den ich beinahe nicht mehr geglaubt hätte."

„Was?" Ich richtete mich auf.

Beraterin Sturmberg trat neben den Stuhl und sah mich irritiert an. „Ist alles klar bei Ihnen?"

„Ja, ja."

„Schatz. Bitte sage mir, dass du einverstanden bist. Dass deine fünf Tage genauso schön waren, wie meine." Lilian zerrte an meinem Arm.

„Gib mir einen Moment", bat ich sie. „Vielleicht waren es heute zu viele VR-Trips für meinen Kopf."

Sie trat einen Schritt zurück, sodass ich Gelegenheit bekam, meine Gedanken zu ordnen, das Geschehene zu rekapitulieren.

Die Zahl blieb vor meinem geistigen Auge. 83 Prozent. Es bestand eine Wahrscheinlichkeit von eins zu fünf, dass es so nicht eintreffen würde. Wie kam die Corporation auf diese Behauptung?

Es gab keine Aufzeichnung der fünf Tage. Wie also stellten sie fest, dass der Wish-Master zu vier Fünfteln richtig lag? Wish-Master. Was für ein seltsamer Name für einen Computer? Wie traf er überhaupt die Auswahl der fünf Tage und wessen Wünsche berücksichtigte er dabei?

Konnte es sein, dass er meine Ansichten von einer idealen Zukunft für wichtiger hielt als die meiner Frau, die alle potenziellen vorherigen Kinder abgelehnt hatte?

Spielte der Computer ein falsches Spiel, indem er meiner Frau eine alternative, ja idealisierte Vorstellung eines kommenden Lebens mit Marius vorgaukelte?

Ich starrte Lilian an.

„Gibst du dein Okay? Gibst du dein Okay?" Sie wiederholte diese Frage immerzu, bis ihre Stimme nur noch nervig klang.

„Aber ja, Schatz", antwortete ich. Sie hatte ihr Schicksal selbst in der Hand.

Vielleicht würde Lilian sich ändern.

Vielleicht auch nicht.

Dirk Alt

Die innere Landschaft

Nachdem Alexandra die Umgebung angestrengt mit den Augen abgesucht hatte, entdeckte sie ihren Sohn in der Mitte des abgemähten Feldes. Clemens trug seinen matrosenblauen Pyjama und stand am Fuß der einsamen, toten Eiche, die ihre Äste gravitätisch in den Sommerhimmel streckte. Offenbar hatte der Knabe Alexandra bemerkt – sie konnte erkennen, dass er das Gesicht unter dem blonden Haarschopf in ihre Richtung gewandt hatte.

„Ich sehe ihn und gehe jetzt auf ihn zu", teilte Alexandra Dr. Eiderwitz mit, doch hatte sie den Satz kaum ausgesprochen, als Clemens sich bereits hinter den säulenartigen Stamm der Eiche zurückzog. Während sie sich dem Baum näherte, bemerkte sie, dass sich in seiner Krone die Stoffbahnen eines Fallschirmes blähten, der sich darin verfangen hatte. Aus den Astlöchern stierten ihr Augen entgegen, die nur aus Pupillen zu bestehen schienen und in ihren Höhlen rollten wie schwarze Murmeln.

„Gibt es Anzeichen für eine Bedrohung?", erkundigte sich Dr. Eiderwitz, der ihre Stresswerte überwachte.

„Nein, keine", wiegelte Alexandra ab, die sich von den unruhigen Augen des Baumes taxiert fühlte. „Ich muss mich nur erst eingewöhnen. Er ist hinter einem Baum verschwunden, der mich anschaut. Ich bin bei dem Baum angekommen und gehe jetzt um ihn herum …"

Aber der Junge spielte wieder sein Spiel mit ihr: Minutenlang tastete sie sich vorsichtig am Stamm der Eiche entlang – dann baumelte plötzlich sein kleiner Körper an einer

Schlinge vor ihren Augen herab. Als wäre dies noch nicht schrecklich genug, hockte auf der Schulter des Jungen eine Krähe, die damit beschäftigt war, seinen rechten Augapfel aus dem gelblich verfärbten, eingefallenen Gesicht zu zerren. Alexandras Blick begegnete dem der Krähe, die den weichen Klumpen aus dem Schnabel fallen ließ und so heftig mit den Flügeln schlug, dass schwarze Federn in alle Richtungen stoben. Im gleichen Moment verlor Alexandra den Boden unter den Füßen. Sie packte instinktiv die vor ihrer Nase herabhängenden Beine ihres Jungen, wollte sich daran festhalten. Doch die Beine zogen sich, während Alexandra fiel, in die Länge wie weiße, kalte Spaghetti ...

***

Als Dr. Eiderwitz die Verbindung zwischen Alexandra und dem Imago-Skulptor trennte, griff die Patientin, die sich eben noch im freien Fall gefühlt hatte, reflexartig nach dem kreisrunden Applikator, der mittig auf ihrer Stirn saß. Nachdem ihre in geschliffenen, weinroten Nägeln auslaufenden Finger das Verbindungsstück einen Moment umzirkelt hatten, schlug Alexandra ihre eisgrauen Augen auf, in denen ein heftiger Zorn flammte und sogleich verlosch – wie ein trainierter Hund, dessen Temperament durch einen Ruck an der Leine gezügelt wurde. Sie entspannte ihre Gesichtszüge und ihren Körper, der ausgestreckt auf der opulenten, mit grünem Samt bezogenen Therapiecouch lag.

„Herr Doktor", gab sie durchatmend zu bedenken, „wenn Sie die Projektion immer in dem Moment unterbrechen, in dem es interessant wird, kommen wir niemals zum Ziel."

Dr. Karl Eiderwitz saß ihr schräg gegenüber auf einem mit Schnitzwerk verzierten Eichenstuhl, die Beine übereinandergeschlagen, den Oberkörper vorgebeugt, als meditierte er über dem in seinem Schoß liegenden Notizblock. Die untere Hälfte seines Gesichtes verbarg sich hinter einem ergrauten, ungekämmten Bart, der nur seine schmalen Lippen freiließ. Durch die zentimeterdicken Gläser seiner Brille (der letzte Schrei im psychiatrischen Milieu) schenkte er seiner Patientin einen nachsichtigen Blick. „Interessant womöglich schon, Frau von Agaue. Aber Sie müssen zugeben, dass wir uns leider im Kreis drehen."

Als Alexandra zur Erwiderung ansetzte, hob sich gebieterisch seine Hand: „Sie brauchen gar nicht zu erzählen, was genau Ihnen eben widerfahren ist. Es entspricht zweifellos dem gleichen Muster, das ich seit geraumer Zeit während unserer Sitzungen beobachte: Sobald Sie versuchen, sich der Imago Ihres Sohnes zu nähern, nimmt die Projektion eine Wendung ins Alptraumhafte. Und wenn es uns nicht endlich gelingt, diesen Mechanismus außer Kraft zu setzen, dann befinden wir uns, ehrlich gesagt, in einer Sackgasse."

Alexandras Kopf sank auf das Polster zurück. Sie richtete den Blick auf die hohe, mit Stuck verzierte Decke des Behandlungszimmers, während sich in ihrem Brustkorb das Stechen feiner Nadeln ausbreitete. Es gelang ihr, die Tränen niederzukämpfen. „Ich komme nicht dagegen an", gestand sie sich. „Ich greife nach ihm, und er entgleitet mir. Er entzieht sich mir!"

Die Stimme ihres Therapeuten ließ Ungeduld durchklingen, die zur Vorsicht gemahnte: „Frau von Agaue, Ihr Sohn ist tot", stellte er fest. „Er ist kein handelndes Subjekt, sondern eine Imago. Sie begegnen nicht ihm, sondern dem Bild von ihm, das Sie mit sich herumtragen. Wenn Sie beginnen, diese Grenzen zu verwischen, dann müssen wir uns fragen, ob die Behandlung mit dem Imago-Skulptor wirklich für Sie die geeignete ist."

Unter dem Eindruck dieser Worte verschwanden Bitterkeit und Verzweiflung aus Alexandras Gesicht, ihre Züge glätteten sich, und mit Kraftanstrengung gelang ihr sogar ein glaubhaftes Lächeln. „Die Grenzen sind mir bewusster denn je, Herr Doktor“, versicherte sie ihm. „Mir ist klar, dass eine symbolische Aussöhnung das Äußerste ist, das ich erreichen kann. Sie kennen meine Geschichte und können wenigstens ahnen, wie sehr ich in den vergangenen Jahren gelitten habe. Für mich wäre es der Weg des geringsten Widerstandes gewesen, mich einfach aufzugeben. Aber Sie wissen, dass ich trotz allem einen starken Willen habe, und deswegen bin ich überzeugt, dass wir einen Weg aus dieser Sackgasse finden werden. Glauben Sie nicht auch?“

In Wahrheit war es ihr vollkommen gleich, was Dr. Eiderwitz glaubte. Sie wollte die Behandlung mit dem Imago-Skulptor fortsetzen, und zwar um jeden Preis. Längst war sie von der Vorstellung besessen, nur auf diesem Wege noch den Sohn erreichen zu können, der ihr genommen worden war …

„Sie wissen, Herr Doktor, dass ich keine perfekte Mutter gewesen bin. Wäre ich nicht so unreif gewesen, hätte ich mit diesem Mann sicherlich niemals ein Kind gezeugt. Schon während der Schwangerschaft hat er mich mit der Nächstbesten betrogen. Ich habe darunter so gelitten … Und ich habe Clemens, dieses stille, sensible Kind, dafür büßen lassen, ohne es zu wollen – ohne es selbst zu bemerken“, versicherte sie Dr. Eiderwitz zum wiederholten Mal, während in ihr Erinnerungen an die Zeit hochstiegen, als sie in den Gesichtszügen, dem Lachen und dem sich herausbildenden Charakter des Jungen ihren verhassten Gatten wiederzuerkennen meinte.

„Clemens hätte bessere Eltern verdient gehabt! Was ich angerichtet hatte, bemerkte ich erst, als er schon begonnen hatte, sich von mir abzuwenden. Er wurde älter und rebellischer, und dann ging es los mit den Narkotika und den Rauschgiften, die er konsumiert und weiterverkauft hat ..."

Der Gedanke daran schnürte Alexandra die Kehle zu. Nichts hatte sie damals unversucht gelassen, um Clemens zu helfen: Sie hatte seine Wohnung und seinen Entzug gezahlt, ihm größere Summen geliehen oder geschenkt (was aufs Gleiche hinauslief) und immer wieder versucht, einen emotionalen Zugang zu ihm zu finden, was an seinem Widerstand jedoch gescheitert war. So hartnäckig sie auch war, hatte sie sich an ihm bis zuletzt die Zähne ausgebissen.

„Es waren fürchterliche Jahre", entsann sie sich, „aber ich hatte immer noch die Hoffnung, dass wir uns eines Tages doch noch versöhnen würden. Bis er auf einmal spurlos verschwunden war ..."

„Eine Woche vor seinem 30. Geburtstag", setzte Dr. Eiderwitz behutsam hinzu.

Geistesabwesend sah seine Patientin ihn an: „Es war Mord, Herr Doktor. Ich weiß es! Clemens hatte sich die Feindschaft der professionellen Drogenhändler zugezogen. Die haben ihn auf dem Gewissen ..." Alexandras Gesichtsausdruck verhärtete sich und ihre Stimme sank zu einem Raunen herab. „Jeder Tag seitdem war eine Qual für mich. Meine Vergangenheit ist eine offene Wunde, die nicht heilen will, und solange dieser Schmerz nicht gelindert wird, gibt es für mich auch keine Zukunft."

Dr. Eiderwitz hob vielsagend die Brauen: „Sie haben danach eine stattliche Anzahl meiner Kollegen konsultiert, Frau von Agaue ..."

Alexandra nickte: „... und obwohl sich alle einig waren, dass ich die gestörte Mutter-Sohn-Beziehung aufarbeiten muss, haben sie mir mit den herkömmlichen Therapieansätzen nicht helfen können. Ich habe erst wieder Hoffnung geschöpft, als ich von dem Imago-Skulptor hörte … und ich habe mich sofort an Sie gewandt, als ich erfuhr, dass Sie ihn als erster praktisch erproben würden."

Dr. Eiderwitz lächelte, denn es behagte ihm, wenn auch seine Patientin in ihm den Pionier sah, als der er in der Fachwelt allgemein gelten wollte. Noch war die Wirksamkeit des Imago-Skulptors umstritten, seine Entwicklung noch nicht zum Abschluss gekommen. Erst vor anderthalb Jahren war der Öffentlichkeit ein Prototyp vorgestellt worden, den das Technische Innovationszentrum Wien in Zusammenarbeit mit internationalen Hirnforschern und neurologisch-psychiatrischen Fachärzten entwickelt hatte.

Kritiker bezeichneten die Erfindung als „Kopfkino", als tiefenpsychologisches Disney-Land, dessen therapeutischer Nutzen zweifelhaft sei, oder – schlimmer noch – als ein frivoles Spielzeug. Doch wurden diese Einwände dem Imago-Skulptor nicht gerecht, denn er vermochte mehr als nur allegorische Szenerien vor dem geistigen Auge seines Anwenders zu malen: Vielmehr modellierte er aus diffusen Gefühlen und kaum durchdringbaren mentalen Zuständen plastische Figuren, Gegenstände und Landschaften, die dem Anwender real genug erschienen, um sie berühren, manchmal auch riechen und schmecken, kurz: sie allgemein sinnlich erfahren zu können.

„Der Imago-Skulptor", setzte Dr. Eiderwitz ein, „holt das an die Oberfläche, was sich unter dem vernarbten Seelengewebe verbirgt: das Unaussprechliche und Verdrängte, das bislang dem therapeutischen Zugriff entzogen war. Die Imago, die der Skulptor erschafft, ist jedoch ebenso unteilbar wie Gedanken oder Träume – das bedeutet, dass die Projektion exklusiv im Bewusstsein des Anwenders stattfindet. Das ist der Grund, weshalb der Imago-Skulptor unter meinen Kollegen so umstritten ist, denn uns Therapeuten bleibt nichts anderes übrig, als die Projektion auf Grundlage verbaler Schilderungen und physischer Reaktionen unserer Patienten zu überwachen. Ich kann Sie während der Projektion nur anleiten, Frau von Agaue, aber ich habe keine Möglichkeit einzugreifen, außer die Projektion abzubrechen. Aber Sie als Anwenderin werden in die faszinierende Lage versetzt, Ihre unbewältigte Vergangenheit auf einer allegorischen Bühne aufzurollen, die wir die innere Landschaft nennen. Einem meiner Patienten, der an einem Kindheitstrauma leidet, hat sich der Vater als grässlicher Lindwurm manifestiert, den er mit einem Schwertstreich enthauptet hat."

„Hat er dadurch sein Trauma überwunden?", fragte Alexandra hoffnungsvoll.

„In seinem Fall war diese Projektion der entscheidende Durchbruch", bestätigte Dr. Eiderwitz. „Sehen Sie, Frau von Agaue, ich habe für die Erprobung des Imago-Skulptors gezielt Patienten ausgesucht, an denen mit herkömmlichen Methoden kein Heilungserfolg erzielt werden konnte. Sie sind mir sofort als geeignete Kandidatin erschienen, da Sie in Folge Ihrer unbewältigten Verlusterfahrung eine gut ausgebildete affektive Störung vorweisen können. Zudem leiden Sie unter einer chronischen depressiven Verstimmung und lassen eine eindrucksvolle intrusive Symptomatik erkennen, Dutzende dysfunktionaler Kognitionen sowie gelegentliche dissoziative Zustände."

Aus seinem Mund hatte diese Aufzählung den Klang eines Komplimentes, und als sei dies noch nicht genug, betonte er, dass Alexandra von Anfang an gut auf den Imago-Skulptor angesprochen habe. „Es war daher relativ schnell möglich, die zentrale Konfliktsituation zu modulieren: Ihre Konfrontation mit dem noch kindlichen Clemens. Sie wissen selbst, dass dieser Prozess bedauerlicherweise ins Stocken geraten ist, da Sie sich der Imago Ihres Sohnes nur bis auf Sichtweite nähern können. Sobald Sie seine Fluchtdistanz unterschreiten, gerät die innere Landschaft aus dem Gleichgewicht und es treten Schocks und Verzerrungen auf ..."

„Es ist, als hätte jemand eine Barriere zwischen uns errichtet", klagte Alexandra.

„Frau von Agaue, Sie müssen immer daran denken: Sie selbst sind es, die diese Barriere aufbaut", erinnerte Dr. Eiderwitz seine Patientin. „Der Widerstand geht von Ihrem Unterbewusstsein aus, denn Sie haben den Drang, Ihr eigenes Leiden zu verlängern. Solange Sie die Konfrontation scheuen, werden wir an dieser Barriere scheitern. Sie haben keine andere Wahl, als die Rolle der leidenden Mutter abzulegen, sich davon zu lösen."

„Es wäre doch ein großer therapeutischer Erfolg, wenn ich ihm nahekommen könnte, nicht wahr, Herr Doktor?", fragte Alexandra vorsichtig. „Wenn wir einander gegenüber stünden und ich seine Hand nehmen, durch sein Haar streichen könnte ... ich meine natürlich die Hand und das Haar der Imago."

„Wenn Ihr Unterbewusstsein das zuließe, wäre das zweifellos ein großer Fortschritt", pflichtete Dr. Eiderwitz ihr bei.

„Doch befürchte ich, dass, je stärker Sie das Bedürfnis nach seiner Nähe empfinden, umso stärker auch Ihr Reflex wird, sich selbst für dieses Bedürfnis zu bestrafen. Sobald es zu der angestrebten Begegnung zwischen Ihnen und der Imago Ihres Sohnes kommt, erreichen wir einen kritischen Punkt, denn es würden Sie nicht nur mit einem Schlag alle sinnesmäßigen Erinnerungen an Ihren Sohn überfallen – wie er gerochen hat, sich angefühlt hat, alles, was an Wahrnehmungen seiner körperlichen Präsenz in Ihrem Gedächtnis verzeichnet ist –, sondern es würde sehr wahrscheinlich zu einer unkontrollierten Reaktion Ihres Unterbewusstseins kommen, die wir im Vorfeld nicht absehen können. Diese Reaktion könnte äußerst erschreckend und aufwühlend sein."

„Wie die Schocks, die ich bislang erlebt habe?", fragte Alexandra.

„Schlimmer. Im Grunde müssen wir auf alles gefasst sein."

„In diesem Fall werden Sie die Projektion unterbrechen, nehme ich an."

Zu ihrer Überraschung schüttelte Dr. Eiderwitz den Kopf: „Nein, oder besser gesagt: Ich würde nur in dem Fall unterbrechen, wenn Ihre Körperreaktionen mir Anlass zur Besorgnis geben. Andernfalls beende ich die Projektion umgehend, sobald Sie die Situation durchlebt haben. In der Konfrontation liegt der therapeutische Nutzen, aber es gibt keinen Grund, sie unnötig zu verlängern."

„Ich verstehe", meinte Alexandra. Von der Couch aus sah sie einen fahlen Streifen verdämmernden Tageslichts, das zwischen den schweren, bestickten Vorhängen hindurchfiel. Sie hatte die Couch, das Behandlungszimmer und selbst den Applikator auf ihrer Stirn so lieb gewonnen, dass sie sich gar nicht davon trennen wollte, zumal sie außerhalb dieser Wände nur luxuriöse Einsamkeit erwartete.

Als hätte er ihre Gedanken erraten, zog Dr. Eiderwitz seine Taschenuhr aus dem Jackett und stellte in beruhigendem Tonfall fest: „Wir haben noch reichlich Zeit, Frau von Agaue. Sind Sie bereit für einen weiteren Versuch?"

Alexandra nickte ihm zu. Natürlich. Deswegen war sie ja hier.

Dr. Eiderwitz betätigte den in die Armlehne seines Stuhls eingelassenen Knopf, der den Imago-Skulptor erneut in Funktion treten ließ.

***

Alexandra wanderte einen Abhang hinab, auf dem sich astlose Kiefern erhoben und wie Skelettfinger in den blassblauen Himmel wiesen. Sie lenkten Alexandras Aufmerksamkeit auf die Risse, die über ihr klafften und hinter denen sich von Milchstraßen durchzogene kosmische Räume eröffneten. Während sie hinsah, wurde ihr schwindelig, und als sie den Blick abwandte, entdeckte sie Clemens, dessen Pyjama in weiter Ferne am Waldrand aufleuchtete.

Ihre Schritte beschleunigend, gelangte sie auf ein von strohigem Gras bewachsenes Feld, über dem die Wolken in Vorahnung eines Gewitters eingefroren waren. Unweit entfernt lag der rostzerfressene Leichnam eines abgestürzten Flugzeugs, das Alexandra an einer in die Höhe ragenden Tragfläche erkannte. In der Luft schwebten träge Zeitungsfetzen und Papierschlangen, am Boden, eingewoben von Gräsern, entdeckte die Wanderin verstreute Hinterlassenschaften rätselhaften Ursprungs: Spielzeug, Familienfotos, ein Paar Kinderschuhe, eine Schrankuhr mit zertrümmertem Ziffernblatt, Schädel und Gliedmaßen von Schaufensterpuppen.

Als Alexandra den Kopf hob, sah sie im dunstigen Licht eine Tempelruine vor sich aufragen, auf die aus einem Spalt im Himmel rotes und gelbes Herbstlaub herabregnete. Zwischen steinernen Säulen stand Clemens, klein und verloren, und sah beinahe furchtsam in Richtung seiner Mutter.

Alexandra war stehengeblieben. Sie fühlte, wie ihr Puls sich beschleunigte, während sie abwartete, ob ihr Sohn vor ihr die Flucht ergreifen würde. Einige Sekunden verstrichen, in denen nur das entfernte Rascheln des schwebenden Laubs zu hören war. Dann wandte sich Alexandra an Dr. Eiderwitz und schilderte ihm die Situation.

„Er geht nicht fort? Er wendet Ihnen nicht den Rücken zu?“ erkundigte sich ihr Therapeut in einem Tonfall unerwartet geweckter Aufmerksamkeit.

„Jetzt zieht er sich zurück", berichtete Alexandra, „aber er hält den Blickkontakt. Er geht rückwärts ... jetzt ist er hinter den Säulen verschwunden."

„Folgen Sie ihm", wies Dr. Eiderwitz sie an, obwohl er hätte ahnen können, dass seine Patientin sich längst in Bewegung gesetzt hatte. Sie erklomm die verwitterten Steinblöcke der Tempelanlage, von der eine breite Freitreppe in einen idyllischen, sonnenbeschienenen Garten hinabführte. Niedrige, geometrisch beschnittene Hecken grenzten Kieswege, Rasenflächen und blühende Beete voneinander ab. Auf Sockeln erhoben sich steinerne Figuren: Ein friderizianischer Soldat richtete sein Bajonett gegen eine gütig lächelnde Sphinx, deren wie Gewehrläufe hervorstechende Brüste die Drohung zu erwidern schienen. Auf den Treppenstufen, die Alexandra hinabschritt, lagen antike Waffen verstreut, die eine Schicht Konfetti bedeckte.

Im Mittelpunkt des Gartens entdeckte sie einen verlassenen Kinderwagen. Darin spielte ein Grammophon, dessen Töne wie die einer Spieluhr aufeinanderfolgten, Murmeln gleich, die aneinander stießen. Hinter dem Kinderwagen saß Clemens im Schneidersitz am Boden, den Kopf in die Hände gestützt, und schien der Melodie zu lauschen.

„Schleichen Sie sich auf gar keinen Fall an", schärfte Dr. Eiderwitz Alexandra ein, nachdem sie ihm die Szenerie beschrieben hatte.

„Ich halte mich in einem Abstand von sieben bis acht Metern", gab Alexandra zurück. „Er sieht ganz friedlich und selbstvergessen aus. Genau so hat er früher in seinem Zimmer gesessen und gespielt. – Jetzt hat er mich bemerkt."

„Wie reagiert er?"

„Er ist aufgesprungen und schaut mich an. Nicht ängstlich, eher schuldbewusst. Ich kann es nicht deuten. Jetzt geht er fort ... Er schaut sich über die Schulter nach mir um."

„Folgen Sie ihm, aber langsam, gelassen. Als würden Sie spazieren gehen", meinte Dr. Eiderwitz im Plauderton.

„Er ist in den Büschen verschwunden. Jetzt sehe ich es genau: Hier befindet sich ein Eingang zu einer Höhle. Dahinter scheint ein Tunnel zu liegen, ich kann nicht sehen, wohin er führt. Es ist sehr dunkel darin. Ich gehe jetzt hinein."

Und das tat sie, obwohl ihr Dunkelheit und Enge zuwider waren und ihr in Kombination schon immer Furcht eingeflößt hatten. In diesem Moment nahm sie an, dass dies eine Prüfung war, der sie sich stellen musste, wenn sie ihr Ziel erreichen wollte. Der Tunnel führte tief und leicht abschüssig in den Felsen hinein. Zu Alexandras Rechten klafften in regelmäßigen Abständen faustgroße Öffnungen, die an Schießscharten erinnerten, durch die aber anstelle von Tageslicht der diffuse, farbig durchwobene Schein zerfallender Himmelskörper fiel.

Aus der Tiefe des Tunnels, an dessen Ende ein gefräßiges Ungeheuer lauern mochte, drang ihr ein Grollen entgegen, dessen Lautstärke beständig zunahm. Sie meinte aber aus der Ferne auch den Hall jener Geräusche zu hören, die nackte Fußsohlen auf dem feuchten, morastigen Untergrund erzeugten.

„Ich habe das Gefühl, der Boden bewegt sich ... als würde ich über Würmer laufen", ließ Alexandra Dr. Eiderwitz wissen.

„Schenken Sie dem keine Beachtung", riet ihr Therapeut. „Soweit möglich, sollten Sie alle beunruhigenden Erscheinungen in Ihrer Umgebung ignorieren."

Seiner Empfehlung folgend, beschleunigte sie ihre Schritte. Sie stieß sich an der niedrigen Decke den Kopf, zog ihn ein und eilte weiter. Die aufkeimende Wut darüber, in dieses unterirdische Verlies gelockt worden zu sein, verwandelte sich in die Vorahnung eines nahenden Triumphes, als sie in dem unsteten Licht etwa zwanzig Meter vor sich eine Gestalt ausmachte, die auf ihren kurzen Beinen nur mühsam voranzukommen schien.

„Ich sehe Clemens deutlich vor mir ... der Abstand zwischen uns verringert sich ... Er sieht sich über die Schulter nach mir um ..."

Die modrig-feuchte Luft, die Alexandra umgab, schien sich mit jedem Meter, den sie zurücklegte, weiter zu erhitzen. Das Grollen war inzwischen derart angeschwollen, dass sie Dr. Eiderwitzens Worte kaum noch verstand. Alexandra stürmte jetzt vorwärts, setzte ihrem Sohn nach und ihr Puls begann zu rasen. Dann war sie nahe genug, um den Fliehenden von hinten mit den Armen zu umschlingen.

„Er ist stehengeblieben, Herr Doktor!", rief sie aus, „er ist stehengeblieben!"

Der Junge wand sich in ihrem Griff, aber es war zu spät für ihn: er konnte ihr nicht mehr entkommen.

„Wir sind einander ganz nah, Herr Doktor", stieß sie hervor, „jetzt streckt er seine Hand aus ... er streckt seine Hand nach mir aus ..."

Zischend wie Gas schien das Gestein Hitze zu verströmen, und aus den Spalten troff eine lavaartige Masse. Alexandra hatte den Knaben zu sich herumgedreht und ihm Ohrfeigen versetzt – ganz so, wie sie es früher getan hatte: links und rechts in das verheulte Gesicht mit den panisch flackernden Augen. Dann warf sie ihn über ihr Knie, riss ihm die Pyjamahosen herunter und bohrte die Reißzähne, die aus ihrem Kiefer wuchsen, in sein entblößtes Gesäß.

„Ich halte seine Hand, Herr Doktor ... Es ist so schön! Ich halte seine Hand in meiner ..."

Dann, unvermittelt, verblasste die Projektion. In Schweiß gebadet fand sich Alexandra auf der Therapiecouch wieder, in deren Polster sich ihre Finger gegraben hatten, und während ihren Körper heiße und kalte Schauer überliefern, schnellte ihre Zunge verräterisch über ihre Lippen, um das Blut aufzulecken, das sich jedoch ebenso wie die Imago ihres Sohnes in Nichts aufgelöst hatte. Alexandra überspielte dies, indem sie die Hände vor das Gesicht schlug und sich einem herzerweichenden Schluchzen hingab, das Dr. Eiderwitz dazu veranlasste, ihr mit seiner sonoren Stimme Trost zuzusprechen.

Der Therapeut verfolgte ihren Gefühlsausbruch mit einem Ausdruck von Wohlgefallen, denn er sah darin den eindeutigen Beweis dafür, dass es seiner Patientin doch noch gelungen war, ihre mentale Barriere zu überwinden.

Alexandra benötigte einige Minuten, bis sie die aufgewühlten Emotionen wieder unter ihre Kontrolle gebracht hatte. Nachdem sie sich Augen und Wangen mit ihrem seidenen Taschentuch abgetupft und ein Glas Wasser zu sich genommen hatte, analysierten Patientin und Therapeut gemeinsam die zurückliegende Projektion, die, wie sie übereinstimmend urteilten, einen Durchbruch markierte. Während des Gespräches lag ein verklärter Ausdruck auf Alexandras Gesicht, der nur ein Mal durch ein sorgenvolles Stirnrunzeln abgelöst wurde – als sie nämlich fragte, ob nach diesem Fortschritt das Ende ihrer Behandlung bereits absehbar sei.

„Wir sollten in dem heutigen Erfolg nur einen ersten Schritt sehen", zerstreute Dr. Eiderwitz ihre Befürchtungen. „Wenn es uns jetzt gelingt, die Nähe zur Imago Ihres Sohnes zu stabilisieren, eröffnet sich uns eine breite Palette an Interaktionsmöglichkeiten und Versuchsanordnungen, mit denen wir Ihr Trauma Schritt für Schritt, Schicht um Schicht aufarbeiten können. Es liegt noch ein weiter Weg vor uns, Frau von Agaue, aber ich bin zuversichtlich, dass wir ihn mit Hilfe des Imago-Skulptors bewältigen werden."

Da Alexandra sehr erschöpft war, beendeten sie die Sitzung wenig später. Wie immer geleitete Dr. Eiderwitz seine Patientin zur Tür und half ihr in den Pelzmantel. Alexandra hielt den Moment für geeignet, ein warmes Wort an ihn zu richten. Mit graziöser Geste reichte sie ihm zum Abschied ihre schlanke Hand, lächelte feierlich und versicherte dem grauen Männlein, dem man seine Zufriedenheit ansehen konnte: „Herr Doktor, Sie haben heute einer schwer geprüften Frau und Mutter neue Kraft zum Leben geschenkt."

Rupert Meier

Gollums Schatz

Zitternd wie Espenlaub stehe ich im Raum, unfähig, meine Glieder zu bewegen. In meiner Brust pocht das Herz, als wolle es zerspringen. Ich spüre das Entstehen von Schweißperlen auf meiner Stirn. Der donnernde Knall lähmt mich noch in der Erinnerung. Meine aufgerissenen Augen glauben nicht, was sie sehen. Erst jetzt bemerke ich, dass meine Hand, wie im Krampf, den Griff umklammert – so fest, dass meine Handballen zu brennen beginnen. Ich erschrecke – über die Schmerzen in meiner Hand, aber mehr noch über die Folgen meiner Tat. Die Pistole lasse ich fallen wie eine zu heiße Tasse Kaffee, die mir jemand unbedacht in die Hand gedrückt hat. Polternd kracht sie auf das Parkett.

Keine zwei Meter mir gegenüber kauert ein wimmerndes Bündel Elend am Boden. Das Geschoss aus meiner Waffe hatte seinem linken Bein augenblicklich jede Kraft geraubt. Die Situation wirkt auf mich unnatürlich, fast surreal. Eine Szene wie aus einem schlechten Film.

Mit vor Schmerz verzerrtem Gesicht presst er seine Hände gegen den Oberschenkel. Die Wunde hört nicht auf zu bluten. Entsetzen kriecht in meiner Seele hoch. Nicht im Traum hätte ich daran gedacht, welch verheerende Verletzung eine kleinkalibrige Sportpistole anrichten kann. Unentwegt tropft, nein, rinnt das Blut zwischen seinen Fingern hervor, über das blutgetränkte Hosenbein zu Boden, bildet rasch eine Lache und ruiniert das teure Echtholzparkett.

„Scheiße“, hauche ich und bin mir im ersten Moment nicht im Klaren, ob ich mein Opfer oder das Parkett bedauere. Ich fühle mich überfordert, die Situation wächst mir über den Kopf. Lautlos schreie ich um Hilfe und weiß sicher, dass man mich hört.

Ich irre mich nicht. Nach drei Minuten und neunundvierzig Sekunden – so sagt mir mein implantierter Timer – trifft eine Polizeibeamtin, gefolgt von zwei Kollegen ein. Ihre Dienstautorität hatte ihnen Zugang zu meiner Wohnung gewährt. Die Situation, die sie vorfinden, war ihnen bereits vertraut, noch bevor sie mein Wohnzimmer betraten. Mein stummer Hilferuf hatte ARIN veranlasst, meine Seh- und Hörnervimplantate automatisch mit dem Notrufnetzwerk zu verbinden, und es den herbeieilenden Beamten so ermöglicht, durch meine eigenen Augen und Ohren live am Geschehen teilzuhaben.

Einer der Polizisten beugt sich über den Verletzten, die Beamtin greift nach meiner Schusswaffe am Boden und der Dritte lässt mich derweil keine Sekunde aus den Augen.

Einigermaßen ratlos starrt der Erste auf die unaufhörlich blutende Wunde. Zweifellos haben die Polizisten noch nie eine Schusswunde zu Gesicht bekommen.

Mit meiner Pistole in den Händen sieht mich die Beamtin an. „Ich denke, Sie sollten sich erst einmal setzen, Herr ...", sie blickt über meine linke Schulter, „Herr Kowalski. Sie sind blass wie die Wand."

Ich trete einen Schritt zurück, stoße mit der Wade gegen eine Sesselkante und plumpse ins Polster. Ein aufkommendes Gefühl von Übelkeit überwältigt mich. Zur Ablenkung starre ich die junge Polizistin an. Sie trägt langes blondes Haar, zu einem strengen Pferdeschwanz zurückgebunden. Kein Namensschild ziert ihre Brust, keine Rangabzeichen die Schulterklappen ihrer schicken schwarzen Uniform. Stattdessen entdecke ich über ihrer linken Schulter ein ARIN-Tag. In serifenloser weißer Schrift prangen auf dem virtuellen

Fähnchen ihre Metadaten, gerade so, als hätte sie jemand mit Kreide in die Luft geschrieben: ihr Name, ihre Dienstautorität, ihre Einheit, die aktuelle Missionszeit und zuletzt die URL des Notrufservers. Das ARIN-Tag folgt ihren Bewegungen wie ein lästiges Insekt und wendet sich dabei immer so, dass ich es von meiner Perspektive aus problemlos lesen kann.

Zur Erleichterung des ratlosen Polizisten – und mir – hören wir Schritte im Flur. Der Notarzt, gefolgt von einem Sanitäter mit riesigem Notfallrucksack, tritt rasch, doch ohne Hast ins Zimmer, begrüßt mit knappem Kopfnicken die Beamten und beginnt dann sofort mit den Erste-Hilfe-Maßnahmen. Die ARIN-Tags weisen ihn und seinen Begleiter als akkreditierte Nothelfer aus.

Der Verletzte schreit auf, als der Arzt nach seinem Bein greift. Mit sachten und besonnenen Worten versucht er seinen Patienten zu beruhigen. Zwischendurch gibt er klare Kommandos an den Sanitäter. Dieser wühlt im Rucksack und reicht dem Arzt der Reihe nach die verlangten Instrumente und Medikamente.

Zwei weitere Sanitäter mit einer Trage füllen mein Wohnzimmer. Es wird eng. Die Polizistin weicht aus, stößt dabei mit ihrem Stiefel rückwärts gegen mein Schienbein. Sie fährt herum.

„Verzeihung!“

Ich reibe mein schmerzendes Bein. „Nichts passiert“, beschwichtige ich.

Wieder blickt ihr schönes Gesicht in meines, dann ruft sie in den Raum: „Irgendjemand sollte vielleicht auch mal einen Blick auf den jungen Mann da hinten werfen.“

Ein Sanitäter wendet seinen Kopf nach mir. Aus dem neonroten Rucksack zieht er ein Gerät in der Größe einer Kinderhand und geht zwei Schritte auf mich zu. Mit kreisenden Bewegungen vor meiner Brust sucht er den Hotspot, an dem sich sein ARIN-Gateway in meine Bioimplantate einloggt.

ARIN – Augmented Reality and Information Network. Eine holprige Bezeichnung, wie ich finde. Offensichtlich war den Erfindern ein geschmeidiges Akronym wichtiger gewesen als eine Sinn gebende Beschreibung. „Eine Reihe von Sensoren, Aktuatoren und Mikrochips, implantiert in Ihren Körper und untereinander vernetzt zu einem Bio-Netzwerk, sorgen für ein erfüllteres und sichereres Leben“, hatte es in der Werbung geheißen.

„ABR“, stellt der Sanitäter sachlich fest. Mein verständnisloser Blick animiert ihn zu einer Erklärung: „Akute Belastungsreaktion, umgangssprachlich häufig, wenn auch irreführend als Schock bezeichnet. Aber zum Glück nur eine milde Form. Ihr Herz rast und Sie verspüren auch eine leichte Übelkeit, richtig?“

Ich nicke schwach.

„Ich programmiere Ihnen ein leichtes Beruhigungsmittel.“ Routiniert gleiten seine Finger über das Diagnosegerät. „Dafür werden Ihnen von Ihrem Gesundheitskonto neunundzwanzig Euro fünfundneunzig abgebucht.“ Er sucht meinen Blickkontakt. „Sind Sie damit einverstanden?“

Meine Unentschlossenheit als Zustimmung interpretierend startet er mit einem Fingertipp den Upload des Programmcodes in meinen Pharmazie-Prozessor. Dirigiert von meinen Bioimplantaten synthetisiert der Prozessor daraufhin aus den in meinem Blutstrom gelösten Nährstoffen ein für meinen individuellen Stoffwechsel maßgeschneidertes Medikament. Erfahrungsgemäß dauert die Synthese mehrere Minuten, aber ich glaube schon eine Wirkung zu verspüren.

„O. k.“, sagt der Arzt zufrieden und erhebt sich von dem Verletzten, „die Blutung ist gestillt, der Kreislauf stabilisiert. Wir bringen den Mann jetzt ins Krankenhaus.“

Die Polizisten nicken zustimmend. Die Sanitäter wuchten den Verletzten auf die Trage und schleppen ihn aus dem Zimmer.

Der Arzt lächelt den Beamten und mir zum Abschied zu, sein Assistent schnappt sich rasch den Notfallrucksack und folgt ihm.

„Zum Glück ist ja noch mal alles gut ausgegangen", seufze ich erleichtert.

Die ansonsten glatte Stirn der Polizistin legt sich in Falten.

„So einfach ist das nicht, Herr Kowalski", sagt sie und hält mir dabei meine Pistole unter die Nase. „Sie haben jemanden angeschossen. Das ist schwere Körperverletzung. Woher haben Sie die Waffe überhaupt?" Sie wartet nicht auf meine Ausreden. „Ich fürchte, Sie müssen uns auf die Polizeiwache begleiten."

Ich schweige betroffen.

„Sind Sie imstande aufzustehen?", fragt der Polizist, der mich die ganze Zeit über bewacht hatte.

Nickend hebe ich mich aus dem Sessel. Mein Bewacher fasst mich am Arm, ich reiße mich los.

Ich bin das Opfer! Ich wurde überfallen!

Ich folge der blonden Beamtin bis zu meiner Wohnungstür. Mit einer geschmeidigen Handbewegung wirft sie mich aus meiner eigenen Wohnung. Ihr Kollege packt mich erneut am Arm und sein Griff verrät mir, dass er nicht willens ist, sich ein weiteres Mal abschütteln zu lassen.

***

Obwohl fensterlos, wirkt der Raum hell und freundlich. Trotzdem fühle ich mich darin ausgeliefert. In der Mitte steht, etwas verloren, ein schmuckloser Tisch, Verhältnis sechzehn zu neun, umringt von sechs Stühlen. Auf der

Tischplatte tanzen Hermanns'sche Farbräume. Hinter dem Tisch öffnet sich der Blick auf einen weitläufigen Sandstrand. Bunte Strandkörbe stehen, wie von einem Künstler sorgfältig drapiert, gekonnt wahllos auf dem Strand herum. Manche Körbe weisen zum Wasser, andere sind verdreht, damit deren Insassen die Sonne unbeschattet genießen können. Kinder spielen zwischen den Körben im Sand. Spaziergänger lassen ihre nackten Füße von der auslaufenden Brandung umspülen. Von ihren Schwingen in einer stetigen Meeresbrise getragen, patrouillieren Seemöwen krächzend entlang des Wassersaums auf und ab. Am Spülsaum stochern Strandläufer hastig im Schlick und rennen immer wieder mit schnellen Trippelschritten den Wellen davon. Wie von einer Strandterrasse blicke ich auf die malerische Szenerie. Langsam weicht meine Anspannung.

An der Wand links von mir entdecke ich einen Getränkeautomaten, flankiert von zwei wuchernden Gummibäumen, welche von kräftigen Tageslichtlampen am Leben gehalten werden. Der Automat weckt mein Interesse; ich nähere mich ihm. An der Glasfront tippe ich auf das Kaffeesymbol. Augenblicklich wächst aus der skizzierten Kaffeetasse eine ellenlange Liste mit unterschiedlichsten Kaffeesorten. Ich bin unschlüssig. Die riesige Auswahl verwirrt mich. Schließlich tippe ich blindlings auf irgendeinen Eintrag.

„Dienstautorität 4 oder höher erforderlich!"

Der Schriftzug, begleitet von einem intuitiv als Ablehnung interpretierten Ton, schiebt sich über die Auswahlliste. Enttäuscht verziehe ich den Mund und zeige dem Automaten aus Protest meine kalte Schulter. Mein Blick fällt auf eine Tür in der dem Strand gegenüberliegenden Wand. Wie zufällig schlendere ich zu ihr. Die Tür zeigt weder Schloss noch Klinke. Ich lege meine flache Hand auf das weiße Türblatt, doch sie öffnet sich nicht. Stattdessen erscheint wie aus dem Nichts ein schwarzer Schriftzug:

„Dienstautorität 8 oder höher erforderlich!"

Ich bin eingeschlossen!

Verdrossen tröste ich mich mit einem weiteren Blick auf den Strand.

Schritte hinter mir lassen mich herumfahren. Die Tür, welche auf eine Dienstautorität von mindestens acht besteht, schiebt sich zur Seite. Zwei Frauen betreten den Raum. Die erste, vielleicht fünfzig, ihren Kopf der wesentlich jüngeren Begleiterin zugewandt, erzählt offensichtlich eine amüsante Geschichte. Beide lachen, als sie eintreten. Mir ist nicht zum Lachen.

„Schönen guten Tag! Mein Name ist Kriminalhauptkommissarin Brigitte Nolan."

Die Ältere reicht mir ihre Hand.

„Ich leite die Ermittlungen in Ihrem Fall."

Ich schlage ein. Ihr Händedruck ist selbstbewusst und entschlossen. Meine Nervosität kommt zurück, die beruhigende Wirkung des Strandes verpufft im selben Augenblick.

„Und das", sie deutet mit ihrer zweiten Hand zur Begleiterin, „ist meine Assistentin, Kriminalkommissarin Sybille Schmidt."

Sie lässt meine Hand los und ich schüttle auch die der Assistentin. Die Hauptkommissarin schreitet zum Tisch und berührt eine Ecke der Tischplatte. Im gleichen Moment spüre ich, wie der behördliche ARIN-Server die Zusammenarbeit mit meinen Implantaten teilweise einstellt; der Strand verschwindet und ich sehe nur noch eine Wand in strukturlosem Weiß.

„Bitte nehmen Sie Platz."

Ich gehorche ihrer Handbewegung.

„Möchten Sie etwas trinken?“ Ihre Stimme klingt nicht barsch, vielmehr freundlich, gleichwohl kompromisslos.

„Einen Kaffee bitte ... schwarz.“

„Würdest du bitte ...?“

„Natürlich“, antwortet die Assistentin. „Möchtest du auch etwas?“

„Nein, danke.“

Während sich die Hauptkommissarin mir gegenüber setzt, beobachte ich die junge Frau, wie sie sich am Getränkeautomaten zu schaffen macht. Augenscheinlich beträgt ihre Dienstautorität mindestens vier.

„Sie wissen, warum Sie hier sind?“ Die Hauptkommissarin lenkt meine Aufmerksamkeit auf sich.

Ich nicke.

„Möchten Sie einen Rechtsbeistand?“

Nachdenklich schüttle ich den Kopf.

„Sind Sie sicher? Wir können Ihnen auch einen Pflichtverteidiger bestellen.“

„Nein ... ja ... ich meine ... ich brauche keinen Anwalt.“

„Wie Sie wollen.“

Einige Semester Jurastudium geben mir das Gefühl, zumindest im Wesentlichen zu wissen, worauf es in meiner Situation ankommt. So schlimm wird es schon nicht werden, rede ich mir ein.

Eine Hand legt die Kommissarin kurz flach auf den Tisch, dann zeichnet sie mit dem Zeigefinger derselben eine Figur, die mir nicht vertraut ist. Das Farbspiel verblasst zu einem drohenden Schwarz und wie von Zauberhand wächst daraus ein virtueller Aktenstapel. Mit einer wischenden Bewegung schubst sie das oberste Dokument des Stapels zu mir herüber. Ich sehe ein mit dichten Zeilen beschriebenes Blatt, welches zu lesen ich mir nicht die Mühe mache.

„Dies ist der Durchsuchungsbeschluss für Ihre Wohnung. Bitte bestätigen Sie den Empfang."

Die Assistentin kommt zum Tisch zurück, stellt freundlich lächelnd einen dampfenden Kaffeebecher zu mir und setzt sich neben ihre Chefin. Ich zähle stumm die Sekunden, während ich das Werbevideo an der Außenhülle des Bechers – das mir ARIN vorgaukelt – betrachte.

„Wird meine Wohnung denn durchsucht?", frage ich, ohne meinen Blick vom Becher zu nehmen.

„In diesem Moment."

... neun ... zehn!

Neunundvierzig Cent werden mir für zehn Sekunden Werbevideoschauen auf meinem Onlinekonto gutgeschrieben. Mit einem kontextsensitiven Augenzwinkern empfehle ich das Video meinen Freunden – noch ein paar Cent verdient.

„Warum?"

Die Hauptkommissarin hebt überrascht die Augenbrauen. „Sie waren im Besitz einer nicht zugelassenen Schusswaffe und haben jemanden damit schwer verletzt. Wir müssen sicherstellen, dass Sie nicht noch weitere illegale Waffen in Ihrer Wohnung aufbewahren."

„Ich bin das Opfer!" Meine Stimme spiegelt meine Empörung wider und ich gebe mir keine Mühe, meine Erregung zu unterdrücken. „In meine Wohnung wurde eingebrochen. Ich habe in Notwehr gehandelt!"

„Das ist richtig." Die Kommissarin bleibt unbeeindruckt. „Aber das rechtfertigt keinesfalls Ihren illegalen und gefährlichen Schusswaffeneinsatz."

Seufzend lasse ich mich in die Stuhllehne zurückfallen.

„Wie geht es ... ihm?"

„Er wurde bereits operiert", erklärt mir die Assistentin. „Die Ärzte meinen, er wird keine bleibenden gesundheitlichen Schäden davontragen."

Erleichtert atme ich aus.

„Bitte ...“ Die Hauptkommissarin deutet auf das vor mir liegende Schriftstück.

Zögernd berühre ich es mit meiner flachen Hand. Sanft vibrierend bestätigt der Krypto-Chip in meinem Handrücken die rechtsverbindliche Signatur, dann schicke ich eine verschlüsselte Kopie mit einer Fingergeste in mein privates Cloud-Archiv.

Sofort wischt mir die Beamtin ein weiteres Dokument zu. „Dies ist der Inhaftierungsbefehl. Für die Dauer der Ermittlungen bleiben Sie ihn Haft.“

Ich schlucke entsetzt. Vielleicht sollte ich mich doch mit einem Anwalt beraten. Aber der Gedanke an die horrenden Stundensätze der Juristen lässt mich den Inhaftierungsbefehl eigenmächtig quittieren.

Die Hauptkommissarin ist zufrieden. Geradewegs sieht sie mir in die Augen. Ich versuche ihrem entschlossenen Blick so lange wie möglich standzuhalten, schließlich weiche ich auf ihre jüngere Kollegin aus.

„Nun sagen Sie mir, wie um alles in der Welt kamen Sie in den Besitz der Schusswaffe?“

***

Ich schleppe mich in meine Wohnung. Nach dem stundenlangen Verhör fühle ich mich erschöpft und ausgelaugt. Vor allem der Inhaftierungsbefehl macht mir zu schaffen.

Es ist spät am Abend, draußen ist es bereits dunkel. Beim Betreten der Wohnung dimmt automatisch das Licht hoch. Zur Entspannung wähle ich das Lichtprofil Desert Sunset.

Ich bin inhaftiert!

Der Gedanke taumelt durch meinen Kopf. Für einen Moment drängt sich ein Fluchtimpuls vor. Doch so schnell sie kam, versinkt diese absurde Idee wieder im Chaos meiner Neuronen. Wohin sollte ich fliehen? Der Galileo-Empfänger in meinem Körper lokalisiert meine Position zentimetergenau. Mit der Unterzeichnung des Inhaftierungsbefehls gewährte ich den Ermittlungsbehörden das Recht, die Galileo-Daten meines ARINs in Echtzeit zu überwachen, und gleichzeitig entzog ich mir damit selbst die administrative Kontrolle. Von nun an stehe ich unter ständiger behördlicher Beobachtung.

In meinen implantierten Speicher-Chip hat die Hauptkommissarin einen Stadtplan mit den für mich noch zugänglichen Zonen einprogrammiert. Jede Überschreitung würde einen Alarm und eine sofortige Fahndung auslösen. Dieses Manko schränkt meine Bewegungsfreiheit erheblich ein. Kein öffentliches Verkehrsmittel würde mich außerhalb meiner Zonenautorität befördern; sogar mein eigener PKW würde seinen Dienst verweigern. Ich bin festgenagelt. Bis zu meinem Prozess sitze ich in einem virtuellen Gefängnis.

Im Wohnzimmer fällt mein Blick auf die eingetrocknete Blutlache.

„Scheiße!"

Und wie heute Mittag weiß ich noch immer nicht, ob ich den Einbrecher oder das Parkett meine.

Etwas abseits der Blutlache gehe ich auf die Knie. Mit dem Zeigefinger taste ich zärtlich über die Scharte, welche eine scharfe Kante der fallenden Pistole ins Holz des Parketts geschlagen hatte. Ich denke an meine Pistole.

Mit der Unterzeichnung eines dritten Dokuments musste ich der Beschlagnahme und entschädigungslosen Enteignung meines Erbstückes zustimmen.

„In einem Rechtsstaat braucht niemand eine Schusswaffe!", hatte mich die Hauptkommissarin belehrt. „Auch Ihnen muss bewusst sein, dass die Europäische Union bereits vor über dreißig Jahren nach langen und zähen Beratungen beschlossen hat, als Maßnahme gegen die steigende Gewaltbereitschaft in Teilen der Bevölkerung ein totales Schusswaffenverbot durchzusetzen." Sie hatte mich angesehen, als ob sie die Wirkung ihrer Worte überprüfen wollte. Dann hatte sie zum letzten Schlag ausgeholt: „Seitdem ist jedweder Handel, Besitz oder gar Gebrauch einer Schusswaffe – abgesehen von wenigen, gesetzlich streng definierten Ausnahmen – generell untersagt!"

Ich hatte geschwiegen, was sollte ich dagegen sagen. Dass mein Großvater – ein begeisterter Sportschütze – sich mit der neuen Situation partout nicht hatte abfinden wollen? Er war nicht der einzige gewesen. Auf unerklärliche Weise verschwanden damals Tausende privater Pistolen, Revolver und Gewehre. Trotz intensiver Suche ihrer Besitzer und harter Sanktionen seitens der Behörden konnten viele Waffen einfach nicht mehr aufgefunden werden.

Eines Tages – ich war damals noch sehr klein gewesen – führte mich mein Großvater, nachdem er mir den Schwur ewigen Schweigens abgenommen hatte, in sein streng gehütetes Versteck im Keller. Dort präsentierte er mir mit vor Stolz glänzenden Augen seinen Schatz, und seine Stimme hatte dabei geklungen wie die Gollums.

Nach seinem Tod hatte ich Großvaters Sportpistole geerbt. Vielmehr: Ich hatte die kleinkalibrige Pistole aus dem ohnehin nur mir bekannten Versteck entwendet. Seitdem bewahrte ich sie in einem selbst gebauten Geheimfach meines Wohnzimmerschranks auf – bis heute.

Auf dem Präsidium hatte mich die Kommissarin unterrichtet, dass es einer Gruppe professioneller Cybergangster gelungen war, sich in mein privates Netzwerk einzuhacken und mit einer eingeschleusten Schadsoftware die Sensoren meiner Wohnung dazu zu überreden, den Einbrecher als einen meiner Freunde zu akzeptieren. Ohne meine unerwartete Rückkehr wäre der Einbruch wie bei vielen anderen Opfern in den letzten Wochen verlaufen.

Entgegen den offiziellen Empfehlungen der Polizei, die Wohnung bei einem Einbruch umgehend zu verlassen und das Eintreffen der Beamten abzuwarten, war ich nach einem ersten kurzen Handgemenge mit dem Einbrecher ins Wohnzimmer gestürzt.

Schon seit Langem hatte ich die Pistole einmal ausprobieren wollen, mich aber bisher nicht getraut. Überall stößt man auf öffentliche und private Kameras und Mikrofone – sichtbare und unsichtbare. Dieser Umstand, den ich bis dato eigentlich immer gleichgültig hingenommen hatte, störte bei meiner heimlichen Absicht natürlich sehr.

Heute war die Gelegenheit perfekt gewesen. Im Eifer des Gefechts hatte ich jedoch nicht bedacht, dass – im Unterschied zu Hollywood – dem Gebrauch einer Schusswaffe hierzulande immer ein juristisches Nachspiel folgt.

Nun habe ich meinen Schatz verloren!

Ich denke nach.

Da ich nicht mehr Herr meines ARINs bin und misstrauische behördliche Beobachter meiden muss, schnappe ich mir alternativ ein Tablet vom Wohnzimmertisch, authentifiziere durch Handauflegen den Zugang zu meiner Cloud und durchsuche mein privates Filmarchiv.

Ein überlegenes Grinsen huscht über mein Gesicht, als ich das Gesuchte finde. Den hat die Polizei also übersehen!

High Noon.

Den steinalten Western finde ich für diesen Zweck ausgesprochen passend: Ich schicke den Film durch OutguessPro, eine Steganografie-Software. Das Ergebnis entschlüssele ich mit Hilfe meines Krypto-Chips und wenige Augenblicke später rendert eine Grafiksoftware die Konstruktionsdaten meiner neuen Pistole zu einem animierten 3D-Modell auf dem Display des Tablets.

Mein Schatz!

Das genügt mir nicht! Ich will meinen Schatz nicht nur sehen, sondern in meinen Händen halten, fühlen; eine Empfindung, die zu simulieren ARIN nicht fähig ist.

Mein Blick wandert zum 3D-Drucker im Regal. Ein Fingerwischen würde den Datensatz zum Drucker senden. Doch da gibt es ein Problem: Jeder 3D-Drucker sendet die Daten für ein Smart-Screening zunächst an den Hersteller, dessen zertifizierte Algorithmen den Druckvorgang autorisieren – oder auch nicht. Entdecken die Server des Herstellers sanktionierte Daten, werden automatisch die zuständigen Behörden alarmiert und das Druckwerk blockiert. Eine Alarmierung der Behörden ist das Letzte, was ich in meiner Situation gebrauchen kann, und aus Erfahrung weiß ich längst, dass ohne Internetanschluss der Drucker seinen Dienst grundsätzlich verweigert. Meine Fähigkeiten als Amateurhacker reichen nicht aus, um die Sicherheitssperren in der Firmware des Geräts zu umgehen.

Doch ich weiß Rat.

Erneut greife ich zum Tablet. Verborgen durch das TOR-Netzwerk rufe ich einen alten Kumpel an. Nach wenigen Augenblicken meldet sich die Gegenstelle – alias Houston.

„Hey Houston, ich habe ein Problem!"

Tom Turtschi

Plug'n'play

Aufgelöst stürze ich aus der Wohnung. Der Knauf entgleitet meiner Hand, die Tür fällt donnernd ins Schloss; gleichzeitig erfasst mich der Sensor und das Treppenhauslicht springt an. Ich zucke zusammen, kneife die Augen zu und horche dem Knall nach. Das Echo hetzt von Tür zu Tür den Flur entlang, jagt über die Fliesen und verhallt im Treppenhaus. Ich verharre, lausche. Nichts rührt sich.

Langsam setze ich mich in Bewegung. Ich schleiche vorsichtig Richtung Aufzug – bloß weg von hier.

Bevor ich den Rufknopf betätigen kann, höre ich die Hydraulik einsetzen und der Lift kriecht Stockwerk um Stockwerk hoch. Es dauert mir zu lange und ich möchte um keinen Preis jemandem begegnen – nicht hier. Ich entscheide mich für die Treppe. Plötzlich ist alle Vorsicht vergessen; ich hetze, fliege die Stufen hinunter. In meinem Kopf löst sich eine Kaskade wirrer Gedanken – was habe ich mit ihr gemacht? Ich sehe die roten Schlieren in ihrem Gesicht, ihr einzelnes Auge, das mich fixiert und verschlingt. Dieser Blick! Noch immer fühle ich das explosive Gemisch aus Lust und Ekel, fühle die Druckwelle der Detonation, und ich weiß: Ich bin auf der Flucht. Ich falle, stürze, unablässig – es gibt kein Zurück und nichts wird mein Vergehen ungeschehen machen.

Die Flügeltür gleitet zur Seite, zu langsam für mein Tempo; ihre stählerne Flanke knallt mir an die Schulter. Ich trudele auf den Gehsteig. Die Straße ist verlassen.

Nebelschwaden kriechen um zerfetzte Müllsäcke herum über den leprösen Teer. In den Pfützen spiegeln sich die kariösen Reihen der bleichen Fassaden. Die Straßenflucht pulsiert im Schein eines Baustellenlichts. Ich drehe mich um und zähle die Stockwerke hoch, Reihe neun Spalte drei; das Fenster ihres Habitats kauert sich dunkel in die orthogonale Sturheit der Wohnzellen. Ich wische mir mit dem Ärmel den Regen aus dem Gesicht, schaue die Straße hinauf und hinunter. Ich habe keine Ahnung, aus welcher Richtung wir gekommen sind. Diese trostlose Gegend um Westport ist mir unbekannt.

Ich zwinkere die Karte ins Auge und geopositioniere mich.

Die Delgado-Station liegt einige Häuserblocks weiter. Mit dem öffentlichen Verkehr wird es die halbe Nacht dauern, bis ich zu Hause bin. Aber ich werde keinen Quadkopter rufen: Die Metro ist anonymer als ein Taxiflug. Und in meinem Zustand ist an Schlaf sowieso nicht zu denken.

Ich logge über Cyberghost ein, verschlüssle meine IP und starte das Navi. Ich folge der roten Linie in der Exosicht, ducke mich an den Fassaden entlang. Das schützt mich kaum vor dem Nieselregen, aber hoffentlich vor fragenden Blicken.

Die unzähligen Überwachungskameras zwingen mich zu ausgedehnten Umwegen. Im Zickzack-Kurs eines flüchtenden Hasen trianguliere ich um Wohnkasernen und Kameras herum, Richtung Delgado – glücklicherweise ist die Gegend einsam, und ich denke, keiner einzigen Linse gelingt es, mich zu erfassen.

Sie nannte sich Lila. Lila Pastis. Was für ein kurioser Name. Ich glaube nicht, dass man so heißen kann. Mir ist ein Rätsel, wie es möglich sein sollte, ein Profil mit falschem Namen anzulegen – aber dermaßen dämlich kann niemand wirklich heißen.

Am Ende der Straße schießt ein Kopf aus dem Gehsteig und zieht eine Schulter nach, dann steigt der ganze Körper aus dem Untergrund. Die Gestalt dreht ab und verschwindet in der Nacht. Sie bemerkt mich nicht. Vorsichtig gehe ich auf den Eingang der Metro zu.

Die Metro-Station Delgado ist wie ausgestorben.

Zweimal weiche ich einer Brigade mit Reinigungsbots aus, deren seitliche Ausleger mit den Fegern und Wischern emsig über die spiegelnden Flächen bohnern. Mit jeder Etage, die ich hinabsteige, löst sich meine Anspannung. Die eisblauen Leuchtwände strahlen eine beruhigende Klarheit aus, Ordnungshütern begegne ich keinen. Die Holosäulen bewerben aseptische Feuchttücher, Nahrungsmittelzusätze, Stimmungsaufheller und heischen um Quotes, und als ich an einer Säule vorbeikomme, die mir eine Safari in ein Reservat für urzeitliche digitale Tiere schmackhaft machen will, atme ich auf. Die Werbung ist nicht personalisiert. Vergessene Pacmans und Pokemons interessieren mich nicht im Geringsten. Also greift die Tarnung – meine Identität wird nicht erfasst.

Ich schreite zügig aus, an den silbergrauen Jalousien der geschlossenen Läden vorbei. Vor wenigen Stunden ärgerte ich mich hier über die zähe Meute, die ich durchqueren musste. Ich kann nicht fassen, mit welcher Unbedarftheit gewisse Leute ihre Habitate verlassen – ich sehe wenig Gründe, mich freiwillig den Strapazen der Öffentlichkeit und der Gefahr fremder Viren und Keime auszusetzen. Ohne das behördliche Aufgebot wäre ich ganz bestimmt in meiner Zelle geblieben.

Ich biege um die Ecke auf Gate drei, die Vakuumröhre öffnet sich, die Waggons gleiten heran, stoppen und die Schiebetüren der Kabinen fahren mit einem lauten Pfeifen zur Seite. Ich steige als einziger Fahrgast in den dritten Wagen. Ich setze mich auf die Bank am hinteren Ende, die an der seitlichen Wand angebracht ist und quer zur Gleitrichtung steht. Sie sieht aus wie die Bank, auf der mein Verhängnis heute Nachmittag seinen Anfang nahm …

***

Kurz nach 14 Uhr bestieg ich die Metro nach Fox 2, um die behördlich geforderten Nachweise persönlich zu überbringen. Der Wagen war überfüllt. Ich hatte wenig Lust, die dreißig Minuten stehend zu verbringen; so schlängelte ich mich um die Körper herum den Gang entlang bis zu dem Kerl mit der Rastafrisur, der seine Tasche auf dem Sitz neben sich deponiert hatte. Ich bat ihn höflich, den Platz freizugeben. Er nahm mich nicht wahr. Seine Lippen bewegten sich unablässig, modulierten Laute, denen die Puste fehlte. Die rechte Hand vollführte seltsame Drehbewegungen, als ob er ein Ventil öffnen und schließen würde. Sein Blick ging durch mich hindurch. Ich checkte seinen Status und stellte fest: Er sitzt auf einem virtuellen Katamaran vor Singapur und bespricht mit dem Tauchlehrer ein Problem des Druckausgleichs. Ich schickte ein Posting ab und umgehend reagierte er auf mein Anliegen. Freilich dürfe ich mich setzen. Er packte seine Tasche und rückte etwas zur Seite.

Ich nickte dankend und zögerte.

Unter der Tasche kam ein plattgewalztes, widerwärtiges Stück dehydrierter Zellulosebrei zum Vorschein. Das Taschentuch war nicht mal ordentlich zerknüllt. Durch die Fasern schimmerten rote Flecken. Ich stellte mir die blutige Rotze vor und dachte: Genau wegen solch ätzender Unappetitlichkeiten hasse ich den öffentlichen Verkehr.

Ich überwand meinen Ekel, schnippte das Ding mit dem Handrücken auf den Boden und setzte mich.

Ich zog es vor, mich augenblicklich aus dem unangenehmen Setting zurückzuziehen, und öffnete über die Icons in der Exosicht meinen persönlichen Homespace. In der letzten Zeit hatte ich mein „Digital Karma“ etwas vernachlässigt, und es konnte nicht schaden, die Wartezeit zu nutzen und etwas an meiner Reputation zu feilen. Ich bewertete und setzte Likes und vergab Sterne und schrieb drei kurze Reviews. Die Quotes in meinem Punktestand zogen erfreulich rasch an.

Ich hatte die Primärsensoren nicht vollkommen ausgekoppelt und so riss mich das giftige Zischen der Tür neben mir aus der Entrückung. Aus dem hinteren Wagen traten zwei Polizeibots. Sie stapften an mir vorbei ans andere Ende und knieten vor der Schleuse zur nächsten Kabine nieder. Dort lag ein Mann am Boden, Schaum vor dem Mund, die Glieder spastisch verrenkt. Der Mann hatte ein Time-out, offensichtlich war er offline. Er zuckte mit den Händen, begann zu röcheln. Einer der Ordnungshüter entnahm seiner Serviceklappe eine Spritze und injizierte dem Mann ein Beruhigungsmittel. Dann packte er den erschlaffenden Körper und verstaute ihn im Arrest-Alkoven auf dem Rücken seines Kollegen. Sie öffneten die Schleuse zum nächsten Wagen und verschwanden.

Ich blickte mich um. Keiner hatte Notiz von der Szene genommen. Der Wagen war voll besetzt, aber niemand anwesend.

Da bemerkte ich das Taschentuch am Boden. Die Schritte der beiden Beamten hatten es direkt vor meine Füße geweht und umgedreht. Der Abdruck einer Lippe lächelte mir entgegen. Darunter stand in hakeligen Lippenstiftstrichen ein Icon, ein Herz. Und eine IP.

Keine Ahnung, welche Teufel mich ritten. Vermutlich erinnerte mich dieser sonderbare Notizzettel an jene berühmte Film-Schlussszene, in der Marilyn Monroe ihren Mund an die beschlagene Scheibe der Duschkabine drückt. Der Abdruck hat mich immer an einen Vogel im Morgennebel erinnert. Die Kamera zoomt auf den Vogel zu und erfasst durch ihn hindurch Marilyn, die ein letztes Mal zwinkert, bevor sich die Nurbs ihres traurigen Gesichts in ein kristallines Gitter auflösen, Polygon um Polygon vom Wasser erfasst und weggespült wird. Dann löst sich die Kontur des Vogels langsam auf und er wird vom Nebel verschluckt. Ein schaurig schöner Abgang – aber der Feuervogel über dem Herz auf dem Papier zu meinen Füßen verschwand nicht. Ich wählte die IP.

In meiner Exosicht stabilisierte sich ein Hologramm. Eine Blondine lächelte mir nett zu. Sie kam mir etwas zu adrett rüber; das Häschen auf dem rosa und goldenen Kleidchen wirkte mädchenhaft. Dazu dieser Name: Lila Pastis.

Nach einigen Emojis äußerte sie sich erstaunt über mein Haar. Natürlich, sie hatte eine Rastafrisur erwartet, nicht diese schütteren blonden Strähnen. Die Botschaft war nicht für mich bestimmt gewesen, ich war der falsche Adressat. Na ja, nicht jeder ist ein Humphrey Bogart, aber sie war auch nicht gerade eine Marilyn Monroe. Ich klickte sie weg und machte mich an eine weitere Review.

Drei Stationen später stockte mir der Atem. Einen solchen Übergriff hatte ich noch nie erlebt; entsetzt starrte ich auf die fremde Hand auf meinem Knie. Ich drehte mich zu dem Kerl um, um ihn zurechtzuweisen. Der Taucher war verschwunden und eine forsche, bübische Brünette in einem knallroten Pullover zwinkerte mir zu. Gleichzeitig poppte eine Textnachricht von der Zuckerwattenfee herein:

[Hi! Du kickst mich einfach so raus? Lila mag das nicht!]

Verwirrt schrieb ich ein Post zurück und rechtfertigte mich, mir sei nicht danach, neue Freunde zu sammeln.

„Vergiss mein Püppchen – ich sitze neben dir."

Ich konnte es nicht fassen.

Die Brünette hatte mich direkt angesprochen! Diese vorwitzige Draufgängerin hatte so gar nichts mit ihrem Avatar gemein. Verwirrt scannte ich ihr Äußeres, suchte im

Schnelllauf in den Profilen nach ihren Personalien. Keine Übereinstimmung, no Data –

„Keine Panik. Mich findest du da nicht, im Netz tummeln sich nur meine Avatare. Aber sieh mich an!"

Verwirrt registrierte ich ihr schelmisches Grinsen. „Ich heiße Lila. Echt."

Mir war das unendlich peinlich. Sie gefiel mir, aber ich bin nicht gemacht, um mit wildfremden Passanten anzubändeln und Echtkonversation zu betreiben. Meiner Ansicht nach gehört es sich nicht, jemanden so zu bedrängen. Ich streckte das Bein durch und versuchte, ihre Hand abzuschütteln. –

***

Verängstigt blicke ich zur Tür. Eine Horde Jugendlicher schiebt sich herein. Ihre Augen starren in eine andere Sphäre; sie nehmen keinerlei Notiz von mir, gehen in die gegenüberliegende Wagenhälfte und setzen sich. Auf dem Bahnsteig patrouillieren zwei Ordnungshüter. Sie kommen näher, aber bevor sie zusteigen, schließt die Tür und wir gleiten weiter.

Wie lange kann ich mich verbergen? Irgendwann werde ich erwischt, zur Rechenschaft gezogen. Und ich werde die Konsequenzen tragen müssen. Ich weiß nicht, wie ein solches Vergehen geahndet wird. Nie hatte ich Anlass, mich um rechtliche Dinge zu kümmern. Ich bin nicht mal sicher, ob Unsittlichkeit, Perversion, ein triebhaft verübtes Verbrechen relevant für das Strafgesetz sind oder ob das als Krankheit gilt. Ich bin mir einzig darüber im Klaren, eine Grenze überschritten zu haben.

Das Auge. Ihr einzelnes Auge. Da ist es wieder!

Eine Welle aus Erregung und Scham schwappt hoch und schnürt mir den Magen zu. Mir wird übel und ich merke, dass ich friere. Der Nieselregen in Delgado hat mich völlig durchnässt.

Ein Offizialdelikt ist es allemal. Die Semmelweis-Erlasse stammen aus der Zeit der großen Seuche, als die Welt in der eigenen Scheiße zu ersticken drohte. Längst sind das mutierte Norovirus und die globale Diarrhö besiegt, aber heute noch bestimmen die Verhaltensweisen aus dieser Epoche unsere Vorstellungen von Sitte und Moral. Tradiert, in Gesetze und unsere Köpfe gemeißelt.

Ich habe die Epidemie natürlich nicht erlebt. Ich kenne auch niemanden, der selber vom Virus infiziert gewesen wäre – die Sache lag massiv im Plusquamperfekt wie die Römer, die beiden Weltkriege, das finstere Zeitalter der religiösen Verblendungen. Ich bin mit den Seuchengesetzen aufgewachsen, habe mich auch nie daran gestoßen. Die Gründe, die den Frühmenschen zu Körperkontakt veranlassten, sind eh hinfällig geworden: Die reichhaltigen Möglichkeiten zu sozialer Interaktion im Brainweb sind so vielfältig und facettenreich, dass es mir nie eingefallen wäre, jemanden zu umarmen oder die Hand zu reichen. Warum sollte ich mit einer Frau ins Bett steigen, wenn ich mit der Partnerin über eine Brain-to-Brain-Bridge den Nucleus accumbens in den Basalganglien mit aller Raffinesse und Zärtlichkeit kitzeln kann?

Ich friere erbärmlich. Der Druck im Magen lässt nach, dafür rumort es in meinen Eingeweiden. Die Ausläufer der Gewissensbisse erreichen die Därme, eine instabile Lage macht sich in turbulenten Überdruckzonen und böigen Fallwinden bemerkbar. Ich bin unschlüssig, ob ich mir das jetzt einbilde, die Epidemie zu lebhaft vorstelle oder ob mich die Krämpfe im Bauch beunruhigen sollten. Wie wird das Virus übertragen? Sind das die ersten Symptome?

Außer dem moralischen Imperativ finde ich wenig Einträge zur Epidemie im Exocortex. Ich zwinkere über einige

Suchmasken zum historischen Wiki. Also doch. Beim Händeschütteln wechseln 36 Millionen Keime ihren Besitzer. Ein Kuss überträgt 80 Millionen Bakterien von dem einen Ökosystem auf das andere. Wie massiv die Gefahren tatsächlich sind, denen ich mich durch meine Fahrlässigkeit ausgesetzt habe, war mir nicht bewusst.

Ob ich mich infiziert habe? Möglicherweise ist das die Strafe, die mich erwartet: Ich beginne innerlich zu verfaulen, metabolisiere mich selber. Werde als zuckender Haufen in den eigenen Exkrementen ersticken.

Ich weiß nicht – wenn es mir gelungen wäre, rechtzeitig ihre Hand abzuschütteln, wäre vielleicht alles anders gekommen. Aber spätestens, als die Wärme ihrer Hand durch meine Hose drang und ich das nicht als unangenehm empfand, war es um mich geschehen. Das Verhängnis nahm seinen Lauf. Ich folgte ihr. Quer durch die Stadt, irgendwo in Delgado betraten wir ein Haus, stiegen die Treppe hoch und landeten in ihrem Habitat.

Mir fiel die urige Gemütlichkeit voller Tand und Nippes in ihrem Domizil auf, aber die Bilder verblassten hinter dem einzigen Motiv: Ich sah nur sie. Ihre ganze Feststofflichkeit, die aus den Fersen in eleganten Schwüngen zum Scheitel hochschoss; die zur Kochnische wieselte, Tee aufsetzte; wie der Samt ihrer Stimme mich umschmeichelte, ihr bübisches Lächeln mich neckte, wie sie neben mich auf das Sofa segelte, wie die Maschen ihres roten Pullovers sich über den zarten Busen wölbten.

Irgendwann hatte sie mich dazu gebracht, alle Konnektivität zu kappen. Ich fühlte mich schutzloser als ein nacktes Baby. Sie legte ihre Hände auf meine Schultern. Ich registrierte durch das Shirt die Fingerkuppen, die Richtung Hals glitten, einer um den anderen über den schmalen Kragen holperten und sich zitternd auf meine Nackenhaut setzten. Elektrisiert erstarrte ich. Wie durch den unvermittelten Kontakt von Anode und Diode unter Strom und durch den Kurzschluss außer Gefecht gesetzt. Ich fixierte ihr Gesicht, den schelmisch lächelnden roten Mund, die schwarzen Augen, zwei glitzernde Tümpel in der Savanne ihrer bronzenen Haut.

Wie eine durstige Gazelle stand ich vor der Tränke, gebannt, magisch angezogen vom Feuchten ihrer Augen. Das Gesicht wuchs auf mich zu, ich saß festgezurrt in der Klemme ihrer sanften Berührung, unfähig, mich dieser Offenbarung zu entziehen. In den schwarzen Teichen spiegelten sich die Umrisse meiner ängstlichen Erwartung, sie wich meinem Blick nicht aus, schob ihr Gesicht immer näher – und da passierte es.

Die Augen kippten in ein einziges, riesiges Zyklopenauge, mein Blickfeld bestand aus nichts als weißer Unschärfe mit dem dunklen Planeten, dessen Gravitation mich mit aller Macht an sich zog und den Rest der Welt konfiszierte, dabei fühlte ich die Spitze ihrer Zunge, die sich zwischen meine Lippen schob, schüchtern um Einlass begehrte, insistierte und, als sie den Bewohner in meinem Mund entdeckte, sich stürmisch und haltlos über ihn hermachte. Ich schloss die Lider, eine Milliarde Synapsen feuerten zum Hirn, das Adrenalin flutete die entferntesten Zellen im Körper, das Herz hetzte mich in ungeahnte Höhen – ich wusste nicht, wie mir geschah. Ich dachte, mich berührt die Unendlichkeit, ich glaubte, mich streift die Ewigkeit.

Ich kann nicht sagen, für wie lange – Minuten, Stunden?

Plötzlich ergriff mich Panik und ich stürmte grußlos zur Tür hinaus. Nie hätte ich gedacht, wie berauschend der Kick sein kann, sich offline zu verbinden. Ehrlicherweise fürchte ich, zum Serientäter zu verkommen. Ich bin infiziert.

Mein Leben implodiert ... in welche Richtung ich auch flüchte, nach diesem Kuss werde ich für immer ein Gehetzter sein: Presche ich vor, verfolgen mich die Gesetzeshüter und droht die Liquidation; halte ich mich zurück, fliehe ich vor der Erinnerung und mir selber.

Der Herausgeber

Dr. Jürgen Rink, geboren 1963 in Kaiserslautern, hat in Karlsruhe Physik studiert und schloss 1993 die Promotion an der Universität Heidelberg ab. Es folgte ein mehrjähriger Forschungsaufenthalt in Oxford, London und Marseille. In Großbritannien begann Jürgen Rink seine fachjournalistische Karriere als freier Mitarbeiter bei verschiedenen Verlagen. Zurück in Deutschland folgte ein Volontariat bei *c't* und später die Ressortleitung *Mobile Computing*. Er gründete die Zeitschrift *c't Fotografie* und ist seit Anfang 2017 Chefredakteur von *c't*. Jürgen Rink ist Mitglied des *digitalRat.niedersachsen*, der *Gesellschaft für Photographie* und engagiert sich bei partizipativen Kunstprojekten.

Die Autoren

Dirk Alt, geboren 1982 in Hannover, ist Publizist, Dokumentarfilmmacher und promovierter Historiker. Er hat zahlreiche wissenschaftliche, belletristische und essayistische Beiträge veröffentlicht sowie Dokumentarfilme zur Zeitgeschichte erstellt, zuletzt *Volksgenossin – Frauen im Dritten Reich* (2017) und *Schicksalskampf* (2018). Dirk Alt setzt sich für den Erhalt des audiovisuellen Erbes (*https://filmdokumente-retten.org, http://kinematheken.info*) ein.

Stephan Becher, Jahrgang 1959, hat sich schon als kleiner Junge für Science-Fiction begeistert und auch selbst Geschichten geschrieben. Nach dem Studium der Elektrotechnik entdeckte er sein Talent wieder und begann, neben der Arbeit als Ingenieur Beiträge für Fachzeitschriften über Mikrocomputertechnik zu verfassen. Nach dem Zweitstudium der Volkswirtschaftslehre entstand der *dBASE-Schnellkurs,* einige Jahre später der Ratgeber *Schnell und erfolgreich studieren*. Vor wenigen Jahren traf er den Entschluss, sich ganz dem Schreiben zu widmen.

In seinen Geschichten schreibt er oft gesellschaftliche, umweltpolitische und technologische Probleme der Gegenwart einige Jahrzehnte in die Zukunft fort. Zehn seiner Science-Fiction-Kurzgeschichten wurden seit 2014 in der Zeitschrift *c't Magazin für Computertechnik* veröffentlicht.

Arno Endler, geboren 1965, träumt gerne und ausführlich von zukünftigen und/oder parallelen Welten. Manche dieser Visionen schreibt er nieder. So entstanden zahlreiche Kurzgeschichten, die vorwiegend im *c't-Magazin,* aber auch in Anthologien veröffentlicht wurden. Neben bislang zwei Folgen der *Cotton Reloaded*-Serie schrieb er den Roman *PARACELSUS*. Seit 2016 gehört er zudem zu den Stammautoren der Serie *Perry Rhodan NEO*.

Er lebt und schreibt im Hunsrück, wo er mit Frau und Kindern das Landleben genießt. Arno Endler wartet sehnsüchtig auf die Erfindung einer Zeitmaschine, die ihm einen Blick in die Zukunft gewähren würde. Dann könnte er nachsehen, ob eines seiner Romanprojekte jemals von Hollywood entdeckt und verfilmt wird.

Matthias Falke, 1970 in Karlsruhe geboren, studierte von 1991 bis 1999 an den Universitäten Karlsruhe und Freiburg/Breisgau Musikwissenschaft, Literaturwissenschaft und Philosophie.

Sein Drama *Kassandra-Szenen* wurde beim 1. Autorenwettbewerb des Karlsruher Sandkorn-Theaters 2007 mit dem Publikumspreis ausgezeichnet. Die Erzählung *Harey* belegte beim Deutschen Science Fiction Preis den 3. Platz. *Boa Esperanca* wurde 2010 für den Kurd-Laßwitz-Preis nominiert und gewann den Deutschen Science Fiction Preis.

Tino Falke wurde 1988 in Rostock geboren, hat in Freiburg studiert und lebt in Hamburg. Nach dem Comiczeichnen in seiner Jugend hat er zum Schreiben gefunden. Am meisten Freude hat er daran, das Alltägliche mit dem Fantastischen zu verknüpfen, um zu beleuchten, was in und zwischen den Menschen vorgeht – bevorzugt in den Genres Fantasy, Horror oder Science-Fiction.

Schnapp sie alle! wurde inspiriert von populären Augmented-Reality-Handyspielen und der Frage, welche Gefahren in solchen globalen Trends für Individuen, die Gesellschaft und Gruppendynamiken lauern könnten.

Kurzgeschichten von Tino Falke erschienen u.a. in *Exodus, Nova, zugetextet, DUM* und *rottenplaces* sowie Anthologien von *p.machinery* und *Art Skript Phantastik*. Weitere Veröffentlichungen sind in Arbeit.

Ulf Fildebrandt, 1972 in Stadthagen geboren, studierte Informatik an der Universität Hildesheim und arbeitet seit dem Studienabschluss beim größten deutschen Softwarehersteller als Software-Architekt. Schon seit frühester Jugend liest er Science-Fiction und begann schon in der Schule mit dem Schreiben. In den letzten Jahren erschienen etliche seiner Kurzgeschichten in Zeitschriften und Anthologien (u.a. in *c't, Exodus-Magazin* und *Perry Rhodan*).

Viele Dinge, mit denen er sich heutzutage beruflich beschäftigt, wie Machine Learning, gehörten vor einem Jahrzehnt noch zur Science-Fiction, während sich heute daraus reale Produkte entwickeln.

Jan Gardemann, geboren 1961, verfasste bisher etwa 300 Romane, schuf die Heftromanserie *Das magische Amulett*, schrieb für *Jessica Bannister* und *Jerry Cotton*. Er ist Mitautor der SF-Serie *Ren Dhark*; seine SF-Kurzgeschichten erschienen in *Nova, phantastisch!, Visionen, c't, Space View, Exodus* und verschiedenen Anthologien.

Zu der vorliegenden Story inspirierte ihn das von seinen drei Kindern an den Tag gelegte Verhalten an ihren Gaming-PCs.

Bernhard Horwatitsch, 1964 in München geboren, schreibt regelmäßig für das Philosophie-Magazin *Lichtwolf*. Zahlreiche Erzählungen und Essays sind bereits in diversen Publikationen erschienen. 2013 erschien sein Erzählband *Der Herz der Dings* im Mabuse-Verlag.

Selbstaussage: „Literarisch prägend war für mich unter anderem der SF-Autor Philip K. Dick der einmal von einer College-Studentin nach einer Definition von Wirklichkeit gefragt wurde. Dick antwortete: *Die Wirklichkeit ist das, was übrigbleibt, wenn man aufgehört hat, daran zu glauben.* Eine – wie ich finde – brillante Definition. Denn wir machen uns oft etwas vor, unser Blick auf die Wirklichkeit ist überlagert von allen möglichen Vorstellungen von Wirklichkeit."

Helge Lange, 1964 in Halle geboren und jetzt am Bodensee lebend, ist als Schriftsteller, Herausgeber, Übersetzer, Lektor und Illustrator tätig. Er hat zahlreiche Beiträge in Zeitschriften und Anthologien veröffentlicht (u.a. *Alien Contact, c't, phantastisch!*). 2003 erschien die Kurzgeschichtensammlung *Via Astra*. Helge Lange hat zudem die *Fur Fiction*-Anthologien herausgegeben und mehrere Sachbücher übersetzt.

Hauptberuflich ist Helge Lange in der Elektronik- und IT-Branche tätig und begeistert sich in seiner Freizeit für Fantastisches, Ungewöhnliches und Schräges, geht gern auf Reisen, urbane und weniger urbane Erkundungen und ist öfter auf Cons anzutreffen.

Rupert Meier, geboren 1964, war als Junge Zeitzeuge der ersten Landung eines Menschen auf dem Mond. Dieses Ereignis prägte nachhaltig sein Interesse für Technik und Science-Fiction. Nach einer Berufsausbildung zum Energieanlagenelektroniker und einem Ingenieurstudium der Nachrichtentechnik ist er seit 1992 in der IT-Brache tätig, seit 1997 als freiberuflicher Systemadministrator. Wenn es Zeit und Muße zulassen, veröffentlicht Rupert Meier gelegentlich Kurzgeschichten auf der Online-Plattform *wortkrieger.de*.

Für Rupert Meier erscheint - nach Personal Computer, Laptops und Smartphones - die Implantation mikroskopischer Computer und Sensoren in die Körper der Menschen als nächster logischer Entwicklungsschritt. Smarte Implantate werden nach Meinung des Autors die menschliche Gesellschaft sicherlich fundamentaler umwälzen als die Erfindung des Smartphones.

Michael Rapp, geboren 1975 in Frankfurt am Main, studierte Soziologie und Sozialpsychologie. Er lebt und arbeitet in Assenheim. Schriftstellerisch ist er seit 2007 tätig. Seitdem hat er zahlreiche Kurzgeschichten im *c't Magazin für Computertechnik* veröffentlicht.

Am Schreiben von Science Fiction Geschichten reizt ihn, dass virtuelle Realität, Robotik und künstliche Intelligenz die menschliche Wahrnehmung, Intelligenz und Ethik auf eine nie gekannte Weise herausfordern. Die Technologie liefert seinen Protagonisten den besten Freund, den ärgsten Feind, die Flucht in Traumwelten und den Spiegel zur Selbsterkenntnis.

Peter Schattschneider, 1950 in Wien geboren, Studium der Technischen Physik und des Lehramts Mathematik und Physik. Nach dem Studium Tätigkeit in einem Ingenieurbüro für Fernerkundung. Habilitation 1987, Univ. Professor an der TU Wien, *professeur invité* des CNRS in Paris und Toulouse. Viele Jahre lang Vorlesung „How Science Inspires Science Fiction“ in Wien, Paris und Peking in den entsprechenden Master-Curricula.

Neben wissenschaftlichen Publikationen in Zeitschriften, zwei Fachbüchern und populärwissenschaftlichen Arbeiten zwei SF-Bände bei Suhrkamp (1982 und 1984), zahlreiche SF-Stories in Anthologien und in *c't,* eine Sammlung von SF-Erzählungen bei Waldgut (2009). Übersetzungen mehrerer SF-Erzählungen ins Französische, Englische, Tschechische und Ungarische. Kurd-Lasswitz-Preis 1992 und 1995.

Tom Turtschi, wurde 1964 in Biel, Schweiz, geboren und besuchte die Schule für Gestaltung in Biel und Luzern. Nach diversen Unterrichtstätigkeiten führte er Projekte als Künstler und Performer durch. Mit 30 Jahren zog Tom Turtschi aufs Land, baute ein Bauernhaus um und leitete ein Kur- und Kulturzentrum. Seit Mitte der 90er-Jahre ist er als Gestalter im Internet unterwegs, hinzu kommen kommerzielle Arbeiten und freie Kommunikations-Projekte. Seit 1997 Jahren führt Tom Turtschi gemeinsam mit seiner Frau das Atelier hof3, eine Agentur für Gestaltung, Multimedia und Szenografie.

2017 erschien die Kurzgeschichtensammlung *ENIWETOK. Die Flucht*.

LESEPROBE

aus dem Roman **Die letzte Crew des Wandersterns**

1

Vor den Flammen fliehen sie alle, Löwe und Elefant genauso wie Zebra, Gazelle oder Schwarze Mamba. Die ersten aber, die nach einem Buschfeuer zurückkommen, sind stets die Raubtiere. Geier und Bussarde kreisen dann über der noch rauchenden Steppe, Raubkatzen und Hyänen nähern sich vorsichtig der Brandstelle, wo sie jetzt leicht Beute machen können.

Und tatsächlich, dort drüben, am Rande der Brandfläche zwischen den unversehrten Büschen, da steht ein Zweibeiner. Meistens ziehen sie in Gruppen herum und sind dann schwer anzugreifen. Dieser jedoch ist allein. Er scheint unverletzt, aber er passt nicht auf. Fast regungslos steht er da, den Blick vor sich auf den Boden gerichtet. Bemerkt nicht den Leoparden, der sich geräuschlos anschleicht, zielstrebig, doch ohne Hast. Nur noch wenige Schritte trennen ihn von seinem Opfer.

Der Zweibeiner beugt sich hinunter, streckt den Arm aus, dreht dabei leicht den Kopf. Er weiß, was diese beiden gelb schimmernden Punkte und die markant geformten schwarzen Linien darunter bedeuten. Weiß, dass es zu spät ist. Er kann nicht mehr weglaufen.

Auf die Idee, sich mit dem Ast, nach dem er gerade gegriffen hat, zu verteidigen, kommt er gar nicht. Tag für Tag nutzt er solche herumliegenden Baumteile, um Ameisen aufzuscheuchen, lästige Affen zu verjagen oder Früchte von Bäumen zu schlagen. Doch dieses Stück Holz ist anders, es scheint lebendig zu sein. An einem Ende sieht es aus wie jeder andere Ast oder Zweig. Am anderen Ende leuchtet es, pulsiert, gibt Geräusche von sich. Ist im Holz ein Geist erwacht? Kann er ihn berühren? Gerade hatte der Zweibeiner all seinen Mut zusammengenommen, um es herauszufinden.

Als er jetzt angesichts der Gefahr erschrocken herumwirbelt, macht der Ast in seiner Hand die Bewegung einfach nur mit. Dabei lässt der Luftzug fauchend Flammen aus der Glut springen. Der Leopard erstarrt. Der Zweibeiner auch. Aber er lässt den Ast nicht los. Dann werden die Flammen wieder kleiner, ziehen sich in die Glut zurück. Nur sie schützen vor der Bestie, das hat der Zweibeiner rasch begriffen. Er will, dass sie wiederkommen, wedelt aufgeregt mit dem Ast. Tatsächlich, die Flammen zischen wieder hervor. Die Raubkatze geht einen Schritt zurück. Als der Zweibeiner noch heftiger mit dem Ast nach ihr schlägt, dreht sie sich um und flieht.

Der Zweibeiner verfolgt sie nicht, läuft nur ein paar Schritte hinter ihr her. Dann bleibt er wieder regungslos stehen. Er hat die Bestie verjagt! Begreift er, was geschehen ist? Wahrscheinlich nicht. Aber es fühlt sich gut an. Er ist groß. Er ist mächtig. Er ist ein Mensch.

Juri sah erwartungsvoll in die Runde. Die anderen drei ließen seine Worte noch einen Moment nachklingen, dann nickten sie langsam, einer nach dem anderen. Ja, so könnte es gewesen sein. Juri, der kleine, stämmige Russe, dessen Mundwinkel fast immer ein Lächeln zu umspielen schien, hatte eine blühende Fantasie, ein umfassendes Wissen und kombinierte beides zu Geschichten, mit denen er sie immer wieder verblüffte. Und immer ging es ums Feuer.

„Kennt ihr Kubrick?“, fragte er, bevor jemand anders das Wort ergriff. „Space Odyssey?“

Klar. Jeder Astronaut kannte den Film.

„Die Szene mit den Urmenschen würde er heute so drehen. Nicht mehr mit Knochen. Das ist überholt. Es ist nicht das Werkzeug, das den Menschen vom Tier unterscheidet. Es ist das Feuer. Wenn es jemals ein Remake des Films gibt, muss der siegreiche Homo erectus einen glühenden Ast in die Luft schleudern, der sich im Flug in die Rückstoßflamme einer Rakete verwandelt."

„Ein Remake von Space Odyssey? Du spinnst wohl!", protestierte Nick. Selbst überrascht über die Heftigkeit seiner Reaktion, hielt der groß gewachsene, glatzköpfige Amerikaner einen Moment inne. Er schnappte mit dem Mund nach einem Tropfen Saft, den er verschüttet hatte und der davonzuschweben drohte. „Aber die Szene mit der Rakete ist stark, das muss ich zugeben."

„Startet sie oder landet sie?" Suneetha hatte Juri fasziniert zugehört. Die zierliche Inderin, die sich für diese Mission extra die Haare hatte kurz schneiden lassen, liebte die gemeinsamen Mahlzeiten mit ihren Kollegen, bei denen sie ihren Fantasien oft freien Lauf ließen, verrückte Ideen entwickelten und sich dabei gegenseitig die Bälle zuwarfen, völlig ziellos, ohne zu einem Ergebnis kommen zu müssen. Es waren Momente geistiger Schwerelosigkeit, die sie im streng getakteten Alltag auf der Raumstation als eine besondere Kostbarkeit erlebte.

„Sie startet natürlich!" Juri antwortete ohne Zögern. „Es geht ja um den Aufbruch der Menschheit. Den Startturm hat sie gerade hinter sich gelassen, aber die Flamme berührt gerade noch den Boden. Es ist die größte Flamme aller Zeiten."

„Und um sie herum stehen eine Million Menschen", sagte Nick.

Juri stutzte einen Moment und lächelte. „Das ist auch ein starkes Bild. Wie kommst du darauf?"

„Weil es so war. Eine Million Menschen waren nach Cape Canaveral gekommen, um den Start von Apollo 11 zu sehen. Und die Saturn 5 war damals die größte Rakete der Welt."

„Aber wenn ihr Fiktion so mit der Realität verknüpft, wird daraus eine ganz andere Geschichte." Der Einwand kam von Mark, dem jüngsten Besatzungsmitglied. Der deutsche Materialwissenschaftler war noch mit dem Erdbeereis beschäftigt, das er sich als Nachtisch ausgesucht hatte. Im Vergleich mit Juri und Nick wirkte er fast schmächtig und aufgrund der blonden Haare und einiger Sommersprossen auch verletzlicher. Seine kontrollierten Körperbewegungen verrieten jedoch, dass er ebenso gut durchtrainiert war wie seine Kameraden. „Im Unterschied zu Kubricks Raumfahrern haben die Apollo-Astronauten auf dem Mond schließlich keine Hinterlassenschaften von Außerirdischen gefunden", erläuterte er seinen Gedanken. „Oder habe ich da etwas verpasst?"

„Nein", bestätigte Juri. „Bis jetzt haben wir da oben noch nichts Derartiges gefunden. Aber wir haben ja auch noch gar nicht richtig gesucht."

2

Es war dunkel, als Jaiya erwachte. Die heruntergebrannten Feuer vor den kreisförmig angeordneten Palmenhütten spendeten kaum noch Licht, die dichten Baumkronen verdeckten den Nachthimmel. Doch Jaiya musste nicht zu den Sternen aufblicken, um zu wissen, dass es Zeit zum Aufbruch war.

Sie erhob sich von ihrem Nachtlager, griff den bereit liegenden Beutel und tauchte in den Dschungel ein. Völlig lautlos glitt sie durch die Finsternis. Die Umgebung des Dorfes war ihr so vertraut, dass sie kein Licht brauchte, um sicher ihren Weg zu finden. Bekannte Unebenheiten im Boden verrieten ihr ebenso wie markant geformte Baumstämme, dass sie sich in der richtigen Richtung bewegte. Einmal nahm sie einen schwachen Geruch wahr, der von einer Gruppe Affen stammen musste. Sie hatten aber schon vor einer Weile Jaiyas Weg gekreuzt. Jetzt war alles ruhig. Ohne Probleme erreichte sie den Waldrand.

Von hier aus war der Sternenhimmel gut sichtbar. Sie schaute jedoch nur kurz hinauf. Es war eine mondlose Nacht, die Sterne standen genau wie erwartet, würden aber bald in der kurzen Dämmerung verschwinden, bis die Sonne aus dem Meer stieg und die Herrschaft über den Tag übernahm. Jaiya wusste genau, wann der erste Rand des Strahlenkranzes sich zeigte. Sie würde rechtzeitig am Strand sein.

Aber würde sich die Sonne wie jeden anderen Tag einfach so aus dem Wasser erheben? Als wäre nichts geschehen? Jaiya wollte dabei sein, wenn es geschah.

Inzwischen war es hell genug, sodass sie gefahrlos das steinige Geröllfeld überqueren konnte. Geschmeidig sprang sie von Stein zu Stein. Mit sicherem Blick prüfte sie immer schon zwei Schritte im voraus, welche Felsbrocken ihr ausreichend Halt geben konnten, vermied solche mit scharfen Kanten oder Spitzen. Als ein Stein einmal überraschend doch etwas wackelte und sie abzustürzen drohte, rettete sie sich mit einem raschen Ausfallschritt. Es war wichtig, das Tempo und den Takt der Sprünge beizubehalten. Wenn sie stehenblieb, das wusste sie, würde es schwieriger werden. Es war der Rhythmus ihrer Bewegungen, der ihr Stabilität und Sicherheit gab.

Jaiyas außergewöhnliche Begabung hatte sich schon früh gezeigt, als sie noch ein kleines Mädchen war. Wann immer getanzt wurde, bei Dorffesten, heiligen Zeremonien oder aus einer spontanen Laune heraus, war sie dabei gewesen und hatte sich zu den Klängen der Trommeln bewegt, als wären es Meereswellen, die sie trugen und hin und her warfen. Sie schien in der Musik zu schwimmen, tauchte manchmal in sie ein, um im nächsten Moment mit einem kraftvollen Sprung wie ein Delfin wieder aus ihr aufzutauchen.

Bald war sie selbst zu einer der beliebtesten Trommlerinnen geworden, nicht nur in ihrem Dorf, sondern auch bei den Nachbarn. Mit ihren Händen und ihrer Stimme eröffnete sie den Tänzern Zugang zur Geisterwelt und konnte sie wie auch sich selbst mit immer schnelleren Wirbeln zur Ekstase treiben wie keine andere.

Eine noch viel mächtigere Magie jedoch, das hatte Jaiya schon bald gespürt, lag in der Langsamkeit. Der Atem des Meeres und der Winde, der Tanz von Sonne und Mond, die Wege der Wandersterne – sie alle folgten Rhythmen, die mit keiner Trommel jemals gespielt werden konnten. Jaiya konnte sie dennoch fühlen. Da war eine ungeheure Kraft in diesen Bewegungen. Sie wollte sich damit verbinden, in den lang gedehnten Vibrationen ebenso aufgehen wie in den rasenden Taktschlägen bei den Festen, wenn Tänzer und Trommler zu einem Körper wurden. Doch die Geister der Langsamkeit gaben sich nicht leicht zu erkennen.

Außer ihr schien sich kaum jemand dafür zu interessieren. Dem alten Heiler Yabuu jedoch war schon früh aufgefallen, mit welcher Hingabe Jaiya den Himmel beobachtete.

In einer Dunkelnacht war er damals zu ihr gekommen, als sie auf der Lichtung lag und den sich langsam drehenden Lichtern dort oben zugesehen hatte. Er hatte sich neben sie gelegt. Beide hatten eine Weile still nach oben geschaut.

„Leben dort oben Menschen wie wir?" hatte Jaiya gefragt.

...

Jürgen Rink (Hrsg.)
Massaker in RobCity
Science-Fiction-Kurzgeschichten
Taschenbuch, 304 Seiten
EUR 16,00
ISBN 978-3-356-02229-2

e-BOOK

»Was macht die Digitalisierung mit der Welt? Dafür fehlt sogar den Experten der Weitblick und die Fantasie. Die *c't Stories* liefern die Antworten.«

Jürgen Rink, Chefredakteur
der Zeitschrift *c't*

Matt Kindt / Sharlene Kindt
DEPT. H
Unter Druck
Graphic Novel
Broschur, 176 Seiten
EUR 20,00
ISBN 978-3-356-02224-7

DEPT. H – Unter Druck des New York Times-Bestsellerautors Matt Kindt – laut LA Times »einem der aufregendsten und originellsten Künstler der Branche« – ist wie eine Mischung aus Agatha Christies *Mord im Orient Express* und Juels Vernes *20 000 Meilen unter dem Meer.*